MIT DEM
TRAUZEUGEN IM BETT

Band 7 der Serie
Mit den Junggesellen im Bett

von
VIRNA DEPAUL

Mit dem Trauzeugen im Bett
Copyright © 2016 by Virna DePaul

KURZBESCHREIBUNG

Raubein Gabe Nolan, ungeschliffen und kantig, wuchs in ärmlichen Verhältnissen auf und musste sich seinen Weg nach ganz oben im wahrsten Sinne des Wortes erkämpfen, indem er bei Boxkämpfen sowohl Disziplin lernte als auch einen Uniabschluss erreichte. Jetzt ist er Eigentümer der landesweit beliebtesten Kette von Sportgeschäften im Bereich Abenteuer-Freizeitsport und genießt beides, seinen Wohlstand und die Frauen. Doch der Schmerz, das Mädchen seiner Träume an seinen besten Freund verloren zu haben, sitzt immer noch tief.

Alles ist für die Hochzeit vorbereitet, und Brianne Whitcomb ist im Begriff, Eric zu heiraten, einen Mann, der in jeder Hinsicht perfekt zu ihr passt – mit Ausnahme, dass er nicht Gabe ist. Aber Gabe hat nicht um sie gekämpft, als er die Gelegenheit dazu hatte, denn offensichtlich betrachtete er sie nur als gute Freundin. Er erklärte sich sogar einverstanden, Erics Trauzeuge zu sein. Erst als Eric, der Bräutigam, bei der Hochzeit nicht auftaucht, übernimmt Gabe eine neue Rolle: Er wird Briannes Vertrauter und Seelentröster, die Schulter, an der sie sich ausweinen kann. Je mehr Zeit die beiden miteinander verbringen, umso mehr schlägt ihre Freundschaft in Leidenschaft um, der sie sich beide nicht entziehen können.

Da sie nicht wissen, ob oder wann Eric zurückkommen wird, erkunden Gabe und Brianne zögernd und zaghaft, ob ihre rein körperliche gegenseitige Anziehung zu etwas Dauerhaftem führen könnte. Aber Gabes Befürchtung, für Brianne niemals gut genug zu sein, erweist sich als das stärkste Hemmnis für eine echte Beziehung. Wird Gabe den Kampf seines Lebens annehmen, um Brianne und ihre Liebe zu erobern?

BÜCHER von VIRNA DEPAUL

LIEBE AM SPIELFELDRAND SERIE

KISS TALENTAGENTUR SERIE

DIE SERIE ‚MIT DEN JUNGGESELLEN
IM BETT' UMFASST

DIE SERIE, ROCK'N'ROLL CANDY

DIE SERIE, HEIMKEHR NACH GREEN VALLEY

DIE SERIE, HART WIE STAHL

VERRÜCKT NACH DEM VERKEHRTEN KERL

EINEM WERWOLFKÄMPFER VERFALLEN

MIT DEM TRAUZEUGEN IM BETT

PROLOG

„Wir sind da."

Bei der ruhigen Ankündigung wandte sich Gabe seinem Freund Jamie Whitcomb zu, in der Hoffnung, dass niemand bemerkt hätte, dass er sich seine Nase am Seitenfenster des Beifahrersitzes plattgedrückt hatte, während er die pompösen Häuser, die diese Straße säumten, in Augenschein nahm. Verdammt, er hatte ja gewusst, dass Jamies Familie reich war – auf eine Art und Weise, die nur sehr wenige Menschen überhaupt verstehen konnten – aber er war dennoch überrascht, als er den ersten flüchtigen Blick auf Jamies Familienbesitz erhaschte. Gabe musste im wahrsten Sinne des Wortes seine Zähne zusammenbeißen, damit ihm der Mund nicht offen stehenblieb.

Das Gebäude war im mediterranen Stil erbaut, mit hohen imposanten Mauern und einem Dach aus roten Ziegeln. Die Gartenanlage darum herum war von üppigem Grün, und der salzige, angenehme Geruch vom Ozean hing in der Luft, als sie durch die großen Einfahrtstore fuhren und zu einem kreisrunden Vorplatz, wo bereits ein Porsche und ein sportlicher BMW parkten.

Jamie schaltete den Motor seines Mercedes aus, und Gabe stieg aus. Im selben Augenblick hielt Eric mit seinem Alpha Romeo auf der Einfahrt an. Als Eric, Ryan und Luke aus Erics Wagen ausstiegen, bemerkte Gabe, dass das Haus nun, da er direkt daneben stand, noch größer wirkte. Es stellte alle anderen Häuser in den Schatten und ließ sie klein erscheinen. Die umgebende Begrünung und seine mächtigen Fenster zeugten von unermesslichem Reichtum, genau wie der glitzernd blaue Ozean dahinter.

Ein ungutes Gefühl erfüllte ihn. Er, Jamie und die anderen Jungs waren alle zusammen ins College gegangen und hatten in denselben Mannschaften Lacrosse und Fußball gespielt. Auf dem Campus der Universität war ihre unterschiedliche Herkunft nicht so stark aufgefallen, obwohl Gabe sie dennoch gespürt hatte. Jetzt... hier... wurde die Kluft zwischen ihnen so deutlich wie es an dem Haus selbst ablesbar war, zumindest wenn man in Betracht zog, in welch privilegierter Umgebung Jamie und Eric aufgewachsen waren.

Das Geräusch eines heranbrausenden Motorrads riss ihn aus seinen Gedanken, und als er sich umdrehte, sah Gabe, dass Cole auf der Einfahrt angehalten hatte. Wie üblich hatte der auf einen Helm verzichtet, und seine etwas zu langen braunen Haare waren wild durcheinandergeraten.

Gabe ließ den Atem, den er angehalten hatte, entweichen. Luke, Ryan und Cole entstammten durchschnittlichen Mittelklassefamilien. Zwar verfügten sie immer noch über mehr Geld als er, aber sie waren wenigstens nicht in so einem riesigen Haus aufgewachsen, das schon bald die Größe eines ganzen Wohnblocks in seiner eigenen Wohngegend hatte. Nein, stimmt nicht! Die Wohnblöcke in seiner Wohngegend waren meist ausgebrannte Ruinen, wo sich in den Hauseingängen Drogenkonsumenten zusammenkauerten, oder sie waren von Hausbesetzern besiedelt, die sich verbissen an alles klammerten, was sie kriegen konnten.

Ihm sank der Mut. Wahrscheinlich war das alles eine wirklich schlechte Idee gewesen, und damit meinte er nicht nur diesen Trip nach Coronado Island. Mit Kindern reicher Leute abzuhängen, war einfach blöd. Allerdings wussten alle, dass er völlig pleite war und aus einer armseligen Gegend stammte. Er hatte Eric sogar mit zum Fitness-Studio Clement Gym genommen und ihn seinem Freund und Mentor Sam vorgestellt. Bis jetzt hatte Eric Gabe nicht anders behandelt, nur weil Gabe aus anderen Verhältnissen stammte. Eric hatte ihm sogar anvertraut, dass seine Familie zu den sogenannten ‚Neureichen‘ zählte; die Eltern seiner Mutter waren Lehrer gewesen, und die Eltern seines Vaters lebten immer noch in einer kleinen Stadt in Montana, wo sie einen Baumarkt besaßen. Eric besuchte sie jeden Sommer, so wie er es immer getan hatte, seit er auf der Welt war.

Egal. Eric hatte vielleicht nicht mit großem Reichtum begonnen, soweit Gabe allerdings wusste, war dessen Familie sogar noch wohlhabender als Jamies.

Cole begab sich zu Gabe. „Hey, Kumpel, siehst du den Ozean?“

Gabe nickte. „Ist ja schwerlich zu verpassen."

Die Eingangstür öffnete sich, und eine erstaunlich gut aussehende, ältere Frau trat heraus. Sie hatte das gleiche weizenhonigblonde Haar wie Jamie. Als sie auf sie zukam, erkannte man ihre überraschend freundliche Miene. Sie freute sich nicht nur, ihren Sohn zu sehen, sondern anscheinend war sie auch gespannt darauf, alle seine Freunde kennenzulernen.

„Na, da seid ihr ja!", sagte sie mit leiser, rauer Stimme. Sie umarmte Jamie freudig, der die Umarmung fest erwiderte.

„Hey, Mom, hier sind die Jungs. Leute, dies ist meine Mom."

„Voll schön, euch alle kennenzulernen." Sie breitete die Arme Richtung Eric aus, der sie freundschaftlich umarmte. „Eric, es ist wunderbar, dich wiederzusehen. Lass dein Gepäck einfach da! Ich werde Stan beauftragen, es in dein Zimmer zu bringen."

Stan erschien. Mit Jackett und Krawatte. Gabe versuchte, nicht zu starren. Ein Butler? Hatten sie wirklich einen Butler? Bezeichneten sie diesen Typen eigentlich als Butler?

„Hey, Stan", sagte Jamie. „Das sind meine Freunde. Eric kennst du ja. Und dies sind Gabe, Ryan, Luke und Cole."

„Sehr erfreut, Sie kennenzulernen, meine Herren", sagte Stan.

„Ebenso."

„Gleichfalls."

„Ebenfalls, Stan", sagte Gabe.

„Kommt, Leute!", sagte Jamie. „Ich zeige euch eure Zimmer und dann können wir den Swimming-Pool unsicher machen."

Gabe folgte den anderen ins Haus. Die glänzenden Böden, die Kunstwerke an den Wänden und die gesamte Ausstrahlung von Wohlstand brachten ihn dazu, vorsichtiger zu gehen als normalerweise. Er konnte das Gefühl nicht abschütteln, dass er womöglich etwas zerbrechen könnte, und dieses Gefühl änderte sich auch nicht, nachdem sie sich alle ihre Badeshorts angezogen hatten und neben dem Schwimmbad relaxten.

Der Pool war ein L-förmiges Ding von beträchtlicher Größe, der sich am rechten Rand des Gartens befand und den Eindruck vermittelte, man könnte sogleich in das Wasser des direkt dahinter liegenden Ozeans springen. Dreißig Minuten später lag Gabe auf einer Gartenliege und ließ sich die Sonne auf den Pelz brennen. Die anderen Kerle schrien und lachten, blödelten im Pool herum oder chillten selbst auf ihren Liegen.

Cole nahm sich ein Bier aus einem Korb, den Stan vorher gebracht hatte. „Ich wusste ja, dass du reich bist, Jamie. Ich wusste nur nicht, wie reich."

„Ja, ich habe Glück, aber es ist bloß ein Haus. Und es ist ja nicht so, dass es mir gehört, Leute. Ich bin total pleite, bis ich meinen nächsten Gehaltsscheck kriege. Ich bin nicht reich; und meinen Treuhandfonds bekomme ich auch erst mit fünfundzwanzig. Wisst ihr, wie schwierig es ist, an Mädchen ranzukommen, wenn man kein Geld hat?"

„Gabe zieht die Mädchen magisch an, obwohl er kein Geld hat", sagte Luke grinsend. „Vielleicht liegt es an dir, Mann!"

„Klar, mein Charme kann es natürlich nicht aufnehmen mit Gabes Ruf, ein knallharter Kerl zu sein, der direkt von der Straße kommt. Ich wollte mit Kylie ausgehen und fragte sie vor ein paar Wochen, doch sie lehnte ab. Sie sagte, sie würde schlimme Jungs mögen. Dann fragte sie mich, was Gabe gerade machte."

Er und Jamie hatten bereits über Kylie gesprochen, aber Gabe war nicht interessiert. Selbst wenn er interessiert gewesen wäre, so war Jamie doch ein cooler Typ und sein Freund. Er würde auf keinen Fall mit einem Mädchen ausgehen, das seinen Freund auf eine solche Weise hatte abblitzen lassen.

„Was läuft, Leute?"

Er blickte um sich und sah Eric herankommen. Dessen schlanker Körper steckte in lockeren Shorts, und das Sonnenlicht schimmerte auf seinen braunen Haaren. Er sah entspannt und unbekümmert aus, als er sich auf die freie Liege neben Gabe und Jamie fallen ließ.

„Hat mein Dad dich wieder einmal aufgehalten?", fragte Jamie.

„Ach, das ist schon okay. Mir gefällt es immer, mit deinem alten Herrn zu plaudern." Eric und Jamie stießen die Fäuste aneinander, und Eric erkundigte sich: „Also, wo ist Brianne?"

Jamie wandte sich an Gabe. „Meine Schwester. Sie ist das erste Jahr an der Uni, aber es könnte sein, dass sie vorbeischaut."

Das Gespräch wendete sich anderen Dingen zu, und Gabe wurde ein wenig lockerer. Die Aussicht war fantastisch, und er brauchte eine Atempause. Er war dank eines Sportstipendiums am College und musste hart arbeiten, um gute Noten zu erzielen.

Während der High School hatte er Football gespielt, aber eigentlich war ihm Fußball immer lieber gewesen, wenn er nicht gerade im Studio geboxt hatte. Ihm gefielen die Kurse. Aber die ständige Sorge, dass er, wenn irgendetwas schiefging, seinen Lebensunterhalt irgendwo in einer Fabrik zusammenkratzen müsste, zehrte an seinen Nerven und seinen Kräften wie auch die hohe Arbeitsbelastung an der Schule.

Verstohlen beäugte er die anderen Kerle. Keiner schien auch nur im Geringsten durch die Größe des Hauses oder die Menschen, die darin arbeiteten, eingeschüchtert zu sein. Sie schienen den Mann, der gerade die Büsche stutzte, nicht zu bemerken.

Gabe schloss die Augen und spürte, wie sich die Sonne auf seine Lider legte.

„Hey, Jamie!", war eine leise Stimme, melodiös und eindeutig weiblich, zu vernehmen.

„Brianne!"

Gabes Augen klappten auf, und er sah, wie Jamie seine Schwester mit einer ungestümen Umarmung begrüßte und sich dann umwandte, um sie seinen Freunden vorzustellen. „Hier kannst du meine Freunde kennenlernen."

Brianne war fantastisch. Sie hatte lange braune Haare, die in üppigen Wellen bis zu ihrer unteren Rückenpartie reichten. Sie war durchschnittlich groß, aber schlank und so voller Anmut, wie er noch kein Mädchen gesehen hatte. Sie sah wie eine Prinzessin aus, sogar in ihrer einfachen Jeans-Short, die ein gutes Stück ihrer sonnenverwöhnten Oberschenkel freilegte, und dem schlichten pinkfarbenen Top. Sein Blick wanderte nochmals zu ihrer Short, die so klug designt war, dass es aussah, als hätte Brianne selbst recht nachlässig eine alte Jeans abgeschnitten. Die Taschen hingen über den Saum, und kleine weiße Fäden baumelten über ihrer goldenen Haut.

Mit strahlend weißem Lächeln wandte sie sich an Gabe. „Hallo!"

Er merkte, dass sich bereits jeder vorgestellt hatte. „Hallo. Ich bin Gabe. Schön, dich kennenzulernen."

Ihre Blicke trafen sich. Gabes Herz schlug ein wenig schneller, und sein Schwanz wurde härter. Er schaffte es, nicht herumzurutschen, um sich nicht zu verraten, aber es kostete ihn eine gewaltige Anstrengung.

„Hast du etwas dagegen, wenn ich mich hier hinsetze?" Mit anmutiger Handbewegung deutete sie auf die Liege neben seiner, die vor Kurzem von Luke freigemacht wurde, der nun vom Tisch aus, wo das Bier stand, Brianne anstarrte.

„Nein, überhaupt nicht."

Als sie sich setzte, schob sich die Short an ihren Oberschenkeln hoch. „Du bist also der Fußballstar, hab ich gehört."

Er zuckte die Achseln und trank einen großen Schluck Bier. „Ich bin ein Teil der Mannschaft."

„Er ist so bescheiden", sagte Jamie. „Dabei ist er der Hauptgrund, warum wir die meisten unserer Spiele gewinnen. Auf dem Spielfeld ist er knallhart."

Brianne hielt mit Gabe Augenkontakt.

„Brianne spielt auch Fußball. Sie ist gut, aber sie schießt eben wie ein Mädchen."

„Ich könnte es nicht vertragen, wenn mir ein Mädchen in die Quere käme und versuchte, ein Tor zu schießen", sagte Gabe. „Ihr Frauen spielt echt hart."

Brianne lachte und berührte mit ihrer Hand kurz seine. Sogar dieser winzige Kontakt reichte aus, dass kleine Erregungskitzel über seinen Rücken rasten. „Oh, vielen Dank auch. Es ist schön, zu wissen, dass es in der ganzen Horde auch einen Typen gibt, der was versteht."

„Ach, komm…" Jamie stöhnte auf, und die anderen brachen in Gelächter aus.

Brianne erkundigte sich nach ihrem schulischen Werdegang. Gabe schaute in seine Bierflasche, ohne etwas zu sagen. Jamie war in der Wirtschaft, Cole und Luke loteten ihre Möglichkeiten in der Gesetzesvollstreckung aus, Ryan wusste nicht so genau, was er machen wollte, und Gabe…er war sogar noch unentschlossener als Ryan.

Er hatte keine Ahnung, was er sagen sollte. Wie immer stand er im Abseits. Würde jemals die Zeit kommen, dass er sich in dieser Welt behaglich fühlen könnte? Er war überzeugt, dass er auffiel wie ein bunter Hund, er, der Außenseiter innerhalb der Gruppe seiner

Freunde.

„Ich glaube, ich gehe etwas spazieren." Jeder schaute ihn an, und Gabe spürte, dass sich verräterische Wärme auf seinem Gesicht ausbreitete. Er hätte fast geschrien, so verzweifelt wollte er vom Schwimmbad verschwinden. Ihm ging einfach viel zu viel durch den Kopf.

„Ich werde dir alles zeigen", meinte Brianne und stand auf.

Das war es eigentlich nicht, was er im Sinn gehabt hatte. Er hatte von ihr wegkommen wollen.

Sie war zu viel für ihn. Zu schön, zu reich. Wegen ihr fühlte er sich schwindelig und heiß und unsicher. Es war schlimm genug, innerhalb einer Gruppe Kinder reicher Eltern das arme Kind zu sein. Brianne machte die Sache nur noch schlimmer, indem sie auf all das ein Schlaglicht warf, was mit ihm nicht stimmte.

Aber sie gab ihm keine Gelegenheit, zu widersprechen. „Komm, wir gehen an den Strand." Sie zeigte ihm den Weg, und Gabe beschloss, den Unbeteiligten zu spielen und es über sich ergehen zu lassen, anstatt zu diskutieren und als noch größerer Idiot dazustehen als ohnehin schon. Seitlich am Schwimmbadbereich befand sich ein von perfekt gestutzten Hecken verborgenes Gartentor, von wo aus ein paar Steinstufen zum Strand führten. Es war fast wie im Film.

„Was denkst du?", fragte Brianne, als sie den Sand erreicht hatten.

„Wenn ich ehrlich bin? Ich denke, dass ich keine

Leute kenne, die im wirklichen Leben so leben. Ich kann mir nicht vorstellen, einen Privatzugang zum Strand zu haben. Ich meine, wie cool ist das denn?"

Sie kicherte. „Das ist keine so große Sache."

„Sagt jemand, der eben genau so lebt."

„Ich schätze mal, du lebst dann also nicht so?"

Die Wellen krachten an den Strand, und Gabe wandte den Kopf, um zuzuschauen. Brianne hatte ihn unvorbereitet erwischt, ihn nach seinen Gedanken gefragt, und er hatte einfach drauflos geplappert. Er hatte natürlich nicht beabsichtigt, offenzulegen, dass er in Armut aufgewachsen war, aber wahrscheinlich konnte man ihm das sowieso ansehen.

„Nicht wirklich", gab er zu. Und dabei beließ er es.

Eine lange Zeit spazierten sie schweigend dahin. Die Wärme der Sonne, die vom Sand reflektierte, war kein Maßstab für die Hitze, die in seinem Inneren herrschte und ihn von innen heraus zu verbrennen drohte. Er spürte die Versuchung, sich in die Fluten zu stürzen, nur um sich abzukühlen.

„Also, was machst du hier, Brianne? Wie ich hörte, bist du in deinem ersten Jahr an der Uni." Dies sollte eine recht sichere Themenwahl sein.

„Ja. Ich, ähm…ich komme an den Wochenenden manchmal nach Hause und wann immer es sich zwischendurch einmal ergibt."

„Du bist also eher ein häuslicher Typ?"

„Nicht wirklich. Ich habe nur gerade eine Beziehung beendet." Sie holte tief Luft. „Wir waren verlobt."

11

Sein erster Gedanke war, dass ihr Verlobter ein völliger Volltrottel gewesen sein musste, wenn er so jemanden wie Brianne ziehen ließ. „Das tut mir leid."

Sie zuckte die Achseln. „Es sollte eben nicht sein. Ich denke, wir waren zu jung. Es war dumm. Ich brauche doch mehr Lebenserfahrung, bevor ich eine Familie gründe, nicht wahr?"

Sie versuchte, tapfer zu sein. Er wollte seine Hand nach ihr ausstrecken, sie berühren, sie trösten. Ihr das Gefühl geben, geliebt zu werden. Denn schon durch die kurze Zeit, während der er sie kannte, war er überzeugt, dass sie es verdiente. Sie verdiente alles.

„Er hat mich betrogen", gab sie unumwunden zu.

„Was für ein hirnloser Scheißkerl!"

Sie starrte ihn einen Sekundenbruchteil an, dann lachte sie.

„Entschuldige! Ich kann mir einfach nicht vorstellen, wie ein Mann so dumm sein kann, dich zu betrügen."

Kopfschüttelnd lachte Brianne immer noch ein wenig. „Weißt du, das klingt jetzt vielleicht albern, aber das ist genau das, was ich momentan hören muss."

Sein Herz weitete sich, nur weil er wusste, dass er sie glücklich gemacht hatte, wenn auch nur für den Moment. Es waren schon bizarre Gedanken, die ihm wegen dieses Mädchens durch den Kopf gingen. Ein Mädchen, das er gerade erst kennengelernt hatte und das ihn kein zweites Mal anschauen würde, wenn sie wüsste, welchen Hintergrund er hatte.

Sie blieb stehen und wandte sich mit den Händen in

den Hosentaschen ihrer abgeschnittenen Jeans der Brandung zu. „Fragst du dich, wie viele Menschen gerade in dieser Minute vom Ozean berührt werden?" Das Wasser umspülte ihre Füße.

„Eigentlich nicht", gab er zu. Er schaute nach unten, beobachtete das blubbernde Wasser. Er spürte dessen Sogwirkung, als es zurückströmte, dann floss es mit der nächsten Welle wieder über seine Füße.

„Ich frage mich, wie viele Menschen genau dieses gleiche Wasser momentan spüren. Ich frage mich, welche Art Leben sie führen. Weißt du? Wer sind sie und welche Probleme haben sie? Würden meine im Vergleich dazu verblassen?"

Er konnte seinen Blick nicht von ihrem Profil losreißen, und als sie sich umdrehte, um ihn anzulächeln, wurde sie geradewegs von der Sonne angestrahlt. Ein Windstoß rauschte an ihnen vorbei, sodass der Duft ihres Parfums und ihres Shampoos an ihn herangetragen wurde.

Und das war der Moment, als er sich tatsächlich in sie verliebte.

Sie ging noch weiter ins Wasser, bis es ihr an die Knie reichte, und forderte ihn auf, mitzukommen.

Er lachte und schüttelte den Kopf.

„Ach, komm schon, Feigling!" Mit den Händen auf die Hüften gestützt, tat sie so, als würde sie schmollen, und genau in diesem Augenblick rollte eine große Welle heran und brachte Brianne aus dem Gleichgewicht.

Gabe stürzte vorwärts und fing sie auf, bevor sie komplett im Wasser lag. Sie schrie, während sie mit einem

Lachen in seinen Armen landete. Aber Gabe lachte nicht. Er war zu sehr mit dem Gefühl beschäftigt, als wäre er von einem Stromschlag mit tausend Volt getroffen worden. Brianne spürte sich so warm in seinen Händen an, so weich und nachgiebig. Sie strahlte so viel Energie aus, und ihre sonnengebräunte Haut kribbelte an seiner.

Einen verrückten Moment lang überlegte er, ob er sie küssen sollte. Als hätte sie seine Gedanken gelesen, legte sie ihren Kopf zurück und schaute ihm in die Augen. Sie war ihm so nah. Alles, was er tun müsste, war, sich zu ihr zu beugen…

„Das habe ich nun davon, eine Besserwisserin zu sein!", murmelte sie, während sie sich aus seinem Griff befreite.

Er trat beiseite, enttäuscht, aber nicht überrascht. Natürlich würde sie nicht wollen, dass er sie küsste. Vielleicht mochte sie jetzt gerade ein gebrochenes Herz haben, aber es musste hundert Typen geben, die schon Schlange standen, um bei ihr eine Chance zu haben. Typen mit Geld, mit Verbindungen und mit einer aussichtsreichen Zukunft.

Wieder gingen sie geraume Zeit am Strand entlang. Sie sprachen über Fußball, die letzten Spiele, in denen sie mitgespielt hatten. Gabe erzählte Brianne vom Boxen und wie er dazu gekommen war. Natürlich erzählte er ihr nicht die ganze Geschichte – nur dass ein Mann namens Sam ihn als Mentor unterstützt habe. Sie stellte all die richtigen Fragen, schien aufrichtig interessiert zu sein. Die meisten Mädchen, die er kannte, waren Hohlköpfe, süß, aber dumm. Sie war noch viel mehr als süß, und dazu blitzgescheit.

„Bist du nicht besorgt, dass du dir dein Gesicht verletzen könntest?"

Er schaute sie überrascht an. „Was meinst du?"

War es seine Einbildung oder errötete sie tatsächlich?

„Nun ja, es ist nur so…ich meine…es tut mir leid. Ich will nicht, dass du dir eigenartig vorkommst."

„Nein, schon okay."

Sie zuckte die Achseln und errötete noch mehr. „Du bist ein gut aussehender Mensch. Machst du dir keine Sorgen, dass du dir durch das Boxen dein Gesicht ruinierst?"

Ohne eine Spur von Hinterlist oder anderem manipulativem Beweggrund hatte sie ihm ein Kompliment gemacht, und plötzlich wollte er vor Stolz die Brust herausstrecken, weil er wusste, dass sie ihn attraktiv fand. „Ach, das trägt nur zur Glaubwürdigkeit bei, dass man von der Straße kommt, und es gibt einem Mann etwas, womit er prahlen kann."

Lachend rollte sie mit den Augen. „Ich schätze mal, wir sollten umkehren", sagte sie. „Mom hat womöglich geplant, euch Jungs etwas auftischen zu wollen."

Klang da etwas Bedauern aus ihrem Tonfall? Oder wollte er einfach nur glauben, sie hätte sich etwas in ihn verknallt?

Er nahm an, dass ihre gemeinsame Zeit bald vorbei sein würde, aber diese Zeit war so zauberhaft gewesen, während sie angedauert hatte, dass er versuchte, noch so viel wie möglich davon aufzusaugen, während sie zum Haus zurückgingen.

„Wo wart ihr zwei denn?", fragte Jamie, als sie, nachdem sie die Stufen hinaufgestiegen waren, wieder beim Pool anlangten.

Bri lächelte Gabe an, dann ihren Bruder. Gerade als sie den Mund aufmachen wollte, um zu antworten, trat Jamies Mom auf die Veranda, zusammen mit einem Mann, der augenscheinlich Jamies und Briannes Vater war. Er hatte Brianne das wellige dunkle Haar vererbt und die dunklen Augen.

Jamies Mom rief ihr zu: „Brianne, hast du Eric schon begrüßt? Du hast seine Eltern bereits kennengelernt, weißt du noch, beim Wohltätigkeitsball in diesem Frühjahr? Die Davenports."

„Ja, natürlich erinnere ich mich an Erics Eltern", sagte Brianne.

„Eric, hast du vor, nächsten Monat das Wohltätigkeits-Polospiel zu besuchen?", fuhr Jamies Mom fort.

Eric lächelte breit. „Ja, ich beabsichtige, dabeizusein."

„Tatsächlich? Wie aufregend!" Brianne brachte langsam die Hände zusammen und klatschte ein wenig Beifall. Ihr Blick driftete wieder zu Gabe. „Was ist mit dir, Gabe? Gehst du auch hin oder spielst du mit?"

Gabe hatte kein Interesse am Reiten und an Pferden. Außerdem war er sich ziemlich sicher, dass alles, was mit Wohltätigkeitsarbeit und reichen Leuten zusammenhing, etwas war, was er sich sowieso nicht leisten konnte. Er brachte ein angespanntes Lächeln zustande. „Nein, tut mir leid."

„Ach." Sie blickte betreten auf ihre Hände.

Diese Handlung gab Gabe einen Stich, mehr als er wahrhaben wollte. Es war, als wäre eine Tür zwischen ihnen beiden zugeschlagen worden.

„Brianne wollte damit sagen, dass sie noch keinen Begleiter für diese Veranstaltung habe", erklärte Frau Whitcomb. „Eric, du solltest sie begleiten. Das heißt, wenn es dir nichts ausmacht."

Es war unmöglich zu übersehen, dass sich Briannes Augen in die ihrer Mutter bohrten. Gabe vermutete, dass Brianne nicht die Sorte Mädchen war, dem es gefiel, wenn jemand anders für sie eine Verabredung arrangierte – vor allem wenn die arrangierte Verabredung so deutlich ausgesprochen und Brianne damit in Zugzwang gebracht wurde. Er fragte sich, wie lange die Trennung wohl her war, dann fragte er sich, ob es falsch war, wenn er hoffte, dass sie noch nicht bereit für eine andere Beziehung sei. Zumindest nicht mit Eric. Bei diesem Gedanken spürte er einen Stich von Illoyalität.

Brianne schaute Gabe direkt an. Nahe ihrem Schlüsselbein sah er ihren Pulsschlag pochen, und in ihren Augen stand eine Frage, aber es war eine, die er nicht beantworten konnte. Er gehörte nicht in die Welt von Wohltätigkeits-Poloveranstaltungen und gigantischen Sommerhäusern, die eine ausgedehnte Sandfläche und den Ozean überblickten. Er war ein Kind der Straße, dessen einziges gutes Gewand aus einem Second-Hand-Jackett und einer dunklen Hose bestand. Auf der anderen Seite Eric; auch wenn Erics Eltern nicht vom großen Geld abstammten, so hatten sie es doch jetzt zu Reichtum gebracht, und Eric würde eines Tages das Vermögen seines Vaters erben.

„Ich würde dich wirklich gern begleiten", sagte Eric, und dann machte er eine stilgerechte Verbeugung, was bei ihr erneut hell klingendes Lachen auslöste.

Das war genauso gut, redete sich Gabe ein. Brianne verdiente einen Typen wie Eric. Privilegiert. Mit guten Kontakten.

Einen, der ihr all die Dinge geben konnte, die sie verdiente.

KAPITEL EINS

Sechs Jahre später…

Mit ihrer makellos manikürten Fingerspitze zeichnete Brianne bedächtig ein Herz in den Sand. Die gedämpften Geräusche der Gäste ihrer Hochzeitsfeier verhöhnten sie. *Wahrscheinlich ist dies die sonderbarste Hochzeitsfeier der Geschichte*, sinnierte sie, angesichts der Tatsache, dass der Bräutigam nie aufgetaucht war. Aber ihre Familie und ihre Freunde gaben ihr Bestes, um genau das zu tun, worum sie sie gebeten hatte – einfach mit der Party weiterzumachen, um einen Neuanfang zu feiern, wenn es auch nicht der Neuanfang war, den sie alle erwartet hatten.

Seufzend wischte sie das Herz mit ihrer Handfläche wieder weg und umschlang mit ihren Armen ihre Beine, während sie ihr Kinn auf ihre abgewinkelten Knie legte. Es war ein wunderschöner Tag gewesen für eine Strandhochzeit auf Coronado Island – so um die 25 Grad warm, geringe Luftfeuchtigkeit, strahlender Sonnenschein, der zum Abend hin etwas nachgelassen hatte, und doch war es noch wunderbar warm. Jetzt kam eine leichte Brise auf. Es gab keine Wolken, und der sternenübersäte Himmel erstreckte sich weit über den Pazifik. Sie war ein hohes Risiko eingegangen, indem sie eine Hochzeit im Freien feiern wollte, selbst in Südkalifornien, aber sie wollte einen wirklich bilderbuchartigen Start für ihr Eheleben mit Eric. Das Wetter hatte sie nicht im Stich gelassen, im Gegensatz zu ihrem Verlobten.

Nicht, dass sie Eric tatsächlich vorwerfen konnte, was er getan hatte. Wie könnte sie?

Verlegen und mit flammend roten Wangen, schlug sie die Hände vors Gesicht, denn sie konnte immer noch nicht glauben, dass sie während eines erotischen Traums den Namen eines anderen Mannes gerufen hatte.

Zweimal!

Und nicht nur irgendeines Mannes, sondern den Namen von Erics bestem Freund. Gabe.

Das war schlimm. Schlimm genug, um zu rechtfertigen, dass Eric in letzter Minute kalte Füße bekommen und ihr eine SMS geschrieben hatte, dass er nicht kommen würde. Zumindest schlimm genug, um nachsichtig mit ihm zu sein.

Natürlich waren die meisten Hochzeitsgäste längst nicht so nachsichtig, was ihr Urteil über Eric und sein Gelöbnis anbetraf, weil sie nicht wussten, warum er sie sitzen gelassen hatte. Sie waren entsetzt und wütend, nahmen von ihm das Schlimmste an, und besonders Gabe sah das auch so. Er hatte ausgesehen, als wäre er drauf und dran, Eric umzubringen. *Wenn er nur wüsste*, dachte sie.

Oh Gott, was für ein Chaos!

Sie ließ die Hände sinken und blinzelte die erneut aufsteigenden Tränen weg, während sie sich vorstellte, was Gabe wohl von ihr denken würde, wenn er die ganze Geschichte kennen würde. Wie würde er auf die Nachricht reagieren, dass er eine bedeutsame Rolle bei dieser Trennung gespielt hatte. Er würde sie verachten, weil sie seinem besten Freund so sehr weh getan hatte. Aber er konnte auch nicht weniger von ihr halten als sie momentan von sich selbst hielt.

Sie holte ihr Handy aus ihrem kleinen Satintäschchen und starrte auf die Mitteilung, die Eric ihr geschickt hatte. Sie war so typisch für ihn. Brutal ehrlich. Genau auf den Punkt. Und doch sanft und freundlich.

Es tut mir leid, Brianne. Es ist wieder passiert. Ich kann dich nicht heiraten, bis du dir nicht selbst im Klaren bist, wen du eigentlich willst – mich oder Gabe. Sei ehrlich! Ist ein kleiner Teil deines Selbst vielleicht erleichtert? Egal, wie die Antwort ausfällt, ich werde dich immer lieben.

Als sie Erics Nachricht erhalten hatte, hatte sie gerade einen der seltenen Momente allein im Umkleidezimmer gehabt. Ihre Brautjungfern hatten sich startklar gemacht, mit ihr zum Altar zu gehen. Sie hatte den Text gelesen und ihren Augen kaum trauen können.

Es ist wieder passiert.

Die Träume waren nicht so ungewöhnlich. Seit sie neunzehn war, hatte sie wiederkehrende Träume von Gabe gehabt. Aber anscheinend hatte sie nun auch angefangen, im Traum von ihm zu sprechen, denn vor mehreren Tagen hatte Eric sie damit konfrontiert, was sie im Schlaf gestöhnt hatte.

Während sie Erics Text las, erlebte sie das Entsetzen noch einmal. Das Entsetzen auf seinem Gesicht und das entsetzliche Gefühl, als er ihr gesagt hatte, was er gehört hatte. Mit zitternden Fingern legte sie das Mobiltelefon weg und starrte ihr Spiegelbild an.

Es spielte keine Rolle, dass sie ein wunderschönes Kleid trug, dass ihr Makeup makellos und ihr Haar so hübsch mit einer wunderschönen frischen Gardenie zur Seite gesteckt war.

Sie sah nur eine Frau, die so schrecklich war, dass sie in einem wunderbaren Mann Zweifel geweckt hatte, ob sie ihn auch liebte. Eine Frau, die nicht leugnen konnte, dass sie tatsächlich geträumt hatte, mit seinem besten Freund intim zu sein, nicht nur bei den zwei Gelegenheiten, von denen Eric wusste, sondern bei zahlreichen Gelegenheiten in der Vergangenheit.

Brianne schloss die Augen, und augenblicklich wurde sie wieder von Schuldgefühlen überwältigt, und zwar nicht nur, weil sie von Gabe geträumt hatte oder weil Eric sich gezwungen gefühlt hatte, die Hochzeit abzusagen, sondern weil Eric Recht hatte.

Ein Teil ihres Selbst *war* erleichtert.

Das gab ihr das Gefühl, selbstsüchtig zu sein. Und illoyal.

Auch verwirrt!

„Hey", sagte eine tiefe, heisere Stimme, die sie nur allzu gut kannte, und in ihrem Bauch erwachten Schmetterlinge zum Leben.

Gabe!

Sie hatte sich dermaßen hinter ihren quälenden Gedanken verschanzt, dass sie nicht gehört hatte, dass er zu ihr gegangen war. Nicht, dass sie ihn im Sand überhaupt herankommen hören hätte können. Aber normalerweise merkte sie, dass er da war, bevor sie ihn sah. Seltsam, aber wahr. Andererseits, zog man ihre Träume von ihm in Betracht…war es auch wieder nicht so seltsam. Sie wischte sich mit der Hand über das Gesicht, um sicherzustellen, dass keine Spur einer Träne sichtbar war.

„Hallo", sagte sie und sah ihn in der tintenblauen Dunkelheit an. Wie immer war er groß, kantig und gut aussehend. Halb Gladiator, halb Filmstar, dazu noch ein wenig etwas von einem griechischen Gott. Schwarzes Haar, das nur ein klein wenig zu lang war, geheimnisvolle grüne Augen mit langen Wimpern, markante Wangenknochen, mit denen man Glas schneiden könnte, und ein muskulöser, athletischer Körper, hatten das Zeug für die erotischen Träume einer jeden Frau.

Das Unglück war nur, dass bei mindestens zwei meiner Träume auch Audio mit dabei war.

Er war Erics bester Freund und Trauzeuge. Er war auch ihr Freund. Und der arme Kerl hatte keine Ahnung, dass er die Hauptrolle in ihren superheißen, nicht jugendfreien Fantasien gespielt hatte.

„Ich will ja nicht unhöflich sein, aber ich würde jetzt wirklich lieber alleine sein", sagte sie und wandte ihre Aufmerksamkeit wieder dem Ozean zu.

„Bri, du könntest nicht unhöflich sein, selbst wenn du es versuchtest", sagte er, und ein wehmütiges Lächeln umspielte seine sinnlichen Lippen, als er sich neben sie setzte. Ihre Körper berührten sich knapp nicht. Sie sah zu, wie er seine eleganten Schuhe und die Socken auszog, um seine Zehen im Sand zu vergraben.

Sie war nicht überrascht, dass er ihren geäußerten Wunsch, allein bleiben zu wollen, missachtet hatte. So charmant er auch sein konnte, war Gabe im Grunde doch ein starrköpfiger und skrupelloser Mann. Im Unterschied zu ihr und Eric stammte er nicht aus einer begüterten Familie. Gabe war praktisch ohne Eltern in einer schlimmen Gegend von Los Angeles aufgewachsen und hätte sich auch leicht Drogen oder einer verbrecherischen Lebensweise zuwenden können, aber durch die Unterstützung eines älteren Mannes, der ihm das Boxen beigebracht hatte, war er auf der rechten Bahn geblieben. Als er sechsundzwanzig geworden war, hatte Gabe sein altes Leben hinter sich gelassen, hatte sich durch die Schule durchgebissen und seine eigene Firma gegründet. Jetzt war er der erfolgreiche Geschäftsmann, dem mehrere Sportgeschäfte für Abenteuersport gehörten, ein wohlhabender Mann aus eigener Kraft, und wie Bris Mitarbeiterin gerne behauptete, ein wandelnder Sexgott.

Zwischen dem Hämmern ihres Herzens und dem Tosen der Wellen des Ozeans kam es Brianne so vor, als wäre die Nacht auf einmal ohrenbetäubend laut geworden. Sie atmete mehrmals tief ein, schaute hinauf zu den Sternen und ließ den Sand träumerisch durch die Finger rinnen. Sie war sich unsicher, ob sie ihn nochmals bitten sollte, sie allein zu lassen, oder ob sie einfach diese Momente, die wahrscheinlich die letzten waren, die sie je mit ihm verbringen würde, genießen sollte. Sie hatte bereits Eric verloren, ihren besten Freund auf der Welt. Wenn Eric erst einmal Gabe die Wahrheit erzählen würde, würde sie auch Gabe verlieren.

Eine Zeitlang saßen sie da, und zu ihrer Überraschung wandelte sich das Schweigen allmählich von unangenehm zu angenehm. Es war Ironie des Schicksals, dass von allen Gästen, die sich bei ihrer Nicht-Hochzeit eingefunden hatten, ausgerechnet Gabe die Macht hatte, dass es ihr allein durch seine Anwesenheit besser ging.

Irgendwann hörte sie ihn seufzen. Er verlagerte seine Position, streckte die Beine vor sich aus. Er legte den Kopf zurück, um in den Himmel zu schauen, und sie begutachtete sein kantiges Profil.

„Ich habe gehört, dass wenn ein Stern stirbt, es tausende von Jahren dauert, bis sein Licht erloschen ist und wir es von der Erde aus nicht mehr sehen können", merkte er an. Er sprach fast zu sich selbst.

Sie hielt den Atem an, im Versuch, die erneut aufsteigenden Tränen zu unterdrücken. Es war klar, dass er sich auf die Tatsache bezog, dass sie den Niedergang ihrer Beziehung mit Eric nicht hatte kommen sehen.

Brianne erlaubte sich, zu hoffen. Vielleicht lag es an

Gabes Gegenwart; er war so nah, dass sie die von seinem Körper ausgehende Hitze spüren konnte. Alles schien möglich, wenn er da war.

Vielleicht müsste sie weder Eric noch Gabe verlieren. Wenn Eric zurückkam, würde sie alles in ihrer Macht Stehende zu, um ihn zu überzeugen, dass sie zusammengehörten. Gabe sollte niemals erfahren, dass sie von ihm fantasiert hatte. Schließlich war Eric Gentleman genug, als dass er etwas davon verlauten ließe. Ihr Geheimnis könnte ein Geheimnis bleiben – solange sie gewillt war, Eric ganz allein die Schuld für diese katastrophale Nacht auf sich nehmen zu lassen.

Nur glaubte sie, dass sie dies nicht tun konnte.

„Unser Stern war schon eine Zeitlang verglüht, doch ich hielt mich weiterhin an diesem Licht fest", murmelte sie in die Dunkelheit. Sie holte einen zittrigen Atemzug und fuhr fort. „Ich habe es nicht gesehen. Oder, so vermute ich, ich wollte es nicht sehen."

Gabe holte tief Luft und rückte im Sand etwas näher zu ihr. Sie wünschte sich, er würde sie berühren, ihr ein wenig Trost spenden, aber steckte sie wegen ihm nicht schon in genug Schwierigkeiten – oder vielmehr wegen ihrer unbewussten Gefühle für ihn?

Sie blickte hinüber und bemerkte, dass er immer noch seine Ansteckblume trug, eine einzelne Calla-Blüte. Dieser Anblick wühlte sie umso mehr auf.

„Ich werde es nie schaffen, nicht wahr?", brauste sie auf, da ihre Frustration und der Schmerz ihr das Herz zerriss. „Ich bin wieder gescheitert. Zweimal schon. Ich hatte meine Chance in der Liebe, doch es hat nicht geklappt. In beiden Situationen bin ich der gemeinsame Nenner, es muss also an mir liegen." Ein Schluchzer entrang sich ihrer Kehle, und sie legte eine Hand auf ihren Mund, in dem Versuch, ihren Kummer zu ersticken.

„Hey", sagte Gabe, der bei ihren Worten die Augenbrauen zusammengezogen hatte. Er legte seine Finger unter ihr Kinn, damit sie nicht wegschauen konnte. „Hör jetzt sofort damit auf!", sagte er ruhig, aber unnachgiebig. „Du bist nicht gescheitert. Ich werde dir nicht zuhören, wenn du so etwas sagst. Hör mal, Bri, du bist eine wunderschöne, intelligente Frau, und es hat einfach noch nicht bei dir geklappt."

Die Art und Weise, wie er mit seinen Fingern ihre Haut berührte, so fest und so sanft, ließ unwillkürlich einen Schauer über ihren Rücken rieseln. Traurig lächelte sie, denn sie war wegen seiner Inbrunst innerlich sehr berührt. „Bitte sag mir nicht, dass das alles seinen Grund hat und sich noch zum Besten wandelt! Mom hat mir das heute bereits dreimal gesagt, ebenso mein Bruder, ein paar Cousins und eine Tante. Wenn du das jetzt auch noch versuchst, dann werde ich das nicht mehr ertragen können."

Sie zog ihr Kinn von seinen Fingern weg und begab sich in eine Art halben Schneidersitz.

Gabe senkte den Blick, bemerkte ihr sonnengebräuntes Knie und den glatten Oberschenkel, der durch den hochgeschobenen Rock freigelegt wurde, wandte die Augen aber fast sofort wieder ihrem Gesicht zu. Sie schienen im Dunkeln noch mehr als sonst zu funkeln.

Mit flammenden Wangen zog sie ihren Rock hinunter und kam sich dann albern vor. Gabe hatte sie schon oft genug im Badeanzug gesehen. Das Bisschen Oberschenkel würde ihn nicht gleich aus der Ruhe bringen. Mit diesem heißen, gierigen Blick hatte ihr die Nacht nur einen Streich gespielt.

Eine Sekunde dehnte sich zwischen ihnen in die Länge, bis er endlich sprach.

„Ich werde dir keinen Haufen Blödsinn eintrichtern. Verdammt, ich weiß nicht, ob alles so klappt wie es sollte, was auch immer das heißen mag, aber ich weiß, dass es dir gut gehen wird."

„Was ist der Unterschied?", fragte sie, und ihre Stimme war wegen der Brandung kaum zu hören.

Er schaute sie gelassen an. „Weil es dir gut gehen wird, Bri, egal, was auch als nächstes geschieht. Aber du kannst nicht alles dem Schicksal überlassen. Du musst dafür sorgen, dass es geschieht. Stell dich selbst an die erste Stelle! Finde heraus, was du wirklich willst! Was dich glücklich macht." Er bewegte sich von ihr weg, als würde er sich plötzlich unbehaglich fühlen. Als wüsste er irgendwo tief im Inneren, welche Rolle er bei ihrer Nicht-Heirat gespielt hatte. Als wüsste er, wie sehr sie durch ihn verwirrt wurde.

Da ihr seine Nähe fehlte, wurde ihr kalt, aber als er ihre Hand in seine nahm und dabei mit seinen Fingern über ihren Oberschenkel strich, fing ein warmes Glühen an, über ihre Haut zu fließen.

„Erinnerst du dich an unser erstes Kennenlernen?", fragte er und schaute hinaus aufs Wasser.

Sein kantiges Profil wurde durch die Lichter, die vom Empfang hinter ihnen kamen, beleuchtet. Es hatte den Anschein, als würde er absichtlich seinen Blick von ihr fernhalten, obwohl er mit seinem Daumen über ihre Fingerknöchel strich. Es war schwierig, sich auf seine Frage zu konzentrieren, wenn sie an nichts anderes mehr denken konnte als an das Gefühl, das sein Daumen auf ihrer Haut verursachte.

„Natürlich", sagte Bri mit einem Lächeln. „Wir sind am Strand entlanggegangen."

„Und du hast dich gefragt, wie viele Menschen zur selben Zeit vom Ozean berührt würden. Und welche Probleme sie hätten. Du sagtest, dass deine Probleme verglichen mit ihren wahrscheinlich verblassen würden."

Sie lachte leise. „Wow! Hast du mitgeschrieben, als ich nicht hinschaute?"

„Nein. Ich hab's bloß nie vergessen."

Fast hätte sie Gabes Worte verpasst, denn der Lärm der Feier und die Wellen am Strand übertönten sie beinahe. Und er sprach so leise, als würde er nicht wollen, dass sie ihn hörte.

„Was willst du damit sagen? Dass ich meine Zehen ins Wasser tauchen und mich daran erinnern soll, wie klein meine Probleme sind im Vergleich zum Rest der Welt?"

„Vielleicht." Er grinste sie an.

„Du bist ja heute Abend voller Weisheit",

schmunzelte sie.

„Ich versuche bloß zu helfen, das ist alles. Mir gefiel nicht, dich hier draußen allein sitzen zu sehen."

Brianne seufzte. Er war der letzte Mensch, den sie schnippisch behandeln sollte. „Entschuldige, dass ich sarkastisch bin."

Er tat es mit einem Achselzucken ab. „Hältst du noch ein bisschen mehr von der Glückskeks-Weisheit aus?"

„Ich werde versuchen, sie runterzuwürgen." In Wirklichkeit wollte sie einfach nur bei ihm sein. Es war egal, was er sagte, solange er nur da war.

„Ich kenne dich jetzt, wie lange, sechs Jahre?", fuhr er fort. „Eine lange Zeit. Und du hast immer andere an die erste Stelle gesetzt. Ich meine, schließlich organisierst du Wohltätigkeitsveranstaltungen!"

Sie hörte ihm zu, wie er redete. Das dunkle Timbre seiner Stimme beruhigte und erregte sie gleichermaßen. Sie hatte ihm schon immer gerne zugehört, musste sich selbst im Zaum halten, dass sie nicht förmlich an seinen Lippen hing, wenn sie und Eric mit ihm zusammen waren. Sie musste sich stark auf das, was er sagte, konzentrieren, statt einfach nur den Klang seiner Stimme zu genießen.

Brianne errötete, denn ihr wurde bewusst, dass Gabes Einschätzung die gleiche war wie die der meisten anderen Menschen – sie sahen sie als eine Art Gutmensch, der sich immer in die Angelegenheiten anderer Leute einmischte. Die Wahrheit war, sie war die Tochter eines Milliardärs; sie hatte ihren eigenen Treuhandfonds und konnte sich kaufen, was immer sie wollte. Sie gab das Geld verschwenderisch für alle möglichen und unmöglichen Dinge aus wie viele andere auch.

„Ich bin keine Heilige", widersprach sie. „Du siehst mich bloß so, wie du mich sehen willst."

„Bri, ich sehe dich", sagte er und schaute ihr eindringlich in die Augen. „Es wird Zeit, dass du aufstehst und selbst der Stern in deinem eigenen Leben wirst. Und dann wirst du vielleicht auch das glückliche Ende bekommen wie im Märchen, das du dir so sehr wünschst. Aber selbst wenn nicht, dann wirst du du selbst sein. Jage dem hinter her, was du wirklich willst, und lass den Rest von uns ein bisschen alleine kämpfen!" Er drückte fest ihre Hand.

„Danke, Gabe", sagte sie leise.

„Gern geschehen", erwiderte er und beugte sich zu ihr, um sie auf die Wange zu küssen.

Sie versteifte sich, nicht vor Unbehagen, sondern vor intensiver Spannung. Sein Mund verursachte ein Kribbeln auf ihrer Haut, genau wie sein Daumen, als er ihre Hand gestreichelt hatte. Hitze strahlte von ihm aus, und sein Duft war berauschend. Sie schloss die Augen und gab sich der Empfindung hin.

Als er zurückwich, waren ihrer beider Lippen einander so nah, dass sie seinen Atem auf ihrem Gesicht spüren konnte.

Ihre Lippen teilten sich, und all ihre Tränen waren mit einem Mal vergessen. Es wäre so einfach, sich an ihn zu lehnen und ihre Lippen aufeinandertreffen zu lassen, um zu sehen, ob der Funke, von dem sie immer angenommen hatte, dass es ihn gäbe, tatsächlich entfacht werden würde.

Aber ich kann nicht, dachte sie mit wild klopfendem Herzen unter ihrem schimmernden Kleid.

Selbst wenn Gabe sich zu ihr hingezogen fühlte, und es gab keinen Grund, anzunehmen, dass es so war, so stand doch Eric zwischen ihnen und würde immer zwischen ihnen stehen. Gabe war nur ein guter Freund und betrachtete sie eher als Schwester. Er betrachtete sie als jemanden, den er beschützen konnte, auf den er aufpassen würde. Nicht mehr.

Für eine Sekunde, sein Gesicht war gerade mal zwei Zentimeter von ihrem entfernt, starrte er sie an, dann wurde seine Miene ausdruckslos, und er zog sich zurück.

„Eric ist absolut wahnsinnig, das getan zu haben, was er getan hat", fauchte er und knirschte mit den Zähnen.

„Gabe", fing sie an, denn sie hatte das Gefühl, Eric verteidigen zu müssen. Gleichzeitig war sie unsicher, wie sie das tun sollte, ohne ihre dunkelsten Geheimnisse zu enthüllen, Geheimnisse, die sie mit niemandem teilen wollte, am allerwenigsten mit ihm.

„Nein, warte! Lass mich ausreden! Eric ist mein bester Freund. Lange Zeit ist er wie ein Bruder für mich gewesen", erklärte er und zwang sich zu einem angespannten Lächeln. „Aber du bist auch meine Freundin", sagte er, und eine Spur von Traurigkeit trat in seine Augen. Er streckte seine Hand aus und strich ihr eine wirr in die Stirn fallende Strähne ihres dunklen Haares zurück und steckte sie ihr hinters Ohr. „Vergiss das nicht!", flüsterte er.

Sie runzelte die Stirn und wusste nicht, was sie sagen sollte. Sie beschloss, nichts zu sagen. Dann schluckte sie schwer und seufzte. Am liebsten wollte sie klein und unsichtbar sein. Sie umklammerte ihre Knie und zog sie bis an die Brust, wünschte sich, gänzlich vom Sand verschlungen zu werden.

Gabe saß schweigend noch eine Weile länger bei ihr, bevor er sich räusperte. „Also gut. Das war's dann wohl", sagte er, während er seine langen Beine streckte und langsam aufstand. Er klopfte sich den Sand von der Hose, bückte sich dann und hob seine Schuhe auf, die er an zwei Fingern baumeln ließ. „Komm mit!", sagte er und streckte die andere Hand aus.

Sie schüttelte den Kopf, während sie wieder die unablässig an den Strand rollenden Wellen beobachtete. „Ich glaube, ich werde noch eine Weile länger hierbleiben."

„Nein", beharrte er. „Ich werde dich nicht hier sitzen und dich quälen lassen, wenn du denkst, du seist gescheitert und dass du niemals glücklich bis an dein Lebensende werden könntest. Das wirst du, Bri. Und du wirst aufstehen und die Reise beginnen, bei der du der Stern deines eigenen Lebens wirst."

Sie konnte nicht anders, als ihn anzulächeln. „Also gut", seufzte sie, „ich glaube, man sagt, auch die längste Reise beginnt mit—"

„Mit einem Mojito", vervollständigte er ihren Satz, nahm ihre Hand in seine und drückte sie mit seinen starken Fingern. Trotz allem spürte sie dennoch ein aufgeregtes

Kribbeln, als er sie berührte, um ihr beim Aufstehen zu helfen.

„Komm, wir besorgen für dich einen Drink." Er grinste und wandte sich zum Gehen in Richtung Hochzeitsempfang. Ein klein wenig musste er sie ziehen.

Mit ihrer freien Hand strich sie den Sand von ihrem Kleid und ging mit ihm vom Strand zurück, dankbar für seine Freundschaft und sein Mitgefühl, aber nicht imstande, abzustreiten, dass ihr Körper mehr wollte.

So wie immer.

KAPITEL ZWEI

Eine Stunde nach seinem Gespräch mit Bri am Strand saß Gabe an einem der großen Tische, die im Hochzeitszelt für den Empfang aufgebaut waren. Er trank einen Schluck Bier und schaute sich am Tisch um. Neben Gabe saß Ryan, der sich mit seiner hübschen Freundin Annie unterhielt. Jamie, Briannes Bruder, war verwirrt und wütend, aber er riss sich zusammen, größtenteils dank der Frau an seiner Seite, Lucy Conrad. Cole und Luke unterhielten sich in gedämpftem Ton, und der Richtung ihrer Blicke nach zu urteilen, tauschten sie ihre Meinungen über die Brautjungfern aus. Es war kein Geheimnis, zu erkennen, was sie vorhatten.

Zumindest für einige wird die Nacht gut ausgehen, dachte Gabe säuerlich. Jedoch ganz sicher nicht für Bri.

„Ich kann das einfach nicht glauben", meinte Gabe und erregte damit Ryans Aufmerksamkeit.

„Ich weiß, Mann. Aber es passiert."

„Aber nicht Brianne. Das sollte es jedenfalls nicht."

„Man weiß nie, was in einer Beziehung passiert", erwiderte Ryan achselzuckend. „Aber all die ganze Vorbereitung...Sie mussten das monatelang geplant haben. Und ich nehme an, der Großteil der Planung war Briannes Werk. Es muss ihr alles verdammt peinlich sein."

Bei Ryans mitleidsvollem Tonfall schaltete Gabe auf einen anderen Gang um. Er wusste, dass sein Freund niemanden beleidigen wollte, aber, verdammt nochmal, Brianne Whitcomb war keine Frau, die bemitleidet werden sollte, auch wenn ihr bescheuerter Verlobter sie am Altar stehen gelassen hatte.

„Sie vergnügt sich dort", sagte er und nickte in Richtung Tanzfläche. Seit ihrem Gespräch am Strand, gab sie ihr Bestes, getreu dem Motto: *Lass niemanden sehen, wie es dir wirklich geht!* Sie ertrug die missliche Situation wie ein wahrer Champion und tanzte, mit einem Mojito in der einen Hand und ihrer Schleppe in der anderen, inmitten einer Gruppe von Mädchen zu einem Song aus den Achtzigern.

Sie war schon immer das tapferste Mädchen gewesen, das er kannte.

„Was hat sie für eine Wahl?", fragte Jamie, der neben Ryan saß.

Auf der anderen Seite von Gabe saß Cole, der meinte: „Ähm, sie könnte auch komplett ausrasten und dem Blödmann hinterherjagen. Ich kenne einige Mädchen, die durchgedreht sind, als ich sie nicht angerufen habe, nachdem wir die Nacht zusammen verbracht haben. Ich will gar nicht wissen, was passiert wäre, wenn ich sie an unserem Hochzeitstag verlassen hätte."

„Was, glaubst *du*, ist passiert?", schaltete sich Luke ein. „Ich meine, im Ernst. Hat er irgendetwas zu irgendeinem von euch gesagt?"

Alle schüttelten den Kopf.

„Keine Spur", sagte Ryan. „Nicht den kleinsten Hinweis. Aber ich kann mir nicht vorstellen, dass es um eine andere Frau geht. Ich habe mich mit Eric in Las Vegas unterhalten, und er sagte mir, es sei nie einfacher gewesen, einer Frau treu zu sein. Und Brianne scheint mir auch nicht der Typ zu sein, der jemanden betrügt."

„Auf keinen Fall", bellte Gabe, der das bis ins Mark wusste.

Seine Freunde starrten ihn an, bevor sie die Augen abwandten, als ob jeder von ihnen wüsste, was er die ganzen Jahre geheim gehalten hatte.

„Denkst du, dass Eric okay ist?", fragte Cole. „Ich meine wirklich okay. Er wird doch nicht irgendetwas Verrücktes tun, oder?"

„Ich hoffe nicht", sagte Luke und schaute sein Glas an.

Wahrscheinlich zum ersten Mal an diesem Tag dachte Gabe auch über Erics Wohlbefinden nach. Ja, er sorgte sich um Brianne, aber er sorgte sich auch um Eric. Aber Eric war derjenige, der hier im Unrecht war. Er hatte Brianne eine SMS geschrieben, dass er nicht kommen würde, um Gottes willen! Es war ja nicht so, dass er entführt oder in einen schrecklichen Unfall verwickelt worden war.

Er schaute Jamie an, und sie verstanden sich blind. Gabe wusste, wie stark Jamies Beschützerinstinkt gegenüber seiner kleinen Schwester ausgeprägt war. Kein

Zweifel, dass Jamie Eric am liebsten in den Hintern treten wollte – das heißt, falls er überhaupt erst einmal an Gabe vorbeigekommen wäre.

Gabe war noch nie so wütend auf jemanden gewesen und hatte sich noch nie so sehr gezwungen gefühlt, für jemandes Verteidigung einzutreten wie jetzt für Brianne.

Warum? War er insgeheim nicht sogar erregt gewesen?

Die Hochzeitsvorbereitungen der beiden mitansehen zu müssen, war die reinste Qual gewesen. Für Eric eine Bachelorparty auszurichten, war die Hölle gewesen. Er war innerlich tausend Tode gestorben, als er zusah, wie die beiden ihr Ehegelöbnis probten. Jeder Schritt hatte Eric und Brianne näher dahin geführt, dass ihr Verhältnis als Paar auf Dauer zementiert würde. Damit wurde sie ihm immer mehr weggenommen.

Hatte er nicht als erstes eine Welle der Erleichterung verspürt, als er hörte, die Hochzeit seit abgesagt worden? Als würde er dadurch eine zweite Chance bekommen?

Das war ein dummer Gedanke gewesen. Eric hatte kalte Füße bekommen, das war alles. Gabe hatte ihn und Brianne sechs Jahre lang beobachtet, und es war unverkennbar, wie gut die beiden zusammenpassten. An diese Tatsache wurde Gabe jedes Mal aufs Neue erinnert, wenn er die beiden zusammen sah. Sie kannten dieselben Leute, verkehrten in denselben Kreisen, gaben ein wunderbares Paar ab, das wundervolle Kinder haben würde.

Sie waren füreinander bestimmt.

Eric würde zurückkommen. Sie würden die Dinge ins Reine bringen und heiraten, vielleicht irgendwohin abhauen an einen Strand. Gabe würde aufs Neue dazu überredet werden, als Trauzeuge zu fungieren. Und dann würde er zusehen müssen, wie die einzige Frau, die er je geliebt hatte, seinen besten Freund heiratete.

Das war kein Straferlass, das war nur ein Strafaufschub, eine Galgenfrist.

Ryan beugte sich in Richtung Gabe und unterbrach seine Gedanken. „Entweder tust du jetzt etwas oder ich werde es tun." Er nickte in die Richtung einer groß gewachsenen, blonden Göttin in einem engen blauen Etuikleid. Gabe hatte bemerkt, dass sie einige Male zu ihrem Tisch geschaut hatte – das geschah häufig, wenn er mit seinen Freunden zusammen war. Jetzt starrte sie Gabe an.

„Als könntest du irgendetwas deswegen tun", schnaubte Gabe. „Du bist doch schon Hals über Kopf in jemand anderen verliebt."

Ryan blickte rasch zu Annie, die jetzt an der Bar mit einer anderen Frau plauderte.

Er tätschelte seinem Freund den Rücken, dann stand er auf, um sich der Blondine zu nähern.

Warum nicht? Es war ja nicht so, dass er an jemanden gebunden war.

Aber während er mit ihr flirtete und sie zurückflirtete und ihr Haar herumwarf und all das tat, was Frauen taten, wenn sie mit einem Mann ins Bett wollen, hatte er nur Augen für Brianne. Sie tanzte und aß und trank und tat alles, was von ihr erwartet wurde, um ihre Gäste zufriedenzustellen.

Wie es eine wahre Lady auch tun sollte.

Sein tapferes, zerbrechliches, wunderschönes Mädchen.

KAPITEL DREI

Zwei Wochen später…

Gabe schüttelte seine Hände aus, als der Ringrichter mit ihm und seinem Gegner, Javier Montoya, Schritt für Schritt die Regeln durchging. Dann begab er sich in seine Ecke des Rings. Im Laufe der letzten Jahre hatte Gabe seine kämpferischen Fähigkeiten erweitert, sodass er jetzt auch über gemischte Kampfkünste verfügte. Normalerweise reichte es aus, dass er in den Ring stieg, um seinen Kopf von allen belastenden Problemen freizubekommen; er konzentrierte sich dann auf nichts anderes als auf den vor ihm liegenden Kampf.

Heute nicht.

Kurz bevor das Signal ertönte, spürte er den vertrauten Nervenkitzel und den beschleunigten Pulsschlag aufgrund des Adrenalins, das bereits durch seine Adern strömte. Leider erinnerte ihn dieses Gefühl nicht an seinen letzten Kampf, sondern an den Zeitpunkt vor zwei Wochen, als er Brianne am Strand fast geküsst hätte.

Er hörte das Signal, und bevor er es überhaupt ins Zentrum des Achtecks geschafft hatte, war Javier bereits vor ihm und schlug ihm die Fäuste um die Ohren.

Gabe war in der Lage, drei von vier abzuwehren. Doch einer der Schläge traf ihn knapp über seinem linken Auge, sodass er dreißig Sekunden lang eine blutende Wunde hatte. Er schüttelte sich kurz und kam in den Kampf zurück. Mit einem schnellen rechten Haken traf er Javier seitlich am Kopf. Ruckartig drehte Javier seinen Kopf zur Seite weg, und der Schweiß seiner Stirn flog durch die Kampfstätte. Javier schüttelte seinen Kopf, als wolle er den Treffer buchstäblich abschütteln, dann stürzte er vorwärts und packte Gabe um die Taille. Er stieß weiter vorwärts und katapultierte Gabe mit der Wucht seines Körpers in die Seile. Gabe verschränkte die Arme, so dass seine Oberarme gegen Javiers Brustkorb drückten, und mobilisierte sein ganzes Körpergewicht, um seinen Gegner zurück und von sich wegzustoßen. Das brachte ihm zwei Schläge auf den Kopf ein und einen Tritt auf den oberen Teil seines rechten Oberschenkels. Noch einmal wurde er in die Seile gestoßen.

„Bau deine Abwehrhaltung auf, gleich wird er dir einen Haken versetzen!", schrie Sam, sein Trainer.

Klar, dass Javier mit einem linken Haken auf ihn losging. Manchmal war es, als hätte Sam übersinnliche Fähigkeiten. Er konnte die Bewegungen eines Kämpfers besser lesen als irgendjemand anderer, den Gabe kannte.

Gabe fing die Faust seines Gegners mit seiner Handfläche ab und umschloss sie mit seiner Hand. Dann setzte er Javiers eigenes Körpergewicht ein, um ihn zurückzustoßen. Während er das tat, drehte er den anderen so herum, dass er von ihm wegschaute, und schlang dann einen Arm um Javiers Kehle. Er hatte vor, ihn zu Boden zu schicken, aber gerade als er seine Beine in die Kniekehlen des anderen drückte, ertönte das Signal.

Gabe ließ seinen Gegner los und kehrte in seine Ecke des Kampfbereichs zurück.

Er setzte sich auf den Stuhl und spuckte seinen Zahnschutz in eine Schale, die Sam für ihn bereithielt. Dann lehnte er sich zurück und ließ Sam Gatorade in seinen Mund träufeln, bevor er die blutende Schnittwunde behandelte. Gabe schloss die Augen, während Sam Enswell auf den Schnitt drückte und dann dick Vaseline draufstrich.

„Gabe!" Die Zuschauermenge war laut, aber er meinte, er hätte eine zarte Stimme gehört, die seinen Namen gerufen hatte. Er machte die Augen auf. Sein rechtes Auge fühlte sich geschwollen und von der Vaseline klebrig an, und er musste einige Male blinzeln, ehe er den Kopf in Richtung der Stimme wenden konnte.

Natürlich war es nicht Brianne. Sie würde sich an so einem Ort niemals blicken lassen. Aber es war eine schöne, junge Frau. Wahrscheinlich nicht einmal alt genug, um schon legal Alkohol zu trinken.

Vielleicht sogar so jung wie Brianne damals gewesen war, als Gabe und sie sich vor all diesen Jahren zum ersten Mal getroffen hatten.

Er grinste die brünette Schönheit an, obwohl sein Herz ganz woanders war.

„Hey, Süßer, wirf ihr eine Kusshand zu und dann

krieg deinen Arsch hoch! Gleich ertönt das Signal. Sie wird dieses hübsche Gesicht nicht sehr mögen, wenn dieser Kerl dir noch ein paar auf deine Nase verpasst und die Knochen deiner Wangen zertrümmert."

Sam war ein Dichter. Er war auch Gabes Retter. Er war wie ein Vater für Gabe gewesen, als er ihn am allermeisten gebraucht hatte. Er hatte ihm beigebracht, wie er seine Wut beherrschen und kanalisieren konnte. Mit sechzehn war Gabe vor einem Richter gestanden, weil er schließlich ausgerastet war und einen der gewalttätigen Freunde seiner Mutter zusammengeschlagen hatte. Seine Mutter hatte kein Wort über das blaue Auge verloren und die gebrochenen Rippen, die sie dem verdammten Scheißkerl zu verdanken hatte, aber sobald Gabe dies gesehen hatte, war er fest entschlossen, den Drecksack, der dafür verantwortlich war, aus ihrer beider Leben verschwinden zu lassen.

Er hatte den Typen hart geschlagen und war für seine Mühen ins Gefängnis gewandert. Seine Mom? Sie hatte nicht versucht, ihn per Kaution aus dem Gefängnis zu holen. Sie hatte ihn nicht einmal besucht. Erst dann, als er vor Gericht neben seinem Pflichtverteidiger saß, wurde ihm klar, dass der Alkohol und die schrecklichen Männer in ihrem Leben immer an erster Stelle kommen würden. Er war nur ein Fehler gewesen, von dem sie wünschte, dass er niemals passiert wäre, eine Last, für die sie nicht länger die Verantwortung tragen wollte.

Sam hatte mit straffälligen Jugendlichen gearbeitet, sich um sie gekümmert, sie ins Studio gebracht und ihnen wieder eine Perspektive gegeben. Er hatte das auch mit Gabe getan, und so hatten sie viele Stunden gemeinsam verbracht. Sam gab seinen Jungs niemals das Gefühl, dass sie nicht alles, was sie wollten, erreichen konnten, egal woher sie abstammten. Die glänzende olympische Goldmedaille im Boxen war greifbarer Beweis, dass auch ein Kind von der Straße es bis ganz oben schaffen konnte.

Gabe rappelte sich auf. Die Brünette stand immer noch dort und starrte ihn an. Er zwinkerte ihr mit seinem unverletzten Auge zu.

In dem Moment als das Signal ertönte, begab sich Gabe in den Kampf und Javier ebenso. Die Härte der Schläge, die er austeilte und einstecken musste, hallte durch seinen Körper. In Strömen rann ihm der Schweiß über seine bloße Brust und seine Arme. Und während Gabe noch kämpfte, war ein Teil von ihm abgelenkt, sodass einige Minuten später, als der Kampf für beendet erklärt wurde, Javier zum Sieger erklärt wurde.

Gabe akzeptierte die Schimpfkanonade von Sam, die er verdient hatte, und steuerte dann auf den abgestandenen, düsteren Umkleideraum zu, um zu duschen. Das Studio lag inmitten von Gabes alter Wohngegend und sah genauso heruntergekommen aus wie immer. Der Fußboden klebte von getrocknetem Schweiß und verschütteten Energy Drinks. So sehr er auch dieser Gegend entkommen wollte, als er jünger war, so war es doch seltsam, dass die Rückkehr in sein altes Studio ihm immer das Gefühl gab, dass es ihm besser ging. Er fühlte sich geerdet. Zentriert. Als würde ihm das alles ins Gedächtnis rufen, wie viel er in seinem Leben bereits erreicht hatte.

Aber warum brauchte er immer noch diese Bestätigung?

Nachdem er die Boxhandschuhe ausgezogen hatte, ließ er seine Knöchel spielen, dann machte er kreisförmige Bewegungen mit seinem Kopf zur Entspannung der Nackenmuskulatur. Seit über einer Stunde war er nun hier, und während er bereits zerschunden und müde war, hatte sein Verstand immer noch nicht die Probleme lösen können, wegen denen er das Studio überhaupt aufgesucht hatte.

Brianne.

Er schloss die Augen.

Er wusste, dass es falsch war, sie zu begehren; es war immer falsch gewesen. Er hatte eine Chance gehabt, mit ihr zusammen zu sein, und hatte sie nicht ergriffen. Eric schon. Egal, als welch mieses Arschloch Eric sich erweisen würde, er war immer noch Briannes Verlobter. Okay, das stimmte nicht ganz. Eric hatte die Hochzeit abgesagt und außer einer SMS an Brianne an dem besagten Tag und einer E-Mail an seine Freunde, in der er ihnen mitteilte, dass es ihm gut ginge, er aber Abstand brauche, hatte keiner mehr etwas von ihm gehört. Dennoch würde er eines Tages aus seinem Versteck auftauchen und die Dinge in Ordnung bringen.

Bei diesem Gedanken schlug Gabe gegen eine Umkleidekabine und trug dabei die grimmige Miene der Genugtuung zur Schau, als wäre da unter seiner Faust Erics Gesicht. Dann schloss er die Augen und drückte seine Handfläche an die Kabine, denn alles, was er sich vorstellen konnte, war Brianne und was eventuell geschehen wäre, wenn er seinem Drängen tatsächlich einmal nachgegeben hätte und sie in jener Nacht am Strand geküsst hätte.

Wenn er all das getan hätte, was er am liebsten mit ihr getan hätte.

Er hätte seine Hände an der langen schlanken Säule ihrer Kehle entlangstreifen lassen wollen, die seidenweiche Beschaffenheit ihrer Haut unter seinen Fingerspitzen spüren wollen, während er mit seinem Mund ihren festgehalten hätte. Er hatte sich an sie pressen wollen, seine wachsende Erektion an die schmale Spannweite ihres Beckens drücken wollen und sie laut keuchen hören wollen, während sich seine Hände in den dichten, seidigen Flechten, die ihren Kopf bekrönten, verirrten.

Er presste seine Augen noch fester zu, in der Hoffnung, damit seine Gedanken zu vertreiben. Ohne Erfolg. Sein Geist war in einer köstlichen Fantasievorstellung verfangen. Er konnte die feste Üppigkeit ihrer Lippen unter seinen beinahe spüren, das betörende Aroma ihres Mundes schmecken, während seine Zunge jeden Winkel und jede Falte erkundend plünderte.

Ihre Hände ergriffen seine Schultern, ihre Fingernägel gruben sich sanft in das Fleisch unter seinem Hemd. Ihr Körper bog sich seinem entgegen, und ihre schmalen

Hüften trafen seine, als sie immer fester vorwärtsstieß und sich an seiner immer größer werdenden Erektion rieb. Ihre Zunge schoss pfeilschnell in seinen Mund und rankte sich um seine. Sie schmeckte nach Kaugummi und reichhaltigem rotem Wein. Ihre Lippen, die einen Moment zuvor noch auf perfekte Weise geglänzt hatten, teilten sich noch weiter, während seine Hände über ihren Körper streichelten, die sanfte Wölbung ihrer Brüste maßen und dann nach weiter unten glitten, wo sie an der verführerischen und köstlichen Breite ihrer Rippen zur Ruhe kamen. Er spürte, wie sich ihre Knochen bei jedem Atemzug, den sie zwischen den einzelnen Küssen einsog, einzogen und wieder herauswölbten.

Seine Hände wanderten tiefer. Er platzierte seine Hand zwischen ihre Beine und drückte leicht, brachte sie damit dazu, nach Luft zu schnappen und wimmernde Töne auszustoßen. Dann bewegte er seine Hand weg und in Richtung ihrer Hüfte, während er ein Bein zwischen ihre Oberschenkel schob und sie noch weiter spreizte, während der lange Rock ihres Abendkleides hochrutschte und ihr Fleisch freilegte, das sehr nahe an dem kleinen schwarzen Höschen lag, das sie trug und das bereits triefend nass war von den Flüssigkeiten, die aus ihrem innersten Kern tropften.

Mit ihren Händen zerrte sie an seinen Haaren, als er seine Finger aufwärts streifen ließ, wo er sie am Saum ihres Höschens neckte, sie reizte, dann eintauchte, wo er ein ordentlich gepflegtes Schamhaar fand, das ihre schlüpfrigen Schamlippen bedeckte. Mit seinen Fingern strich er durch dieses Haar, das durcheinander und feucht von ihren Säften war.

Er bewegte seine Finger weiter nach unten, so weit, dass er das weiche, köstliche Fleisch unterhalb des Haares spüren konnte. Ihre äußeren Schamlippen teilten sich, und ihre intensive Erregung machte es ihm leicht, in sie einzutauchen.

Ihre Fingernägel gruben sich in seine Kopfhaut, und ihre Augen weiteten sich, als sie hauchte: „Oh Gott, ja! Ja, Gabe!"

Seine Finger drangen tiefer in ihre nassen und willigen Tiefen ein. Ihre Zunge traf seine, und er zog das Höschen zu einer Seite, knurrte dann frustriert, als er sich bemühte, es aus dem Weg zu schieben, um einen weiteren Finger in ihre engen, pulsierenden inneren Falten zu schieben. Er zog sich zurück, ließ sie wimmernd und hüftenstoßend zurück. Seine Finger fanden den aufgerichteten Grat ihrer Klitoris und massierten sie, doch das war nicht genug.

Für keinen von ihnen beiden.

Er ging auf die Knie. Der salzig-süße Geschmack erfüllte seinen Mund, bedeckte seine Zunge, und er ließ seine Finger wieder in sie eintauchen, während seine Zunge ihre Klitoris immer schneller massierte und sie an den Rand des Orgasmus brachte. Ihre Beine zitterten, und er musste sie rückwärts an die Wand drücken, um zu verhindern, dass sie auf seinem Körper zusammenbrach, während er dort an dem Treffpunkt ihrer Oberschenkel kniete.

Er stand auf, und seine Hände wanderten zu dem Reißverschluss, um die schwere Härte seines Schwanzes zu befreien. Seine Hand streichelte darüber, und noch mehr Blut füllte das bereits angeschwollene und sehnsuchtsvoll schmerzende Glied. Ihre Hände verankerten sich auf seinen Schultern, während er mit seinen Händen ihre Taille umfasste und Brianne hochhob. Ihre Beine schlangen sich um ihn, und das Gefühl ihres Fleisches an seinem machte ihn verrückt vor Begierde.

Ihr Rücken stieß erneut an die Wand, als sie ihre Hüften hob, gerade so weit, dass die äußerste Spitze seines angeschwollenen Penis zwischen ihre Schamlippen gleiten konnte und in die durchweichten Wände dahinter. Ihr Schrei war leise und heiser und voller Gier. „Ja", wimmerte sie, „oh, bitte, Gabe! Bitte mach Liebe mit mir!"

Er stieß vorwärts, und sie rutschte abwärts. Ihre Körper stießen zusammen, und die Empfindung war so intensiv, so verdammt richtig, dass er—

Schlagartig kam Gabe aus seinem Tagtraum zurück. Mit gebeugtem Kopf stand er da und atmete mehrmals heftig und tief ein, um sich wieder ins Gleichgewicht zu bringen. Noch immer halb benommen, blickte er sich schuldbewusst um, aber er war immer noch allein, obgleich er eine eindrucksvolle Latte vorweisen konnte.

Noch mehr Schuld durchströmte ihn, und er sandte sich den gleichen Zuspruch, die gleichen aufmunternden Worte, die er sich schon während des Hochzeitsempfangs eingesagt hatte und am Strand und noch eine Million weitere Male über die Jahre. Darüber zu fantasieren, wie er Sex mit Brianne hatte, war eindeutig nicht dasselbe wie wenn er tatsächlich mit Brianne Liebe machen würde, aber es war nah dran. Doch sie war tabu. Sie war das Mädchen seines besten Freundes.

So wie die Dinge gelaufen waren, war es seine eigene Schuld gewesen.

Seine Gedanken drifteten zurück zum Strandhaus auf Coronado Island. Zu der Art und Weise, wie sie in dieser kurzen Jeansshort ausgesehen hatte und wie sie sofort eine gemeinsame Wellenlänge gehabt hatten. Es hatte ein fast hörbares Klicken der Übereinstimmung zwischen ihnen gegeben, und er hatte sie sogar damals schon begehrt.

Aber er hatte nichts von den Dingen, über die ihre Mutter geplappert hatte, verstanden.

Was wäre, wenn?

Was wäre passiert, wenn er seinen Mund nicht gehalten hätte? Was wäre passiert, wenn er weiter mit ihr gesprochen hätte, wenn er den offensichtlichen Versuch ihrer Mutter, für sie eine Verabredung mit Eric zu arrangieren, zunichte gemacht hätte?

Er wusste es nicht. Er *konnte* es *nicht* wissen, und das ärgerte ihn. Er war nie ein Feigling gewesen, aber damals war er feige gewesen. Er hatte Angst gehabt, dass sie für ihn zu gut wäre.

Und das echt Beschissene an der Sache war, dass er sich *immer noch* ziemlich sicher war, dass sie zu gut für ihn wäre.

Mit einem frustrierten Knurren duschte Gabe, zog sich

an und eilte hinaus. Er war gerade auf dem Weg zu seinem Wagen auf dem Parkplatz, als ihn ganz in seiner Nähe eine sinnliche Stimme ansprach.

„Hallo!"

Er drehte sich um und sah, dass eine junge Frau ihn anlächelte. Dieselbe junge Frau, die ihn während dem Kampf beobachtet hatte.

Jung, aber nicht so jung wie er zunächst gedacht hatte. Wahrscheinlich nur ein paar Jahre jünger als er.

„Hey du!"

Sie kam ein wenig näher. „So viel ich da drinnen sehen konnte, magst du ziemlich hartes Training." Ihre Worte waren anzüglich und ließen keinen Zweifel, dass sie ihn anbaggerte. Sie beugte sich noch näher heran und fügte hinzu: „Das mag ich auch. Aber mir gefällt Freizeit auch. Wenn du also auf einen entspannenden Abend hoffst, könnten wir vielleicht zusammen etwas trinken gehen?"

Gabe hielt eine Sekunde inne und registrierte, dass er trotz ihres eindeutig guten Aussehens und ihres unleugbar attraktiven Körpers bei ihrem Angebot keinerlei Aufregung verspürte, weder emotional noch körperlich. Er hatte keinen Zweifel, dass sie im Bett recht angriffslustig wäre und sicher auch sehr gut. Es würde Spaß bringen, und es wäre einfach, sie am nächsten Morgen wieder zu vergessen. Solche Erfahrungen hätten ihn veranlassen sollen, diese Frau zu wollen, aber er wollte sie nicht.

Er wollte nur eine Frau, und das war Brianne.

Aber Brianne war nicht die Seine und würde nie die Seine sein können.

KAPITEL VIER

„Ja, danke, Frau Foster. Das verstehe ich vollkommen. Ich hoffe nur, Sie werden an uns denken, wenn Sie Ihre nächste Veranstaltung planen."

„Aber natürlich, Brianne. Und passen Sie auf sich auf!", sagte die ältere Frau am anderen Ende der Leitung.

„Sie auch." Mit Wucht legte Brianne den Hörer ihres Bürotelefons auf und lächelte verkrampft. Sie begann sich zu fragen, wie viel mehr sie noch ertragen konnte, bevor sie schreiend zusammenbrechen würde. In dieser Woche war Frau Foster von Briannes Stammkunden schon die dritte Auftraggeberin, die einen Auftrag an jemand anderen vergeben und dabei diesen herablassenden Ton angeschlagen hatte. Vor dem Altar im Stich gelassen zu werden, war anscheinend das soziale Äquivalent zu Lepra. Kaum hatte Brianne beschlossen, sich von nun an stärker auf ihre Karriere zu konzentrieren, hatte sie bald nichts mehr, worauf sie sich konzentrieren konnte.

Konnte ihr Leben noch schlimmer werden?

„Hast du mit Frau—" Ihre Mitarbeiterin Evie blieb abrupt im Türeingang zu Briannes Büro stehen, als sie Bris grimmiges Gesicht sah.

„Oje", sagte Evie mit enttäuschter Miene. „Entschuldige, aber ich kenne dieses Lächeln. Es bedeutet: Ich werde ein glückliches Gesicht aufsetzen, auch wenn es zum Heulen ist."

„Genau das ist es", sagte Brianne, gab ihr falsches Lächeln auf und schaute nun voll Abscheu drein. Ihre Gesichtsmuskeln seufzten beinahe vor Erleichterung auf, dass sie diese falsche Fröhlichkeit nicht weiter aufrechthalten mussten, mit der Brianne sich und andere davon überzeugen wollte, dass es ihr gut ging. Sie warf ihren Stift neben das Telefon und massierte ihren Kiefer. „Ich weiß nicht, was los ist. Das ist das dritte Event in dieser Woche, das ich an einen anderen Anbieter verloren habe. Wenn das so weitergeht", sie hielt inne und sah Evie voller Verzweiflung an, „dann wird das katastrophal werden."

Evie kam weiter in das Büro herein und setzte sich gegenüber von Briannes Tisch auf den luxuriösen Stuhl. „So darfst du nicht denken", sagte die jüngere Frau. „Es wird besser werden. Diese Arschlöcher werden das schon einsehen." Evies lebhafter blonder Pferdeschwanz und ihre porzellanfarbene Haut ließen sie wie eine zerbrechliche, verwöhnte Prinzessin aussehen – wenn man sich eine Prinzessin vorstellen kann, die wie ein Matrose flucht und einen frechen Verkäufer mit weniger als fünf Worten auf seinen Platz verweist.

Brianne seufzte auf und sank in ihren Lederstuhl zurück, während sie mit ihren Händen durch ihr dichtes, dunkles Haar fuhr. „Du solltest unsere Kunden nicht

‚Arschlöcher' nennen", versuchte sie Evie zurechtzuweisen, doch sie stand nicht wirklich hinter ihrer eigenen Aussage. In diesem Moment stimmte sie mit Evie völlig überein – außer ihrem eigenen Unternehmen war die Welt voller beschissenen Idioten, wenn sie ihr das antaten.

„Sie sind nicht unsere Kunden, wenn sie absagen. Sie sind Freiwild", merkte Evie an. „Also sind sie Arschlöcher."

Dieser Logik konnte Brianne nicht widersprechen.

„Ich verstehe es nur einfach nicht", sagte sie, ließ die Ellbogen auf den Tisch sinken und legte ihr Kinn in ihre Hände. „Jeder behandelt mich so, als wäre ich gerade aus der Psychiatrie entlassen worden. Warum will mir niemand glauben, dass es mir wirklich gutgeht, auch nachdem...naja, nach dem, was passiert ist." Evie rollte mit den Augen und überkreuzte die Beine. „Menschen sind einfach so dumm", sagte sie sachlich und zuckte mit den Schultern. „Sie denken, einer Frau kann es doch unmöglich gutgehen, wenn sie nicht geheiratet hat!" Evies Worte trieften vor Sarkasmus. „Wir haben zwar das 21. Jahrhundert, aber man erwartet immer noch von uns, in Stücke zu zerfallen, wenn wir keinen Mann haben, der uns zusammenhält. Aber vielleicht – und bitte reiß mir meinen Kopf dafür nicht ab – hat es damit zu tun, dass du es nicht einmal laut aussprechen kannst, dass du vor dem Altar stehen gelassen wurdest. Du sagst immer: ‚Nach dem, was passiert ist', oder ‚das, was mit Eric passiert ist'."

„Kann sein", grübelte Brianne. Offensichtlich nahmen ihre Kunden an, dass sie immer noch unter Schock stand, weil Eric die Hochzeit abgeblasen hatte, und sie sich deshalb nicht um deren Veranstaltungen kümmern könnte. Sie hatte niemandem irgendeinen Hinweis gegeben, dass sie aufgebracht wäre – tatsächlich war sie von sich selbst beeindruckt, wie gut sie damit umging.

Selbst als Erics Nachricht zu ihr durchdrang und ihr bewusst wurde, dass die Hochzeit nicht stattfinden würde, hatte sie da ihre Coolness verloren? Nein! Sie hatte ein paarmal tief und zittrig eingeatmet und auf Schadensbegrenzungsmodus umgeschaltet. Das war etwas, worin sie gut war, weil sie eine Whitcomb war. Sie war ihr ganzes Leben lang so erzogen worden, sich anständig zu benehmen. Sie plante ja auch große Wohltätigkeitsveranstaltungen und musste sich oft mit abwesenden Caterern, Diven und Problemen mit Veranstaltungsorten befassen. Indem sie ein tapferes Gesicht aufsetzte, hatte sie getan, was sie tun musste.

Wenn sie etwas so Zerstörerisches mit Würde ertragen konnte, dann konnte sie sicherlich auch Frau Fosters ,Schützt die Seelöwen'-Event bewältigen.

Ja, sie vermied es, darüber zu sprechen, wie Evie so scharfsinnig beobachtet hatte, sie vermied es sogar, daran zu denken, aber was war daran so ungewöhnlich? Das Wichtigste war, dass sie nicht zusammengebrochen war, als es darauf ankam.

Und jetzt wollte sie sich einfach nicht dadurch quälen, indem sie sich alles noch einmal vor Augen rief. War das ein Verbrechen?

Ihre Eltern hatten sie unterstützt – wie immer – und

Evie war wie ein Fels in der Brandung. Aber Brianne hatte Angst, dass irgendetwas in ihr den Tag ihrer Hochzeit für immer eingeschlossen hatte. Sie fühlte sich so komisch distanziert von allem und jedem.

Sie war einsam – sie vermisste Eric nicht nur, sondern machte sich auch ernsthafte Sorgen um ihn. Er hatte all ihre SMS, E-Mails und Sprachnachrichten ignoriert. Er war kurz vor der Hochzeit verschwunden und hatte laut Jamie nur seinen besten Freunden eine E-Mail geschickt, dass es ihm gutgehe, bevor er auch mit ihnen den Kontakt abgebrochen hatte.

Manchmal konnte sie kaum glauben, dass dies ihr Leben war. Sie und Eric hatten sich immer so gut verstanden. Sie hatten ähnliche Interessen und stammten aus ähnlichen Verhältnissen. Sie hatte ihn geliebt und sich wirklich bei ihm wohl gefühlt. Was also lief bei ihr falsch? Warum hatte sie es zerstört? Es musste einen Grund dafür geben, dessen sie sich nicht bewusst war.

Sie war neunzehn Jahre alt gewesen, als ihre erste Verlobung vorzeitig abgebrochen wurde, nachdem sie ihren Ex-Verlobten mit einer anderen Frau im Bett erwischt hatte. Sie war gedemütigt worden, ihre ganze Welt war durch Callums Untreue auf den Kopf gestellt worden.

Dann hatte sie Eric getroffen, und sechs Jahre lang hatte sie in der Sicherheit einer angenehmen und stabilen Beziehung geschwelgt. Aber sie hatte es auch bei ihm nicht geschafft, dass es funktionierte, und es machte sie fertig, wenn sie daran dachte, dass sie Eric auch nur einen

Bruchteil des Schmerzes, den sie damals erlitten hatte, zugefügt haben könnte.

Sie fragte sich, wie er mit all dem umging. Ob er es besser hinbekam als sie damals. Sie wünschte sich inständig, dass er ihr wenigstens irgendein Zeichen geben könnte, dass es ihm gutging. Aber vielleicht verlangte sie da zu viel von ihm. In diesem Fall war sie die schlimme Person. Sie hatte ihn zutiefst verletzt. Es war nur sein männlicher Stolz oder sein Wunsch, ihrer beider Privatleben zu schützen, oder eine Mischung aus beidem, die ihn davon abhielt, jedem den wahren Grund zu erzählen, warum die Hochzeit wirklich abgeblasen worden war.

Sie vermisste Gabe auch. Er hatte sie ein paarmal angerufen, um zu sehen, wie es ihr ging, aber das hatte er immer nur während der Geschäftszeiten getan, eine Nachricht auf ihrem Anrufbeantworter hinterlassen und dann nicht auf ihre Rückrufe reagiert. Vielleicht dachte er, es wäre nicht loyal gegenüber Eric, wenn er mit ihr sprechen würde. Vielleicht hatte er gemerkt, dass sie auf ihn stand; ihr Begehren, ihn jene Nacht am Strand zu küssen. Egal, was der Grund war – es war wahrscheinlich das Beste, wenn sie sich voneinander fernhielten, sodass sie sich auf ihre ins Stocken geratene Karriere konzentrieren konnte.

Auf der positiven Seite *hatte* sie es geschafft, seit der Nicht-Hochzeit einige kleinere Wohltätigkeitsveranstaltungen über die Bühne zu bringen, aber das waren Events gewesen, die sie schon monatelang geplant hatte. Sie hatte einen lukrativen Golfausflug für ein örtliches Hospiz und einen kleinen ‚Fun Run' für ein Tierheim ausgerichtet, aber diese Veranstaltungen waren sehr klein gewesen und hatten nicht dazu beigetragen, den Status von *Lavish Events*, ihrem Eventplanungsunternehmen, zu verbessern.

„Vielleicht muss ich hier raus", sagte Brianne, wobei sie gleichermaßen zu sich und zu Evie sprach. „Vielleicht ist L.A. nicht mehr der richtige Ort für mich. Warst du schon einmal in Chicago?", fragte sie Evie nach der ersten Stadt, die ihr in den Sinn gekommen war.

„Die Winter in Chicago sind genauso schlimm als würde man von einer Kettensäge durchtrennt", scherzte ihre Assistentin und kräuselte ihre Stupsnase. „Hast du jemals einen Daunenparka anprobiert? Da sehen sogar Leinensäcke verführerischer aus."

„Deine farbenfrohen Beschreibungen weiß ich wie immer sehr zu schätzen", sagte Brianne. „Was hast du über Miami gehört?", fragte sie und erhoffte sich noch mehr von Evies patentiertem, verdrehten Humor.

„Oh mein Gott. Denk nicht mal dran, Mädchen! Was für ein verdammter Ort voller Rentner, Jimmy Buffett-Fans und Luftfeuchtigkeit. Und Bermudashorts! Da kannst du dir gleich ein Muumuu-Kleid kaufen und dir vierzehn Katzen anschaffen", sagte sie und klimperte mit den Augen.

„Okay, okay, fällt dir vielleicht ein Ort ein, an den ich ziehen *kann*?", fragte Brianne lachend.

„Das könnte eine Weile dauern. Ich werde dir noch

Bescheid sagen."

Sie grinsten sich gegenseitig an, bis Brianne plötzlich hörte, dass sich die äußere Tür zum Büro öffnete. Besorgt blickte sie auf die Uhr auf dem Bildschirm ihres Laptops. „Habe ich einen Termin?", fragte sie, während sie den Kalender auf ihrem Computer öffnete und ihr Gedächtnis nach irgendetwas durchsuchte, das sie möglicherweise geplant und wieder vergessen hatte.

„Nein, hast du nicht." Evie war offensichtlich genauso verwirrt wie sie. Sie stand auf und ging auf die Bürotür zu. „Ich werde nachsehen, wer es ist."

Briannes Herz setzte kurz aus. Vielleicht war es irgendein unangekündigter Besuch, der wollte, dass sie eine große Veranstaltung plante. Vielleicht war dies der Moment, an dem sich für sie alles ändern und sie ihr Leben wieder auf die Reihe bekommen würde. Sie musste an Gabes Worten festhalten, dass alles wieder gut werden würde, auch wenn sie ihre Freundschaft nicht retten hatte können.

Sie konnte hören, wie Evie mit jemandem sprach, der eine tiefe Stimme hatte. Die Stimmen wurden lauter, als sie sich ihrem Büro näherten. Brianne runzelte die Stirn, als sie die Person erkannte, mit der Evie redete. Er war definitiv die letzte Person, die sie sehen wollte.

„Leland Mahoney ist hier", sagte Evie, wobei sie ihren Kopf zur Tür hereinsteckte.

Brianne rutschte das Herz in die Hose. Ihre schlimmste Befürchtung hatte sich bestätigt.

Evie tat so, als ob sie sich übergeben müsste.

Sie beide teilten dieselbe Abneigung gegenüber dem Eigentümer des größten Eventplanungsunternehmens für Wohltätigkeitsveranstaltungen. Leland Mahoney war attraktiv, gebildet und seine Kunden liebten ihn. Doch er war auch eine schmierige, hinterlistige Schlange, und Brianne hasste ihn noch mehr als Rosenkohl.

Sie setzte ihr falsches Lächeln wieder auf und stand hinter ihrem Schreibtisch auf, während Evie zur Seite ging, um Leland zu ermöglichen, Briannes Büro zu betreten. „Leland, was machen Sie denn hier?", fragte sie und hoffte, freundlich genug zu klingen, sodass Leland zumindest ihre Bemühung schätzen würde.

Er hatte eine eigene Art und Weise, einen Raum zu betreten. So wie er seine Augen durch das ganze Zimmer schweifen ließ, merkte jeder, dass er alles wortlos verurteilte. Er war so durchschaubar, dass es erbärmlich war. Sie konnte beinahe sehen, wie sich die Räder in seinem Kopf drehten, während er ihr einfach, jedoch geschmackvoll möbliertes Büro musterte. Seinem Mund nach zu urteilen, der sich zu einem spöttischen Lächeln verzog, war es offensichtlich, dass es nicht seinen Standards entsprach.

Leland nahm ihre Hand in seine und schüttelte sie schlapp. Brianne wich beinahe zurück, da seine Hand so viel kälter war als ihre. Als sie ihn betrachtete, konnte sie verstehen, warum ihn so viele Damen der gehobenen Gesellschaft attraktiv fanden, obwohl sie seine zu glatte Haut – Botox wie sie stark vermutete – nervös machte. Gerüchten zufolge war er nach L. A. gekommen, um ein

Filmstar zu werden, und sogar Brianne musste zugeben, dass es sicher nicht an seinem Aussehen gelegen hatte, das er jetzt nicht in dieser Branche tätig war. Sein blondes Haar wie das eines Surfers, und sein Körper, der Zeitschriftqualitäten entsprach, brachte die Frauen ins Schwärmen. Diese Schönheit nutzte er zu seinem Vorteil aus. Es hieß, er hätte über die Jahre hinweg mit vielen seiner Kundinnen geschlafen, vor allem mit den älteren Damen der feinen Gesellschaft, die auf der Suche nach ein bisschen Aufregung in ihren langweiligen, auf Gewinn ausgerichteten Ehen waren.

Brianne hatte immer versucht, nicht ihre eigene Erscheinung, den Reichtum ihrer Familie oder ihren sozialen Status für ihre Geschäfte auszunutzen. Trotzdem wusste sie, dass viele ihrer Kunden sie wegen der besonderen Verbindungen ihrer Familie auswählten, in der Hoffnung, dass Bri es schaffen würde, ihren Vater oder ihre Mutter dazu zu bringen, an einem ihrer Events teilzunehmen. Sie wiederum legte großen Wert darauf, ihr Familien- und Arbeitsleben komplett voneinander zu trennen. Dazu stellte sie sicher, dass ihre Kunden erfuhren, dass ihre Familie nicht auf der Gästeliste auftauchen würde. Leland allerdings war mehr als glücklich damit, alles zu nutzen, was sein Geschäft voranbringen würde. Er hatte keinerlei Bedenken, hinsichtlich Richtigkeit und Anstand zu weit zu gehen. Was sich bewegte und atmete, war seiner Meinung nach Freiwild, und Kontakte mussten ausgenutzt werden.

„Hallo Brianne", sagte Leland aalglatt, während er

den Händedruck lockerte. „Immer ein Vergnügen."

„Natürlich", sagte sie schnell und musste gleichzeitig dem Drang widerstehen, ihre Hand an ihrem Rock abzuwischen. „Was kann ich für Sie tun?"

Leland machte es sich in dem Sessel bequem, von dem Evie gerade eben aufgestanden war, und überkreuzte elegant die Beine. „Bitte, entspannen Sie sich, Brianne! Ich werde Sie nicht beißen", sagte er und gestikulierte zu ihrem Schreibtischstuhl.

Da war sie sich nicht so sicher, doch auf jeden Fall wäre Lelands Biss giftig. Nachdem sie ihm einen langen Blick zugeworfen hatte, der fast jeden anderen umgehauen hätte, setzte sie sich.

Leland lächelte nur.

„Ich bin hier, um mit Ihnen über den *Life and Society*-Wettbewerb zu reden", sagte Leland.

Life and Society war ein Magazin der gehobenen Kreise, und Brianne war nur allzu sehr damit vertraut; über Generationen war ihre Familie ein Thema auf diesen Seiten gewesen. Sie hatten sogar eine Anzeige über Briannes abgeblasene Hochzeit veröffentlicht, was ihrem Geschäft wahrscheinlich auch nicht unbedingt geholfen hatte.

Eines der wenigen guten Dinge dieser Zeitschrift war allerdings, dass sie jedes Jahr einen Wettbewerb sponserte, bei dem zwei verschiedene Wohltätigkeitsunternehmen gegeneinander antraten, um zu sehen, wer von ihnen die höhere Ertragskraft hatte und mehr Spenden sammeln konnte. Der Gewinner bekam eine Hochglanz-Doppelseite in der Ausgabe des nächsten Monats, was eine bessere Werbung für die Firma darstellte als man sich vorstellen konnte.

Briannes Herz begann etwas schneller zu schlagen.

„Wie Sie wissen, wird *Premiere* wieder antreten, so wie wir das schon seit einigen Jahren getan haben." Er hielt wieder inne, vermutlich, damit sich Brianne in Erinnerung rufen konnte, dass sein Unternehmen nicht nur teilgenommen hatte, sondern jedes einzelne Mal, wenn Leland zum Mitmachen ausgewählt worden war, gewonnen hatte. „Aber dieses Jahr haben wir ein kleines Problem."

„Wirklich? Was für eine Art von Problem?", fragte sie und versuchte, gelassen zu bleiben. Sie wusste, dass *Premiere* gegen *Merrill Productions* antreten musste, ein hochgeschätztes Unternehmen, dessen Eigentümerin eine Bekannte von ihr, nämlich Jane Merrill-Birch, war. Brianne hatte sich mit *Lavish Events* neben vielen anderen beworben und war als Zweitplatzierte nominiert worden. „Was ist das Problem?"

„Naja, Jane – ich glaube, du kennst sie gut – musste ihre Geschäfte unerwartet einstellen", sagte er. Jenes süffisantes Lächeln spielte noch auf seinen Lippen und zeigte deutlich, dass ihn Janes geschäftliche Probleme kein bisschen aufregten. Gelassen saß er da und wartete, bis sich die Neuigkeit auf Brianne auswirkte.

Arme Jane, dachte Brianne, obwohl ihre Miene ausdruckslos blieb. Sie würde Jane anrufen und ihr ihre Unterstützung anbieten müssen – etwas, wovon sie wusste, dass es Leland egal wäre und was er nie tun würde. Dann fiel es ihr wie Schuppen von den Augen, weshalb Leland hier war und was er ihr sagen wollte.

Als Zweitplatzierte wäre von *Lavish Event* zu erwarten, für *Merrill Productions* einzuspringen und Janes Platz einzunehmen. Das würde bedeuten, sie müsste gegen Leland antreten, falls sie sich entschied, die Herausforderung anzunehmen. Dadurch würde sie die Möglichkeit haben, ihr Unternehmen wieder ins Lot bringen.

„Also wollen Sie, dass ich Merrills Platz einnehme", bestätigte Brianne. Ihr Herz klopfte nervös, und in ihren Gedanken rasten Ideen darüber, wie sie diesen Kotzbrocken besiegen könnte. Sie sehnte sich danach, ihm dieses selbstgefällige Grinsen aus seinem verdammt attraktiven Gesicht zu wischen.

„Sie wissen, dass der Wettbewerb für das Unternehmen, das gewinnt, fantastische Werbung verspricht", sagte Leland mit samtweicher Stimme, „und das bedeutet natürlich auch mehr Geld, das letzten Endes für die Wohltätigkeitsorganisation gesammelt wird. Und darum geht es uns allen ja schließlich!"

Brianne konnte direkt durch seine leeren Worte sehen. Seine eigentliche Motivation war so klar wie ein frisch geputztes Fenster. Er kämpfte in diesem Wettbewerb allein für sich selbst, und falls irgendeine Wohltätigkeitsorganisation ein bisschen Geld verdiente, dann, naja, dann war das ein hübscher Nebeneffekt.

„Natürlich", lächelte sie und ließ ihn gewähren. Von

Coronados High Society-Kennern hatte sie über die Jahre hinweg genug gelernt, sodass sie vornehme Coolness genauso gut tragen konnte wie andere Menschen einen Pullover.

„Und da Sie ja das zweitbeste Unternehmen sind", sagte er mit etwas abwertendem Tonfall, so als ob er es nicht ganz glauben konnte, „sind Sie dran. Also jedenfalls, wenn Sie wollen. Ich würde es verstehen, wenn Sie nicht wollen würden."

Brianne sah ihn scharf an. „Und warum sollte ich nicht wollen?" Die Werbung, die das *Life and Society*-Magazin verbreiten würde, würde nicht nur einen Aufschwung bedeuten; *Lavish Events* würde endlich in die großen Ligen katapultiert werden – dorthin, wo es hingehörte.

„Die Unannehmlichkeit mit der Hochzeit und so weiter natürlich", sagte Leland und schaute sie von oben herab an.

Brianne musste zugeben, dass sie nicht überrascht war, dass ausgerechnet er der einzige war, der laut aussprach, was alle anscheinend dachten. Dies verbesserte natürlich nicht ihre Meinung, die sie über ihn hatte, aber zumindest war er mutig genug, es zu sagen.

Er sog die Luft ein. „Jeder würde verstehen, wenn Sie dafür nicht bereit wären."

Brianne musste sich zwingen, nicht über den Tisch zu springen und ihn an seinem perfekt gebügelten Revers zu packen. Wenn sie von noch einer weiteren Person wie eine zerbrechliche, leidende Blume behandelt werden würde,

würde sie ausrasten. Stattdessen hob sie ihr Kinn etwas höher und lächelte, wobei sie so viele Zähne wie physisch möglich zeigte.

„Ich bin nicht nur bereit dafür, Leland, ich genieße die Herausforderung. Eine Hochglanz-Doppelseite in *Life and Society* ist nämlich genau das, was mein Unternehmen braucht."

„Da bin ich mir sicher", sagte Leland, „aber Sie müssen diese Doppelseite erst einmal *gewinnen*, was sehr unwahrscheinlich ist."

Er versuchte nicht einmal, sein Grinsen zu verstecken, und Brianne wollte über sein sicheres Gefühl der Überlegenheit lachen. Sie freute sich darauf, ihn so richtig fertigzumachen.

„Leland, ich werde nicht nur gewinnen, sondern Sie werden mich sogar um Arbeit anflehen – ach nein, ignorieren Sie das – Sie werden mich anflehen, *für mich* zu arbeiten, sobald dieser Wettbewerb vorbei ist", erklärte Brianne herausfordernd.

Natürlich war die Werbung unbezahlbar; doch die Gelegenheit, Leland auf seinen Platz zu verweisen, ließ ihr förmlich das Wasser im Mund zusammenlaufen. Er musste unbedingt ein oder zwei Stufen weiter nach unten gestellt werden. Seine Kunden verdienten etwas Besseres als seine langweiligen, nicht originellen Events. Brianne wäre mehr als froh, seine Kunden für ihn ins neue Zeitalter zu geleiten.

Er kicherte. „Ich bin von Ihrem Selbstbewusstsein echt beeindruckt", sagte er nachsichtig. „Wollen Sie die

Sache etwas interessanter machen?"

Alarmglocken schrillten in Briannes Kopf los, aber sie konnte nicht widerstehen. „Wie stellen Sie sich das genau vor?"

Leland legte seine Hand auf ihren Schreibtisch und trommelte mit seinen perfekt manikürten Fingern auf der Oberfläche.

Brianne konnte nicht anders, als sich von ihnen angewidert zu fühlen; sie glänzten zu sehr, und seine Hände waren zu bleich und zart, als dass sie einem echten Mann gehören könnten. Sogar Eric mit all seinem Geld hatte vom Polopferdereiten und vom Ausmisten der Ställe Schwielen an den Händen. In Gedanken notierte sie sich, die Tischoberfläche abzuwischen, nachdem Leland gegangen war.

„Wie wäre es damit, dass der Gewinner alles bekommt?", erwiderte er mit fast raubtierhafter Freude.

Ihre Augen wurden schmal. Er führte sie auf sehr dünnes Eis, und das wusste er, diese Schlange. „Was meinen Sie damit? Nur, damit wir uns über die Einsätze genau im Klaren sind."

„Der Gewinner des Wettbewerbs bekommt alle Spendengelder, die gesammelt wurden", sagte er und nickte, als ob diese Idee die beste war, die er seit geraumer Zeit gehabt hatte. „Und", fuhr er fort, wobei er triumphierend dreinblickte, „um eine faire Entscheidung zu gewährleisten, wird keiner von uns wissen, wer an unseren Veranstaltungen teilnehmen wird."

Brianne runzelte die Stirn. Sie hatte seine

Unterstellung gehört, dass die einzige Möglichkeit für sie, gegen ihn zu gewinnen, war, den Einfluss ihrer Familie zu nutzen und alle zu ihrem Event einzuladen, die sie aus ihrem eigenen sozialen Umfeld kannte. Leland hatte auch ein paar großartige Kontakte und das wusste er auch, doch nahezu jeder, den Brianne jemals gekannt hatte, war ein Milliardär und zwar um ein Vielfaches. „Wer soll die Gäste auswählen?"

„Das Magazin", sagte Leland und lehnte sich mit einem selbstgefälligen Gesichtsausdruck zurück. „*Life and Society* wird die Leute aussuchen, die an den Veranstaltungen teilnehmen, und diese werden dann für den Gewinner abstimmen."

Brianne fühlte sich von seiner Arroganz und dem süßlichen Geruch seines widerlichen Aftershaves benommen. Es war die eine Sache, gegen Leland anzutreten und zu verlieren. Viele verloren gegen ihn – dessen brauchte man sich nicht zu schämen. Doch gegen ihn zu verlieren und obendrein auch das gesammelte Spendengeld zu verlieren? Das war nicht nur schädlich, sondern geradezu gefährlich.

Leland bemerkte ihr Zögern und ergriff die Gelegenheit, Salz in die Wunde zu streuen. „Wenn Sie natürlich wegen der Hochzeit noch persönliche Probleme haben, dann würde ich nicht wollen, dass Sie sich übernehmen."

Er hatte sich das alles sehr lange genau ausgedacht, bevor er ihr Büro betreten hatte. Jeden Schritt und jeden Hieb auf ihr Selbstwertgefühl. Er konnte es sich nicht verkneifen, schadenfroh auszusehen.

Galle stieg in ihrer Kehle empor. Sie schluckte sie wieder hinunter und holte tief Luft. Während sie so über den Schreibtisch zu Leland blickte und seine triefende, übertriebene Selbstsicherheit und Siegesgewissheit sah, wusste sie, dass sie diese Herausforderung nicht nur für ihre Firma, sondern auch für sich persönlich austragen musste. Dies könnte der Moment sein, an dem sich alles wieder zu ihren Gunsten wenden könnte. Ihn zu schlagen, könnte für *Lavish Events* ein Wendepunkt sein; und der gemeinen Schlange, die ihr so lässig gegenübersaß, den Kopf abzuschlagen, wäre ihr größter persönlicher Sieg.

Sie stand auf und streckte die Hand aus. „Okay Leland, die Wette gilt."

Leland stand auf und schüttelte ihr die Hand.

Brianne musste einen physischen Schauer der Abscheu unterdrücken.

„Ausgezeichnet", sagte er. „Ich freue mich auf einen freundschaftlichen Wettbewerb."

Brianne lächelte mit einem boshaften Grinsen, und zum ersten Mal seit Wochen fühlte sich dieser Gesichtsausdruck völlig natürlich an. „Sie haben ja keine Ahnung."

Als sie ihn aus ihrem Büro geleitete, spürte sie eine Woge der Aufregung in ihrer Brust. *Das könnte das Beste sein, was ich je getan habe*, dachte sie, während sie damit anfing, Ideen aufzuschreiben.

* * *

„Oh mein Gott, Evie, das ist das Schlimmste, was ich je getan habe", stöhnte Brianne und vergrub ihren Kopf in ihren Händen. Seit einer Woche hatte sie ihre Ideen immer wieder überdacht und über den Haufen geworfen. Nichts schien originell genug, lustig genug oder spektakulär genug zu sein, um den schlangenartigen Leland Mahoney zu schlagen.

„Ach, komm schon, Chefin", sagte Evie, die Brianne gegenüber am Schreibtisch Platz genommen hatte, mit beruhigender Stimme. „Das ist nicht so schlimm. Tatsächlich kann es immer noch großartig werden."

„Wie?", rief Brianne. „Leland hat diesen verdammten Wettbewerb in den letzten drei Jahren immer gewonnen. Er ist sozusagen unschlagbar."

„Niemand ist unschlagbar", stellte Evie fest, während sie mit ihrem blonden Pferdeschwanz spielte. „Sie sagten, die Titanic könne nicht sinken, und du weißt, was dann passiert ist."

„Also vergleichst du mich mit der Titanic?"

„Nein, ich vergleiche Leland mit der Titanic!" Evie rollte mit den Augen. „Egal. Es gibt keine Titanic. Wir müssen uns nur darauf konzentrieren, uns irgendetwas Großartiges, etwas Neues einfallen zu lassen."

„Ja, aber was? Es muss etwas anderes sein. Vielleicht etwas, das sich hier noch nicht durchgesetzt hat."

„Genau das ist es. Lass deine Gedanken weiter so strömen! Als ich diesen abwesenden Blick in deinen Augen sah, wusste ich, dass dir etwas Spektakuläres eingefallen war."

„Irgendetwas Frisches, Niveauvolles, aber doch Unerwartetes. Irgendetwas aus Europa vielleicht?"

„So etwas wie die Krankenversicherungspflicht oder dass man seine Achseln nicht rasiert?", witzelte Evie.

„Hör bitte auf, mir zu helfen!", stöhnte Brianne.

„Sorry", sagte Evie grinsend. Sie beugte sich nach vorn und stützte ihr Kinn auf ihrer Hand ab. „Aber was denn dann?"

„Ich weiß es nicht, keine Ahnung", sagte Brianne wieder einmal ernüchtert. Sie nahm einen Bleistift in die Hand und trommelte mit dem Radiergummi am Ende auf die hölzerne Oberfläche. „Irgendetwas Glamouröses. Denk an Shoppengehen in Paris oder an das Theaterviertel in London!", murmelte sie mehr zu sich selbst als zu Evie. „Irgendetwas Kosmopolitisches, aber mit einem amerikanischen Touch...irgendetwas, irgendetwas wie...", brummelte sie und verstummte allmählich.

Evie sprang erschrocken auf, als Brianne ihre Handfläche auf den Tisch sausen ließ.

„Verdammt noch mal, warum tust du das?"

„Ich weiß es. Camping!", rief Brianne.

„Ja genau, weil das ja so glamourös ist!", sagte Evie genervt. „Wir müssen schon ernst bleiben."

„Ich meine es ernst!", beharrte Brianne. „Okay, nicht Camping, aber Glamping. Glamouröses Camping, also ‚Glamping'. Das könnte funktionieren. Das könnte wirklich funktionieren!"

„Glamping", sagte Evie langsam. „Dieser Trend *war* in letzter Zeit wirklich im Aufschwung. Aber trotzdem habe ich noch nie von einem Glamping-Event gehört, und dass es so eine Veranstaltung auf einem so hohen öffentlichen Niveau gegeben hätte. Aber...“

„Aber?“

„Aber es ist halt Camping. Im Freien. Und du...“

„Mist!“, sagte Brianne und sackte wieder in ihrem Stuhl zusammen, da sie die Realität eingeholt hatte.

„Ja, du verabscheust die freie Natur“, stellte Evie klar.

„Ich verabscheue die freie Natur nicht“, widersprach Brianne. „Nur sobald wir bei so einem piekfeinen Resort an den Strand gehen...naja...stellt sich heraus, dass die freie Natur mich irgendwie verabscheut.“

„Um fair zu sein...ich glaube, ihr beide könnt euch gegenseitig nicht wirklich leiden. Erinnerst du dich an das eine Mal, als Eric dich zum Campen mitgenommen hat und du ausgeflippt bist, weil du dachtest, du hättest Gift-Efeu berührt, obwohl es eigentlich nur Fingerhirse war?“

„Hey! Ich hatte davor noch nie in meinem Leben Fingerhirse gesehen. Meine Eltern waren hinsichtlich unseres Rasens sehr pingelig. Oder zumindest der Gärtner. Aber weißt du was, es ist egal. Wenn ich Glampen gehen muss, um gegen Leland zu gewinnen, dann tu ich das liebend gerne.“

„Es ist schon eine ziemlich coole Idee“, gab Evie zu. „Also dann mit so wirklich märchenhaften Zelten, angeliefertem gutem Essen, Klimaanlagen, Gasfeuerstellen und allem Drum und Dran?“

„Genau so etwas. Und riesige Kissen, bequeme Betten, funkelnde Lichter und viel Deko! Wir könnten verschiedene Entertainer für den Abend einstellen und Motto-Partys organisieren. Ach, Evie, das könnte wirklich unglaublich werden!", meinte sie begeistert. „Lass uns sofort mit der Recherche anfangen!"

Evie zuckte leicht zusammen.

„Was?"

„Es ist nur...Ich sollte eigentlich mit Jake ausgehen. Erinnerst du dich?"

„Ach ja, richtig. Hatte ich komplett vergessen." Brianne machte eine Evie wegscheuchende Handbewegung. „Geh nur und hab viel Spaß!"

Evie machte einen Schmollmund. „Und dich hier zurücklassen und alleine bis in die frühen Morgenstunden arbeiten lassen? Auf keinen Fall! Komm mit!"

„Ach nein, das passt schon. Mach dir um mich keine Sorgen!"

„Aber ich mache mir Sorgen. Komm schon, Brianne! Du brauchst eine Nacht, in der du auch mal abschalten kannst." Sie lehnte sich an die eine Seite des Schreibtisches. „Jake und ich wollten heute sowieso ausgehen. Du solltest mitkommen."

„Und das fünfte Rad am Wagen sein? Nein danke. Aber trotzdem nett, dass du es mir angeboten hast."

„Ach, sei doch nicht so kompliziert! Du wärst nicht das fünfte Rad, und das weißt du auch. Die Idee ist: Vielleicht finden wir für dich ein weiteres Rad und zusammen könnt ihr dann Vollgas geben."

„Das war die schlechteste Metapher, die ich je gehört habe", murmelte Brianne, als sie das anzügliche Grinsen auf dem Gesicht ihrer Mitarbeiterin sah.

„Was auch immer", sagte Evie unverdrossen. „Du brauchst etwas, um deinem persönlichen Leben einen Kickstart zu verpassen. Irgendetwas, das dich auf Touren bringt. Such dir irgendeinen heißen Typen, der dir nichts bedeutet und lass dir von ihm das Hirn rausvögeln! Das ist viel besser als eine Lobotomie", sagte sie mit einem wissenden Nicken.

Brianne sagte nichts und starrte im die Ferne, während Evie sie erwartungsvoll anschaute. Vielleicht war ein One-Night-Stand alles, wozu sie wirklich fähig war. Seit der geplatzten Hochzeit war sie überzeugt, dass sie einfach nicht für eine Beziehung geeignet war. Sie fand, dass sie es mit Eric wahrscheinlich sowieso versaut hätte – egal, ob mit oder ohne Gabe.

Aber der Gedanke, einfach irgendeinen Typen in einer Bar abzuschleppen, entsprach nicht ihrer Vorstellung von Spaß. Und noch schlimmer – was wäre, wenn sie sich nicht einmal einen One-Night-Stand klarmachen konnte? Wie schlecht würde das dann für ihr Ego sein? Dann bräuchte sie wirklich irgendeine Art psychiatrische Hilfe.

„Ich weiß nicht, ich glaube nicht, dass ich dafür schon bereit bin", meinte sie zögerlich und kräuselte ihre Nase. Je länger sie allerdings darüber nachdachte, desto besser schien ihr die Idee. Vielleicht brauchte sie heißen, anonymen Sex, der ihr bewies, dass sie sich einfach nur von jemand Neuem anturnen lassen müsste. Das würde beweisen, dass Gabes Anziehungskraft auf sie nicht an ihm gelegen hatte, sondern dass sie einfach noch nicht bereit für die Ehe war, weil sie sich noch austoben wollte.

„Ach, komm schon, komm schon, komm schon!", bettelte Evie und trommelte auf den Schreibtisch, da sie wusste, dass sie allmählich zu ihrer Chefin durchdrang. „Ich werde nicht aufhören, dich zu fragen, bis du mitkommst. Also könntest du auch einfach nachgeben."

„Na schön! Aber nur, weil du mich sonst in den Wahnsinn treiben würdest", sagte Brianne mit einem Seufzer.

„Großartig! Wir holen dich um acht Uhr ab. Zieh dich für ungezwungenen Sex an!"

Brianne schnaubte. „Hört sich ja nach einer wilden Nacht an!"

„Dreh auf, meine Liebe!", grinste Evie und klatschte begeistert in die Hände.

* * *

Die dröhnende Musik und die blitzenden Lichter lösten bei Brianne Kopfschmerzen aus. Nun wünschte sie sich, sie hätte sich nicht so leicht überreden lassen. Sie nahm einen Schluck Wodka Tonic und hoffte, der Alkohol würde ihr helfen, etwas lockerer zu werden, oder zumindest die Schmerzen betäuben.

Evie und ihr Freund Jake befanden sich auf der überfüllten Tanzfläche. Ihr maronenbraunes Minikleid brachte sowohl ihre Rundungen dramatisch gut zur Geltung als auch die Schönheit ihrer hellen Haare. Evie bewegte sich sinnlich und anmutig. Jake tat sein Bestes, um mitzuhalten. Brianne lächelte, während sie die beiden beobachtete. Es war klar, dass jeder von ihnen die Gegenwart des jeweils anderen sehr genoss. Sie amüsierten sich prächtig, und Brianne konnte nicht umhin, einen Stich Eifersucht zu verspüren.

In einem Zug kippte sie ihren Drink hinunter und stand von der Bank des Ecktisches auf, wo sie zusammen saßen. Vielleicht sollte sie sich auch auf die Tanzfläche begeben. Es hatte ja keinen Sinn, als Mauerblümchen sein Dasein zu fristen.

Gabe hatte angedeutet, dass sie ihr eigenes Leben in den Griff kriegen und nachhelfen sollte, dass etwas passiert. *Also gut, Leben, ich komme!*, dachte sie, während sie sich ihren Weg durch die pulsierende Menschenmenge bahnte. Sie trug ein Outfit, das sie jahrelang nicht mehr getragen hatte, ein funkelndes Neckholder-Top, einen schwarzen Minirock und schwarze Gladiator-Sandalen mit hohen Absätzen. Ihr dunkles Haar war in offenen Locken auf dem Kopf aufgetürmt; mit dunklem Lidschatten und knallrotem Lippenstift war sie recht freizügig umgegangen. Sie wusste, dass sie gut aussah, konnte aber nicht umhin, sich etwas ausgestellt und unsicher zu fühlen. Sie sah so aus, als sei sie bereit für Gelegenheitssex, wie Evie vorgeschlagen hatte.

Sie musste eben so tun, als würde sie sich so fühlen, bis sie sich tatsächlich so fühlte.

Als sie endlich bei Jake und Evie angekommen war, dauerte es nicht lange, bis sie sich in den hämmernden Rhythmus des Techno-Stücks hineinwarf. Sie fing an, sich zur Musik zu bewegen, gleichzeitig lächelte sie Evie an und überflog die Tanzfläche. Es gab viele Pärchen sowie einige Gruppen von Frauen, die miteinander tanzten, angezogen, als seien sie auf der Jagd nach einem Mann, so wie sie auch. Während Brianne sich schwingend und zuckend bewegte, durchkämmte sie mit ihren Augen die Tische, die die Tanzfläche säumten. Weitere Gruppen, noch mehr Pärchen, und dann—ohjemine, oje!

Schräg links ein klassisch gut aussehender, echt heißer Typ! Er war allein, soweit sie das beurteilen konnte. Er hatte dichtes, blondes Haar, das er aus dem Gesicht gestrichen hatte, eine perfekte Figur und einen grüblerischen Ausdruck. Total die Art von Typ, auf den sie stand! Und er beobachtete sie auch, checkte sie ab.

Brianne drehte sich um, um zu sehen, ob Evie zusah, aber sie und Jake waren auf der Tanzfläche nirgends zu sehen. Schließlich entdeckte sie sie an ihrem Tisch. Als sie sich mühsam zurück durch die Menge gequält hatte, sah sie Evie stirnrunzelnd vor ihrem Handy; in dem dunklen Raum beleuchtete das Display ein wenig ihr Gesicht.

„Was ist los?", schrie Brianne über den Lärm hinweg.

„Ich weiß es noch nicht", rief Evie zurück. „Ich muss erst einen Anruf machen."

Brianne nickte und sah zu, wie ihre Freundin sich durch die Menge wand, um einen ruhigeren Ort für ihren Anruf zu finden. Allein mit Jake zurückgelassen, versuchte Brianne, ein wenig zu plaudern, aber der Lärm in der Disco war zu laut dafür. Schließlich verfielen sie beide in Schweigen und richteten ihr Augenmerk auf die frischen

Getränke, die die Bedienung brachte.

Brianne kippte ihren Drink in ein paar Schlucken hinunter, da sie ein wenig beschwipst sein wollte. In ihren Schläfen hämmerte immer noch der Kopfschmerz. Eine Minute später spürte sie angenehmes Kribbeln in ihren Beinen und in ihrer Brust, was bedeutete, dass der Wodka seine Wirkung entfaltete. Sie lächelte. Hoffentlich würde der Alkohol sich auch bald nach weiter oben ausbreiten.

Auf ihrem Platz wiegte sie sich zur Musik und wartete darauf, dass Evie zurückkam. Jake überflog die Nachrichten auf seinem Handy. Brianne hatte gerade noch einen Drink bestellt, als Evie mit einem Stirnrunzeln wieder an ihrem Tisch erschien.

„Was ist los?", fragte Bri, und Besorgnis schwang in ihrem Tonfall mit, als Evie auf den ledernen Sitz rutschte.

„Meine Schwester hatte einen Autounfall", sagte sie mit blassem Gesicht.

„Oh, mein Gott!" Brianne legte ihre Hand beruhigend auf Evies Arm.

„Ist sie okay?", fragte Jake.

„Ja, es geht ihr gut", sagte Evie, so als könnte sie es immer noch nicht ganz glauben. „Offenbar hat sie keinen einzigen Kratzer abbekommen. Aber ihr Auto nicht, und sie braucht uns, dass wir sie abholen."

Brianne war erleichtert, dass alles okay war. Autos waren ersetzbar, Geschwister nicht.

Evie wandte sich ihr zu. „Wir können dich unterwegs absetzen, Brianne. Der Unfall ereignete sich nicht allzu weit von deiner Wohnung."

„Mach dir darüber keine Gedanken! Ich kann mir ein Taxi rufen. Außerdem bleibe ich noch für einen weiteren Drink." Brianne fühlte sich auf seltsame Weise draufgängerisch. Die Todesnähe von Evies Schwester hatte irgendetwas in ihr entfacht oder vielleicht war es auch nur der Wodka. Ob so oder so, sie war entschlossen, ihr Leben von jetzt an ein wenig abenteuerlustiger zu gestalten.

„Bist du sicher?", fragte Evie, und Überraschung stand ihr ins Gesicht geschrieben. „Ich mag es gar nicht, dich hier ganz alleine zurückzulassen."

Brianne lächelte zuversichtlich. Sie wollte nicht, dass Evie sich um sie Sorgen machte, wenn sie sich um ihre Schwester kümmern musste. Außerdem war sie gerade beschwipst genug, um anzufangen, sich vorzustellen, dass ein One-Night-Stand eine gute Idee wäre.

Die Bedienung tauchte mit einem neuen Wodka Tonic auf. „Schau, ich bekomme gerade meinen neuen Drink. Mir wird es gutgehen. Ich habe mich so fein hergerichtet und möchte dieses Outfit jetzt mal einem Test unterziehen", witzelte sie. „Außerdem will ich nicht, dass du dir die Mühe machen musst, mich heimzubringen. Wir wissen alle, dass nichts ‚ganz in der Nähe' ist in Los Angeles. Wahrscheinlich müsstest du einen Umweg von fünfundvierzig Minuten auf dich nehmen. Bitte, vergiss es, ich kann mir später ein Taxi nehmen."

Evie schaute widerwillig drein, während sie aufstand und sich zum Gehen wandte. Jake eilte an ihre Seite und legte einen Arm um sie. „Ich verlasse dich nicht gerne."

Sie schaute Brianne streng an.

„Wirklich. Es ist okay. Mir geht es gut. Geh schon!",
beharrte Brianne und nippte an ihrem Tonic.

„Wirst du mir eine SMS schreiben, wenn du zu Hause
bist?", fragte Evie, als Jake begann, sie zum Ausgang der
Disco zu führen.

„Natürlich! Ich verspreche dir einen vollständigen
Bericht. Es wird nicht zu spät werden. Grüße deine
Schwester von mir!" Lächelnd winkte sie ihrer Freundin.

Evie warf Brianne einen letzten besorgten Blick über
die Schulter zu.

„Geh!" Bri scheuchte sie davon.

Endlich ließ Evie zu, dass Jake sie aus dem Club
führte. Brianne bemerkte, dass sie nicht die einzige war,
die der hübschen Blondine beim Hinausgehen nachsah; an
einem Tisch voller Jungs war deutliches Interesse
auszumachen, als sie beobachteten, wie Evie die Disco
verließ.

Dann richteten sie ihre Blicke auf Brianne.

KAPITEL FÜNF

Brianne stürzte den Rest ihres Drinks hinunter, packte ihre kleine schwarze Handtasche, die sie für solche abendlichen Ausgehgelegenheiten vorgesehen hatte und schlüpfte aus der Nische heraus. Sie spürte, dass der Alkohol bereits Wirkung zeigte, und deshalb musste sie unbedingt das Bad aufsuchen, um wieder frisch zu werden. Als sie einige Minuten später wieder zu ihrem Platz kam, war sie froh, dass niemand anderer ihre kleine Nische in Beschlag genommen hatte. Es stand sogar ein neuer Wodka Tonic auf dem Tisch. Brianne machte der Bedienung ein Zeichen, die sogleich herüberkam.

„Vielen Dank, dass sie mich vor dem Trockenen bewahrt haben", witzelte Brianne.

„Danken Sie nicht mir, danken Sie ihm", erwiderte die Bedienung grinsend und lehnte sich zurück, um auf einen Mann zu deuten, der an einem Tisch in der Nähe der Tanzfläche saß – derselbe Typ, der Brianne während des Tanzens schon aufmerksam beäugt hatte.

Sie war sich nicht sicher, wie sie reagieren sollte. Es war so lange her, dass ihr ein Mann in einem Club aus heiterem Himmel einen Drink gekauft hatte. Schließlich hob sie langsam die Hand und winkte dem Mann dankend zu, der nickte und zurücklächelte.

„Das ist schon ein heißer Typ", meinte die Bedienung neidisch. „Sie Glückliche."

Er war ganz eindeutig ein herrliches Exemplar reiner Männlichkeit, das war mal sicher. Dichtes blondes Haar, markante Wangenknochen und obwohl Brianne seine Augen nicht sehen konnte, tippte sie mit großer Sicherheit, dass sie von wunderbarem Blau waren. Er hatte das gute Aussehen eines Models, und es war unbestritten, dass er sie mit Interesse musterte.

Ihr wurde schwindelig, sowohl vom Alkohol als auch von den Möglichkeiten. Er war die ideale Gelegenheit für einen One-Night-Stand, zumindest dem Aussehen nach zu schließen: gut aussehend, gewillt und allein. Und das war ja immerhin der Grund gewesen, warum sie mit Evie ausgegangen war, nicht wahr?

Aber jetzt, da sie hier war und sich erlaubte, sich diese Gelegenheit konkret auszumalen, war der Gedanke plötzlich nicht mehr so anheimelnd. Mit ihm ins Auto zu steigen, zu ihrem Apartment zu fahren, sich auszuziehen, ihn überall zu berühren und alles Weitere, was mit anonymem Sex einherging…naja, sie wusste einfach nicht, ob sie das tun konnte.

Und es war ja nicht nur wegen Sex. In ihrem Hinterkopf war auch immer noch Eric präsent. Sie hatte ihn seit so langer Zeit geliebt. Und dann war da auch noch Gabe.

Die Art und Weise, wie er einen Großteil ihrer

Gedanken beherrschte.

Die Art und Weise, wie er bewirkte, dass sie sich nach Dingen sehnte, die sie nicht haben konnte.

„Hallo!"

Brianne blickte auf. Während sie so in Gedanken vertieft war, hatte sie nicht bemerkt, dass der Sexy Typ tatsächlich aufgestanden war und zu ihr gekommen war. Lächelnd stand er direkt vor ihr.

Brianne spürte, dass ihr der Atem stockte. Er war unglaublich attraktiv, aber irgendetwas an der ganzen Situation fühlte sich falsch an. Sie wünschte sich allmählich, sie hätte doch mit Evie und Jake das Lokal verlassen.

„Hallo", sagte sie und versuchte, nicht so nervös zu klingen wie sie sich fühlte. „Vielen Dank für den Drink." Sie zwang sich zu einem sehr verführerischen Lächeln.

„Darf ich Platz nehmen?" Er deutete Richtung Tisch. „Ich bin Justin."

„Ich bin Brianne", sagte sie, als er sich setzte.

Wieder ließ er sein Verführerlächeln aufblitzen, und sie spürte, wie sie ein klein wenig dahinschmolz. Er strahlte die perfekte Mischung von kalifornischem Surfer und nachdenklichem Dichter aus, hatte wunderbar weiße Zähne und einen gesunden, sonnenverwöhnten Teint. Sein Haar war wellig und sah so weich aus, dass man am liebsten hineingreifen wollte. Seine Schultern waren breit, perfekt, um sich daran festzuhalten. Und dem Blick nach zu urteilen, mit dem er sie bedachte, war sie sich ziemlich sicher, dass sie, wenn sie es wollte, sich auch die ganze

Nacht lang daran festhalten durfte.

„Also Brianne, erzähl mir etwas von dir!", forderte er sie auf und schaute ehrlich interessiert drein.

Dieser Kerl hatte es wirklich in sich: Sein Aussehen, seine Annäherung – sogar dieser ernsthafte, vertrau-mir-ich-bin-ein-netter-Kerl-Blick. Er war heiß und gab zumindest vor, aufmerksam zu sein. Aber was sollte sie sagen?

Ich stecke gerade in einer völlig irrsinnigen Pattsituation. Mein Verlobter hat mich vor einigen Wochen am Altar stehenlassen, und ich bin in dessen besten Freund verliebt. Ich werde aber nie demgemäß handeln, weil es mir zu sehr graut und er zu loyal gegenüber seinem Freund ist.

Damit würde sie wohl kaum einen Preis gewinnen. Darum beschloss sie, der Frage erst einmal geschickt auszuweichen, da ihr das als das Sicherste erschien.

„Ich mag gerne Wodka Tonic", sagte sie, hob ihr Glas und leerte die Hälfte davon. Im Zweifelsfall betäuben und gefühllos machen.

Sie zwang sich zu einem strahlenden Lächeln, und er rutschte näher heran. Auf einmal bekam sie Platzangst. „Ach, Justin", sagte sie, in der Hoffnung, sich seinen Namen richtig gemerkt zu haben vor lauter Alkoholdunst. „Ich muss mich dringend frischmachen. Ich bin in einer Minute zurück." Sie begann aus der Nische zu rutschen.

Er nickte. „Brauch nicht zu lange!", warnte er mit einem neckenden Grinsen.

„Ja, okay. Klar", sagte sie und fühlte sich unbeholfen.

Aber sie straffte sich und reckte ein wenig ihr Kinn nach oben. Sie wollte weder Justin noch sonst irgendjemanden, der sah, wie sehr sie durch den Wind war. Sie schnappte sich ihre Handtasche und begab sich in Richtung Damentoilette.

Sie durchquerte den gut besuchten Club und erreichte erleichtert und schweratmend das Bad. Evie würde sagen, dies sei genau das Richtige für sie. Eine gute, lockere, sexuelle Begegnung, damit ihr Liebesleben mal wieder in Schwung gebracht würde. Und Justin da draußen wäre genau der Richtige, der ihr auf großartige Weise den nötigen Schwung geben würde. Aber nein…sogar Evie würde ihr nicht empfehlen, etwas zu tun, das sich einfach völlig falsch anfühlte – und ihr obendrein noch das Gefühl vermitteln würde, hilflos und erbärmlich zu sein.

Man musste Schlange stehen, um zur Damentoilette zu gelangen, darum wartete sie ungeduldig mit den anderen Frauen. Einige von ihnen waren entsprechend gekleidet, oder sollte sie lieber sagen unbekleidet, dass deutlich war, sie waren auf Spaß und lockeres Vergnügen aus. Warum konnte sie selbst nicht die Vorsicht über Bord werfen und auch ein wenig Spaß haben?

Sie fühlte sich eigenartig, und das nicht nur wegen des Wodkas. Jede der anderen Frauen war anscheinend mit einer Freundin oder Bekannten da. Brianne konnte beinahe spüren, wie sie von Blicken durchbohrt wurde. Mit ihrer Hand griff sie in ihre Handtasche und holte ihr Handy heraus, fummelte dann geschäftig mit den diversen Apps herum. Schließlich wurde ein Toilettenraum frei, und

Brianne schlüpfte hinein. Sie schloss die Tür und sperrte ab.

Mit einem Riesenseufzer lehnte sie ihren Kopf an die Tür. Sie hatte sich wahrlich zu viel vorgenommen. Sie wollte nicht hier alleine sein, und sie wollte aber auch nicht rausgehen müssen und sich mit Justin auseinandersetzen. Sie durchstöberte ihre Kontaktliste und pickte den einen Namen heraus. Endlich antwortete die Stimme am anderen Ende der Leitung. Mürrisch und barsch.

„Hallo? Bri?"

„Hallo, Gabe, ich bin's", sagte sie, und erst als die Worte tatsächlich aus ihrem Mund purzelten, wurde ihr gänzlich bewusst, was sie getan hatte. Aber nun erschien es ihr mehr als richtig. Gabe war der einzige Mensch, mit dem sie jetzt wirklich sprechen wollte.

„Ich bin im Orange Lounge in der Innenstadt und wollte dir nur sagen, dass du nicht Recht hattest." Als sie sich reden hörte, merkte sie, dass sie betrunkener war als sie gedacht hatte. Was zum Teufel tat sie da? Im betrunkenen Zustand den einen Typen anrufen, mit dem sie nicht reden sollte? Das war das Einzige, das wahrscheinlich noch schlimmer war als wenn sie im betrunkenen Zustand Eric angerufen hätte.

„Womit hatte ich nicht Recht, Bri?"

Sie konnte seine Besorgnis in seiner Stimme hören. Sie verabscheute sich selbst, weil sie so schwach war, weil sie genau wie eines jener Mädchen war, für die sie sonst keine Geduld aufbrachte – solche, die immer andere

Menschen brauchten, die für sie ihre Probleme lösten. Aber sie konnte nicht anders.

„Du hattest Unrecht, als du meintest, dass ich okay sei. Ich werde nicht okay sein. Ich habe alles vergeigt. Ich habe meine Beziehung mit Eric vergeigt. Ich habe eine impulsive Entscheidung getroffen, die meinem Geschäft wahrscheinlich noch größeren Schaden zufügen wird als es sowieso schon geschädigt ist. Und jetzt bin ich hier, und da ist dieser sexy Typ, der in mich verknallt ist, und ich habe zu viele Wodka Tonics intus, und ich—ich—"

„Okay, wo bist du gleich wieder?", sagte Gabe mit nun wieder recht geschäftsmäßiger Stimme. „Ich komme und hole dich."

„Nein, Gabe, wirklich…"

„Du sagtest im Orange Lounge, nicht wahr? Bleib, wo du bist, und ich bin in zwanzig Minuten da."

Sie machte den Mund auf, um ihm zu sagen, dass er die Sache vergessen solle, aber die Verbindung war bereits abgebrochen. Großartig, noch ein Typ, der dachte, er wüsste, was richtig für sie wäre. Sie wollte nicht, dass er herkam, um sie abzuholen und sie vor sich selbst zu retten. Sie hatte nur eine Minute mit ihm reden wollen. Hatte gewollt, dass er sie wieder zum Lächeln bringen und ihr Selbstvertrauen so weit aufbauen würde, damit sie zurückgehen und mit der Situation ladylike umgehen könnte. Sie spitzte die Lippen, schniefte und steckte ihr Handy wieder in ihre Handtasche.

Sie startete den Versuch, sich schön und sexy herzurichten, damit sie nicht völlig wie eine betrunkene

Chaotin aussah, strich ihr Oberteil gerade und glättete ihren Rock. Sie verließ den Raum und überprüfte ihr Aussehen im Spiegel. Sogar mit dem erhöhten Alkoholpegel und ihren vor Selbstmitleid tränenfeuchten Augen sah sie noch einigermaßen gut aus. Verdammt gut, eigentlich. Sie trug Lippenstift auf und dachte an Justin, der an dem Tisch im Club auf sie wartete. Vielleicht musste sie sich mit ein wenig Spaß und Ablenkung vor diesem langweiligen und deprimierenden Leben retten. Vielleicht war sie nur zu zimperlich und zu überkorrekt wegen all dem. Sie musste ein wenig lockerer werden und ein etwas wilderes Leben führen, nicht wahr?

Justin wartete noch, und ein frischer Drink stand vor ihm auf dem Tisch. „Hallo, Schätzchen, ich dachte schon, du hättest dich verirrt", sagte er mit einem Lächeln. Verführerisch schob sie eine Hüfte vor und lächelte zurück.

„Nein, es ist zwar ein großes Bad, aber ich weiß noch genau, wo ich bin."

„Dann ist es ja gut", meinte er und klopfte auf den Platz neben sich.

KAPITEL SECHS

Wie ein Mini-Tornado stürmte Gabe durch die Türen des Orange Lounge. In fünfundzwanzig Minuten hatte er es von seiner Wohnung bis zu dem Club geschafft, das war neuer Rekord. Er hoffte, dass er noch nicht zu spät kam. Als er sich in dem angesagten Lokal umschaute, erkannte er, dass er völlig verkehrt angezogen war; seine verblichenen Jeans, das weiße T-Shirt und die Flip Flops waren für Zuhause vielleicht genau das Richtige, um Netflix anzuschauen, aber in dem piekfeinen Laden wie dem Orange Lounge kam das nicht so gut an. Gut, dass er nicht vorhatte, lange zu bleiben.

Bri hatte sich am Telefon furchtbar angehört. Betrunken, klar, aber da war noch irgendetwas anderes gewesen, eine Traurigkeit und Verzweiflung, die er so noch nie zuvor bei ihr gehört hatte. Nicht einmal am Abend der fehlgeschlagenen Hochzeit, als er mit ihr danach gesprochen hatte. Nachdem sich seine Augen an die Dunkelheit, die immer wieder durch aufblitzende Stroboskoplichter unterbrochen wurde, gewöhnt hatten, begann er sorgenvoll die Tische abzusuchen.

Er konnte sie nirgendwo entdecken. „Verdammt!",

rief er. Was war, wenn sie gegangen war und irgendwo in der Innenstadt von Los Angeles alleine ziellos umherirrte? Oder schlimmer noch, was war, wenn sie mit irgendeinem schmierigen Typen mitgegangen war, der von ihr mehr erwartete als sie ihm zu geben bereit war? Verdammt, er wusste nicht einmal, was sie anhatte oder wie sie ihr Haar zurechtgemacht hatte.

Nach ein oder zwei vergeblichen Minuten des Suchens begab er sich hinüber an die Bar und drängte sich an einer Menschentraube vorbei, die alle um Drinks anstanden. Als er sich endlich seinen Weg gebahnt hatte, um mit einer Bedienung zu sprechen, beugte sich die Frau neben ihm heran und rieb sich mit deutlich anzüglichen Bewegungen an seiner Seite.

Gabe schaute sie an. Sie hatte in etwa sein Alter, war kleiner als Bri und hatte weißblondes Haar. Sie hatte zu viel Makeup aufgelegt und trug eine klimpernde Halskette, die ihren durch einen Pushup-BH hervorgehobenen üppigen Ausschnitt noch extra betonte. Welches Hokus-Pokus-Kleidungsstück das auch sein mochte, ihre Brüste waren kurz davor überzuquellen, und er war absolut überzeugt, dass sie, sobald sie einmal freigelegt waren, nicht im Entferntesten so beeindruckend sein würden.

„Hey, Kumpel, ich kauf dir einen Drink", sagte sie mit laszivem Blick. Sie ließ ihre winzige pinkfarbene Zunge über ihre Lippen streifen, als würde sie ihn einladen, zu kosten.

„Nein, danke", sagte er grimmig. Er musste Bri finden, bevor sie etwas tat, was sie für den Rest ihres

Lebens bedauern würde.

„Dein Pech", murmelte das Mädchen verärgert. Sie war deutlich beleidigt. Er hatte keine Zeit, sich darum zu scheren.

Endlich hatte er die Aufmerksamkeit der gestressten Bedienung hinter der Theke erregt, die sich abmühte, mehrere Drinks auf ein Tablett zu laden. „Entschuldigung, ich suche ein Mädchen", sagte er und redete extra laut, um die Musik und die anderen Gäste zu übertönen.

„Ja? Du und die halbe Bar ebenso. Da ist doch auch schon Eines", sagte sie und deutete auf die Frau neben ihm, die auf anzügliche Weise an ihrem Finger leckte.

„Nein, Verdammt nochmal!", sagte er frustriert. Er sah schon, wie das hier laufen würde. Er schob ihr einen Zwanzig-Dollar-Schein hin. „Sie ist zierlich, hat dunkles Haar und ist betrunken, weil sie schon die ganze Nacht Wodka Tonics getrunken hat."

„Ach", sagte die Bedienung, immer noch etwas abgelenkt. Sie versuchte die ganze Ladung Gläser auf ihrem Tablett zu balancieren. „Könnte sein, dass ich sie gesehen habe."

„Hier", sagte Gabe und warf ihr einen Fünfzig-Dollar-Schein auf die Getränke auf ihrem Tablett. „Denke stärker nach!" Das Geld erregte ihre Aufmerksamkeit, und schon stellte sie das Tablett ab und schaute Gabe an. „Ja, ich hab sie gesehen. Sie war dort drüben, mit so einem Kerl." Sie nickte in Richtung eines Tisches, der jetzt von einer Gruppe von Mädchen, die Junggesellinnenabschied feierten, in Beschlag genommen war. „Jetzt ist sie dort drüben in der Ecke." Sie winkte in Richtung eines Tisches, der auf der gegenüberliegenden Seite der Bar in einer Ecke versteckt war. Mit zusammengekniffenen Augen spähte Gabe quer durch das Lokal und machte endlich Brianne aus, die recht untypisch und unelegant auf einem Stuhl lümmelte.

Sie hatte anscheinend keine Ahnung, wie gefährlich die Welt sein konnte, wie gefährlich die Männer sein konnten, wenn sie sich in der Nähe von jemandem wie ihr befanden. Und doch merkte Gabe, wie sich sein Körper entspannte, als er Brianne anschaute. Sie war da! Sie war nicht mit irgendjemandem mit nach Hause gegangen. Seine Erleichterung war fast mit Händen zu greifen.

Er dankte der Bedienung und steuerte auf Bri zu. Es dauerte ein wenig, aber dann erkannte er, dass sie die Knabbermischung, die in einer Schale auf dem Tisch stand, zu säuberlichen kleinen Häufchen sortierte. Unwillkürlich schmunzelte er, weil das so typisch Bri war. Schnell durchquerte er die bevölkerte Tanzfläche, als würde ihm niemand im Weg stehen. Er zog einen Stuhl hervor und nahm unaufgefordert Platz. „Du hast eine Erdnuss bei deinen Bretzeln dabei", sagte er mit einem Grinsen, aber sie blickte nicht auf.

„Es tut mir leid, dass du hierherkommen musstest", sagte sie und schaute ihn schließlich doch an. Sie sah so elend und so betrunken aus, dass ihm etwas das Herz brach.

„Keine Sorge, das ist nicht das erste Mal, dass ich einen Freund, der einen über den Durst getrunken hat, retten muss", sagte er, nahm sich eine Erdnuss aus der Schale und steckte sie sich in den Mund. „Was ist los?"

Sie schüttelte den Kopf und blieb still. Dann begann sie zu reden, und die Worte sprudelten nur so hervor wie ein Wasserfall. „Evie wollte, dass ich mal rauskomme. Sie dachte, es würde mir guttun. Sie liegt mir ständig in den Ohren, dass ich nicht so viel grübeln soll, deshalb bin ich mit. Und sie fand, dass ich mir einfach irgendeinen Typen anlachen sollte. Du weißt schon, irgendeinen bedeutungslosen One-Night-Stand. Darum dachte ich, klar, warum nicht, das kann ich doch tun."

Gabes Kieferpartie verkrampfte sich. Das war nicht das, was er hören wollte.

„Aber weißt du was?", fuhr sie fort. „Ich konnte es nicht. Ich konnte nicht einmal so etwas Einfaches und Normales tun wie das. Ich konnte nicht einmal einen One-Night-Stand durchziehen. Ich schaffe es nicht, dass irgendetwas klappt oder dauert."

„Bri", sagte Gabe mit einem Seufzen und strich sich mit der Hand durch sein dunkles Haar. „Du bist zu hart zu dir selbst. Du bist genauso fähig wie jede andere auch, bedeutungslosen Sex zu haben, aber das heißt nicht, dass du das auch tun solltest."

„Nein, bin ich nicht, und warum sollte ich das nicht tun?", widersprach sie, dann verstummte sie und schob die Bretzelsticks auf dem Tisch herum.

Gabe merkte, dass ihm die Worte fehlten. Er wollte ihr sagen, dass sie zu gut war, zu kostbar, um etwas so Geschmackloses und Billiges zu tun, aber sie hatte Recht.

Warum sollte sie etwas, was alle anderen auch taten, nicht tun? Warum sollte sie ihre Möglichkeiten nicht erkunden? Er hatte das über die Jahre hinweg ja auch intensiv getan.

„Willst du mein One-Night-Stand sein?", fragte sie plötzlich mit zaudernder Stimme.

Ihm blieb fast das Herz stehen. Er musste sich anstrengen, sie durch die Menschenmenge und die Musik hinweg zu verstehen. Und selbst dann war er sich nicht sicher, ob er sie richtig verstanden hatte.

„Was zum Teufel? Was verdammt nochmal meinst du, wenn du so etwas fragst?", verlangte er mit verärgerter Stimme Auskunft, um den Schock zu überdecken, den ihm ihre Frage versetzt hatte. Sie bot ihm etwas an, wovon er seit Jahren geträumt hatte. Und sie hatte offensichtlich keine Ahnung, wie sehr er ja sagen wollte.

„Du weißt schon, hilf mir einfach da durch! Zeige mir, dass ich wenigstens eine Beziehung für eine Nacht schaffen kann", sagte sie.

Gabe starrte sie an—perfekt gebaute Schultern, die wegen ihres knappen Tops entblößt waren, rote Lippen und dunkles Haar, durch das er immer schon mit seinen Händen hindurchstreifen wollte. Er spürte ein Verkrampfen in seinem Magen, als das Blut in seine Lendengegend schoss, und er versuchte, die aufsteigende Begierde, die mit einem Mal durch ihn pulsierte, zu unterdrücken. Er betete, dass sie nicht merken würde, um wie viel enger sich seine Jeans plötzlich anfühlte.

Sie weiß nicht, worum sie mich da bittet, dachte er und schaute von ihr weg, weil er wie versteinert war, dass sein überwältigendes Verlangen, ja zu sagen, ihm klar ins Gesicht geschrieben stünde. Er holte mehrmals tief Atem und versuchte, Bilder von ihr in nacktem Zustand unter ihm aus seinem Verstand zu verbannen. Sie brauchte einen Freund, nicht einen bedeutungslosen Fick.

„Was würde das beweisen, Bri? Dass du genauso hohl und bindungsscheu bist wie jeder andere auch? Was hat das für einen Zweck?"

„Es würde beweisen, dass ich es tun könnte. Dass ich bloß einmal für eine Nacht erfolgreich einen One-Night-Stand durchziehen könnte, ohne wieder alles zu verbocken", sagte sie. Flehentlich sah sie ihn an.

Jeder Funken Selbstkontrolle war vonnöten, dass Gabe sie nicht sofort packte, hochhob und direkt in sein Apartment brachte, um genau das zu tun, worum sie ihn bat.

Gabes Kiefer spannte sich an. Er hatte sie schon so lange begehrt, aber er war ziemlich erfolgreich gewesen, dies zu verdrängen. Er und Eric standen sich schließlich nah wie Brüder. Aber hier war nun Bri, endlich ungebunden, und sie warf sich ihm praktisch an den Hals.

Aber dies war nicht das, was er eigentlich wollte, und er wusste, dass es auch nicht das war, was sie wirklich wollte. Sie war immer noch in Eric verliebt. Er wollte alles von ihr, nicht die Reste eines gebrochenen Mädchens, das sein bester Kumpel in einem Anfall geistiger Umnachtung verlassen hatte. Er hatte nicht die Absicht, in ihrem betrunkenen Zustand als Experiment zu dienen, ob sie die Fähigkeit zu Gelegenheitssex hatte.

„Komm schon, Gabe, sei ein Freund!", bettelte sie und lehnte sich über den Tisch zu ihm.

Er streckte die Hand nach ihr aus und strich ihr das Haar aus dem Gesicht. „Vertrau mir, Bri, ich bin ein Freund! Dein Vorschlag ist nicht der richtige Weg, um zu beweisen, dass du kein Versager bist. Schau doch bloß all das an, was du schon erreicht hast! Du bist klug, großzügig und gestaltest aufsehenerregende Veranstaltungen. Du bist der Mensch, an den sich andere Menschen wenden, wenn sie ein Problem haben. Das klingt in meinen Ohren nicht nach Versager."

Sein Körper verlangte nach ihr, schrie förmlich nach ihr, aber durch reine Willenskraft, von der er nicht einmal gewusst hatte, dass er sie hatte, gewann sein Verstand den Kampf. „Du brauchst jetzt einen wahren Freund viel mehr als einen Fickbruder. Am nächsten Morgen würdest du dich selber verabscheuen."

Bris Unterlippe zitterte.

Gabe wollte Brianne in die Arme nehmen, um ihre Traurigkeit zu lindern, aber er traute sich selbst nicht ganz.

Sie bringt mich um, und sie hat absolut keine verdammte Ahnung, dass dem so ist.

Gabe wusste, dass er aufstehen und das Lokal verlassen sollte; er sollte Bri, ihren Vorschlag und ihre ganze verkorkste Beziehung hinter sich lassen. Verdammt nochmal! Er hätte überhaupt nicht hierherkommen sollen. Jedes Mal wenn er in ihrer Nähe war, schlug sein Herz kleine Saltos und seine Hände wurden schweißnass. Ganz zu schweigen von seinen anderen Körperteilen, besonders wenn Brianne so heißblütig und sinnlich dreinschaute wie jetzt. Mit Bri hatte er versucht, eine Strategie anzuwenden gemäß dem Motto ‚aus den Augen – aus dem Sinn‘, und die hatte normalerweise auch funktioniert. Aber normalerweise bettelte sie ihn auch nicht an, mit ihm zu schlafen.

„Komm schon, Schätzchen!“, sagte er, wobei er seine ganze Entschlossenheit zusammensammelte und aufstand. „Ich bringe dich nach Hause.“ Sie schaute ihn mit großen, leuchtenden Augen an, und fast kam es bei ihm zu einem Sinneswandel. Er begehrte sie so sehr! Aber er würde das Richtige tun. Er würde jeden anderen umbringen, der versucht hätte, sie in ihrem momentanen verletzlichen Zustand auszunutzen. Er würde jetzt verdammt nochmal nicht derjenige sein, der die gewaltigen Tritte in den Hintern verdient hätte.

„Los!“, wiederholte er, während er seine Augen von ihrem wunderschönen Gesicht abwandte. Er streckte die Hand aus, und nach einer gefühlten Ewigkeit nahm sie sie. Gabe zog Brianne auf die Füße. „Lass uns dich ins Bett schaffen! Allein!“

„Okay“, schniefte sie. Locker legte er ihr seinen Arm um die Schulter und führte sie aus dem Club.

KAPITEL SIEBEN

„Was wirst du tun?", fragte Gabe Brianne, als sie aus der Innenstadt heraus Richtung Silver Lake düsten, wo ihr Apartment lag. Sie war nüchtern genug geworden, um sich ihm nicht mehr an den Hals zu werfen, aber er war sich doch ziemlich sicher, dass sie noch immer irgendwie besoffen war, weil sie ihm gerade ihre neueste Veranstaltungsidee mitgeteilt hatte.

„Glamping! Hast du davon schon einmal gehört? Das ist so etwas wie Camping im Beverly Hills-Stil, nicht wahr?" Sie saß brav neben ihm auf dem Beifahrersitz und hatte die Hände auf ihrem Schoß gefaltet. Plötzlich sah sie unsicher aus, ob sie über das richtige Thema sprach.

„Ja, so nennt man das, und das ist auch so, aber wie stellst du dir vor, dass du das für einen Wettbewerb organisieren wirst?", fragte er ungläubig. Er blickte kurz in den Rückspiegel seines Cabrios, als er die Fahrspur wechseln musste, um von dem Ventura Freeway auf die Straße Nummer 2 abbiegen zu können.

„Hör dich nicht so geschockt an!", sagte sie mit Verachtung, die sich aber mehr in ein betrunkenes Schnauben verwandelte, das ihm verriet, dass sie nicht wirklich auf der Höhe war, obwohl sie versuchte, so zu tun, als wäre sie es.

Er rollte mit den Augen und lächelte gleichzeitig. „Bri, du dachtest, du hättest Masern, nur weil dich eine Schnake gestochen hat. Das ist kein Verhalten, wie es sich für einen Frischluftfanatiker – oder vielmehr für eine Frischluftfanatikerin – gehört. Du bist einfach kein Naturmensch!"

„Ich könnte es aber sein!", widersprach sie, dann seufzte sie. Sie ließ ihren Kopf an die Kopfstütze sinken und grinste Gabe an. „Mist! Du hast ja Recht. Ich weiß, dass du Recht hast. Glaubst du, du könntest mir helfen?"

Bri erstaunte ihn immer wieder. Manchmal war sie so fürchterlich großbürgerlich, edel, vornehm und aufgeblasen wie die Leute aus der Oberschicht eben waren, dann wiederum war sie typisch Mädchen und voller Unsicherheit. Er spitzte die Lippen. *Das habe ich mir ja super eingebrockt!*

Er wusste, dass er vermeiden sollte, mit ihr Zeit zu verbringen, dass es um seinen Geisteszustand schlecht bestellt war, wenn er sich in ihrer Gegenwart aufhielt, aber er wusste auch, wie verletzbar sie im Moment war und wie wichtig ihre Karriere und ihr Ruf für sie waren. Sie dachte, sie sei eine Versagerin, was Beziehungen anging, und er würde ganz bestimmt nicht zulassen, dass sie nun anfing, zu glauben, dass sie auch im Arbeitsleben versagte. Unterm Strich waren sie Freunde, und er würde immer da sein, wenn sie Hilfe brauchte.

„Ja, natürlich werde ich dir helfen, aber bevor du zu

sehr von all deinen Vorhaben in Anspruch genommen wirst, will ich dir sagen, dass ich meine, es könnte eine gute Idee sein, wenn du einen Probelauf machst. Wenn du willst, kann ich dich einmal für eine Nacht mit in die freie Natur nehmen."

Mit Bri auch nur eine einzige Nacht in einem Zelt zu verbringen, würde die reinste Folter für ihn sein. Aber er wollte nicht, dass sie zu viel Zeit und Energie auf etwas verwendete, nur um letztendlich herauszufinden, dass es undurchführbar war, weil sie das Versprochene nicht liefern konnte.

„Ähm…klar. Ein Probelauf ist eine großartige Idee", sagte sie schnell. „Ich kann nicht etwas für meine Gäste arrangieren, ohne selbst die Erfahrung gemacht zu haben." Sie ratterte los mit einigen unsinnigen Gedanken über farblich zusammenpassende Marshmallows, die man grillen könnte. Gabe schaltete ab und konzentrierte sich auf die Straße. Er ließ sie reden, nickte und gab zustimmende Geräusche von sich, wenn sie kurz innehielt. Irgendwann versiegte ihr Redefluss. Endlich, als sie von der Hauptstraße abbogen und in das Wohnviertel Silver Lake kamen, schnarchte sie leise.

Während er die verschiedenen Kurven und Abbiegungen in ihrer Wohngegend durchfuhr, um ihren Wohnblock zu finden, dachte er über die Frau, die an seiner Seite schlief, nach. Wie lange er sie bereits kannte und wie schnell er angefangen hatte, sie gernzuhaben. Und das nicht auf eine platonische Art im Stil-du-bist-das-Mädchen-meines-besten-Freundes. Sogar jetzt – da ihr

Kopf etwas zur Seite kippte und ihren Lippen gelegentlich ein kleines beschwipstes Schnarchen entwich – war sie für ihn die erstaunlichste und wundervollste Frau, die er je gekannt hatte.

Gabe fuhr vor dem Gebäude im spanischen Stil an den Straßenrand und stellte den Motor ab. Er ließ sich einen langen Moment Zeit, ihr samtweiches Gesicht, ihre vollen Lippen und ihr dichtes Haar in aller Ausführlichkeit zu betrachten. Verdammt, sogar ihre Ohrläppchen sahen wunderschön aus, als er sie so im spärlichen Licht der Straßenlaterne musterte. Er riss sich zusammen, stieg auf der Fahrerseite aus und ging vorne um sein Auto herum. Er öffnete die Beifahrertür, und wenn Bri nicht angeschnallt gewesen wäre, wäre sie praktisch auf den Gehsteig herausgerutscht.

„Okay, komm schon, Schätzchen, wir müssen dich jetzt ins Bett bringen", sagte er und langte hinüber, um den Sicherheitsgurt zu lösen. Sein, da er ein T-Shirt trug, nackter Unterarm streifte über ihre weichen Rundungen und ihre seidenweiche Haut, und er musste sich schwer konzentrieren, um sich nicht ablenken zu lassen, als ein feuriger Blitz mitten durch ihn hindurch schoss. Brianne fing an sich zu rühren. „Sei ein gutes Mädchen", gurrte er, „lass uns reingehen!"

Bri brummelte ein paar unverständliche Worte, und Gabe schaute sie scharf an. Aber dann merkte er, dass sie ihren Schlüsselbund ausstreckte. Er nahm ihr die Schlüssel ab und half ihr beim Aufstehen. Sie lehnte sich schwer an ihn, als sie auf dem Kopfsteinpflasterweg hinauf zum gemeinsamen Innenhof des Apartmentkomplexes gingen. Dann hielten sie beim zweiten Apartment auf der linken Seite an.

Mit einem Arm hielt Gabe Bri fest, mit der anderen Hand schaffte er es, den Schlüssel ins Schloss zu stecken und die Tür zu öffnen. Er schaltete den Lichtschalter an der Wand neben der Tür ein und begleitete sie hinein. Sie warf ihre Handtasche auf einen bequemen Sessel, allerdings meilenweit daneben. Gabe gab der Tür einen Schubs, sodass sie ins Schloss fiel, und schaute sich in Bris Wohnung um. Mehrmals war er mit Eric hier gewesen, um Bri abzusetzen, aber niemals im Inneren des Apartments. Es war ihm mehr als einmal seltsam vorgekommen, dass Brianne und Eric nach sechsjähriger Kennenlernzeit und sogar nach der Verlobung nie zusammengezogen waren. Verdammt, es war ihm auch seltsam vorgekommen, dass Eric fast fünf Jahre gewartet hatte, um ihr einen Antrag zu machen. Laut seinem Freund hatte keiner von beiden die Dinge überstürzen wollen, denn jeder war auf seine Weise mit seinem eigenen Freiraum glücklich und mit häufigem gegenseitigem Übernachten zufrieden. Wenn er selbst, Gabe, es gewesen wäre? Er hätte Bri am liebsten jede Nacht in seinem Bett haben wollen. Wenn möglich in greifbarer Nähe.

Dennoch hatte er sich nicht einmal gefragt, ob mit Erics und Briannes Beziehung irgendetwas nicht stimmen könnte. Er hatte es einfach als gegeben hingenommen, dass die beiden füreinander bestimmt waren, obwohl es vielleicht Fingerzeige gegeben hatte, dass es doch nicht so sein könnte.

Als er Briannes Apartment betrat, tat er das mit starker innerer Anspannung, in Vorerwartung, eine andere, etwas persönlichere Seite von ihr zu entdecken. Wie sie lebte. Wie sie ihre Zeit alleine verbrachte. Im Bett und außerhalb.

Das Erste, das ihm auffiel, war das ganze Wirrwarr. Es hatte den Anschein, als wäre jeder Quadratzentimeter verfügbarer Fläche mit irgendwelchem Zeug vollgestellt. Und als Bri ganz undamenhaft ihre Schuhe mitten Im Wohnzimmer von ihren Füßen schleuderte, ging er zu einem niedrigen Kaffeetisch in modernem Stil, um sich anzuschauen, was das alles für seltsame Objekte waren. In einer Million Jahren hätte er ihre geheime Leidenschaft nicht erraten.

Aschenbecher. Auf jeder flachen Fläche standen irgendwelche Aschenbecher. Runde, quadratische, gläserne, welche aus Plastik, welche aus Metall, manche in der Form eines Tieres, freistehende, welche aus Keramik – jede nur mögliche Art von Aschenbecher, die man sich vorstellen konnte, hatte Bri in ihrer Wohnung.

Wenn er nicht schon so hoffnungslos verliebt in sie wäre, dann hätte ihn diese eigenartige Exzentrik abgestoßen, das wusste er. Aber nun war es ja definitiv bereits zu spät dafür. Ohne es zu wissen, hatte sie sein Herz erobert und würde es immer festhalten.

„Was zum Teufel, Bri?", fragte er, bevor er es sich verkneifen konnte. „Du rauchst doch nicht einmal."

Sie kicherte, ging hinüber zu einem Beistelltisch und

nahm einen der Aschenbecher zur Hand. Er war klein und weiß und hatte einen goldenen Rand. Die beiden ‚Gs‘, die im Zentrum prangten sahen vertraut aus.

„Gefällt dir meine verrückte Sammlung?“, fragte sie mit stolzem Lächeln. „Das hier ist ein Gucci-Aschenbecher aus den Siebziger Jahren. Er kostete mich fünfhundert Dollar. Ich kaufte ihn auf Ebay“, sagte sie, dann bekam sie einen Schluckauf. Sehr sorgsam stellte sie ihn auf den Tisch zurück, taumelte dann in die Küche, um ein weiteres Exemplar zu holen. Es war ein Hawaiimädchen in einem Baströckchen, das eine halbe Kokosnuss hielt; an ihrem dunklen porzellanenen Haar fehlte ein kleines Eckchen. „Das ist einer meiner Lieblingsaschenbecher – ich nenne sie Lena. Ich fand ihn auf einem Flohmarkt in Santa Monica.“

Gabe nahm einen eckigen Kristallaschenbecher vom Kaffeetisch zur Hand, auf dem die im Stil der Sechziger Jahre angebrachten Buchstaben ‚Disneyland Hotel‘ prangten. Als er merkte, dass sein Mund offenstand, klappte er ihn schnell zu.

„Du liebe Zeit, Bri“, hauchte er, überwältigt von…was? Ehrfurcht? Verwirrung? Bewunderung? Er musste zugeben, dass jemand, der offenbar so viel Zeit und Mühe in die Sammlung einer Sache gesteckt hatte, irgendwie mit Leib und Seele dabei war – oder auch nicht wenig bekloppt.

„Ich weiß, dass es eigenartig ist“, sagte sie, als sie das Hawaiimädchen wieder hinstellte. „Aber ich finde sie eben so cool. Niemand stellt mehr Aschenbecher her. Es ist eine ausgestorbene Kunst. Früher waren sie überall zu finden, und niemand hatte sich darüber Gedanken gemacht. Ein Aschenbecher war genauso notwendig wie eine Toilette oder eine Kaffeetasse. Und jetzt, nada!"

„Nada", wiederholte er und stellte den Disneyland-Aschenbecher wieder hin.

„Man findet sie nirgendwo mehr, deshalb finde ich, dass ich damit ein bisschen was von amerikanischer Lebensweise bewahre", meinte sie, während sie ihr Haar aus dem lockeren Knoten auf ihrem Kopf zog.

„Naja, das ist sehr interessant", sagte er, da er nicht wusste, was er sagen sollte.

Brianne gähnte dramatisch, streckte die Arme über den Kopf, wobei ihr Neckholder-Top hochrutschte, und einen Streifen ihres flachen Bauches freilegte.

„Also du brauchst jetzt Ruhe", sagte er und durchquerte den Raum zu ihr hin. Er legte seine Hände auf ihre Schultern, drehte sie sanft um und führte sie in den Gang, von dem er annahm, dass er zu ihrem Schlafzimmer führte.

Er probierte verschiedene Türen aus, bis er die richtige fand; das Schlafzimmer lag gegenüber dem Badezimmer. Im Gegensatz zu dem übrigen Apartment war dieses Zimmer makellos ordentlich aufgeräumt. Ihr schmales Doppelbett war gemacht und von einer behaglich-aussehenden Tagesdecke bedeckt. Eine überdimensionale Vitrine stand an einer Wand, voll mit noch mehr von diesen verdammten Aschenbechern.

Lächelnd und kopfschüttelnd führte er sie zum Bett

und schlug die Tagesdecke zurück.

„Ach", sagte sie, während sie fast im Stehen einschlief, „wie bin ich müde."

„Darauf würde ich wetten, Schätzchen", meinte er nachsichtig und ordnete die Kissen für sie an. Für einen Sekundenbruchteil bekam er Panik, als er sich fragte, ob er versuchen sollte, ihr einen Pyjama anzuziehen, entschied sich dann aber, darauf zu verzichten, sowohl wegen seiner eigenen Zurechnungsfähigkeit als auch aus Gründen des Anstands.

Bri ließ sich mit einer gewissen Bettschwere auf das Bett plumpsen und lächelte ihn aus schläfrigen Augen an. Dann fiel sie rückwärts, und Gabe half ihr, den Kopf auf die Kissen und die Füße unter die Decke zu bringen. Er zog die Decke hoch und packte Bri warm ein, wobei er ihr unbeholfen die Schulter tätschelte. Instinktiv wollte er sie auf die Wange küssen, aber er widerstand dem Drang.

„Gabe?"

„Ja?"

„Danke", sagte sie schläfrig. Sie machte die Augen zu und kuschelte sich in die Kissen. „Glaubst du, du könntest, du weißt schon", murmelte sie, „bei mir bleiben?"

„Ich glaube nicht, dass das eine gute Idee ist, Bri."

Flatternd öffneten sich ihre Augen. „Bitte? Ich – ich fühle mich so einsam. Mir ist so kalt. Ich will einfach nur, dass mir wieder warm wird."

Gabe schluckte schwer. Das Letzte, was er tun sollte, war, neben ihr ins Bett zu steigen, nicht einmal auf harmlose Art und Weise. Als er sie anschaute und ihr sanftes Bitten hörte, gab es für ihn jedoch keine Möglichkeit, nein zu sagen.

Er seufzte und verfluchte sich selbst. „Ja, klar", sagte er, ging zur anderen Seite des Bettes und schaltete unterwegs das Licht aus. Er würde ja nicht allzu lange bleiben müssen; er könnte aus dem Bett springen, sobald sie eingeschlafen war, was, dem Grad ihrer Trunkenheit und dem Schläfchen im Auto nach zu urteilen, ziemlich bald der Fall sein würde. Er streifte seine Flip Flops ab und setzte sich auf die ihr gegenüberliegende Bettseite. Als er auf der Matratze niedersank, wurde ihm plötzlich auf erschreckende Weise etwas bewusst.

Dies war wahrscheinlich Erics Seite. Er verbannte den Gedanken und rutschte näher an Bri. Sie würde im Nu eingeschlafen sein, und du kannst gehen, sobald sie weggedöst war, rief er sich selbst ins Gedächtnis.

Gabe überkreuzte seine Fußknöchel, als Bri sich nah an ihn schmiegte. Er war fest entschlossen, es sich nicht behaglich werden zu lassen oder ihr zu erlauben, es sich mit ihm behaglich zu machen, aber er konnte nicht widerstehen, eine Hand auf ihre Schulter zu legen. Er redete sich ein, das würde er nur aus reiner Freundschaft tun. Während er das noch dachte, wusste er jedoch gleichzeitig, dass es nicht ganz die Wahrheit war. Um sich selbst wachzuhalten, begann er im Dunkeln die Aschenbecher zu zählen. Er bemerkte es nicht einmal, als ihm die Augen schwer wurden. Ziemlich bald schlossen sie sich. Er atmete ruhig und gleichmäßig und war rasch eingeschlafen.

KAPITEL ACHT

Brianne wachte Stunden vor Sonnenaufgang auf. Ihr Mund fühlte sich knochentrocken an, und sie nahm sich soweit zusammen, dass sie losgehen konnte, um sich ein Glas Wasser zu holen. Sie rollte sich herum und bemerkte, dass ihr Bett seltsamerweise belegt war. Im ersten Moment des Erschreckens brach sie in Panik aus. Sie war ausgegangen und hatte genau das getan, was Evie vorgeschlagen hatte. Jetzt hatte sie einen Fremden in ihrem Bett und keine Ahnung, wie sie ihn wieder loswerden sollte. Und sie wusste auch nicht, wie er hieß und ob sie irgendetwas mit ihm getan hatte. Da sie aber offensichtlich vollständig bekleidet war, konnte sie nur hoffen, dass nicht allzu viel passiert war, aber sie konnte nicht sicher sein.

Der Körper neben ihr war warm und robust – und anscheinend auch komplett angezogen. Das zumindest war beruhigend. Und irgendetwas an diesem v-förmigen Rücken kam ihr sehr vertraut vor.

Sie schnappte nach Luft.

Heilige Scheiße! Es war Gabe! Gabe war hier bei ihr.

An die vorherige Nacht konnte sie sich nur vage erinnern. Als sie so dalag und versuchte, sich nicht zu bewegen oder ihn auf irgendeine Weise zu stören, kamen winzige Erinnerungsfetzen zu ihr zurück. Sie hatte ihn gebeten, ihr One-Night-Stand zu sein. Vor Verlegenheit und Peinlichkeit wurde sie von Hitze überflutet. Sie hatte ihn buchstäblich angefleht, aber er hatte sie abgewiesen. Warum also war er hier?

Das musste wieder ein Traum sein. Sie streckte ihre Hand aus und streifte mit ihren Fingern an seinem nackten Arm entlang bis zum Saum seines Shirtärmels und kostete das Gefühl aus, seine Haut zu spüren. Es fühlte sich so real an. *Das ist ein verdammt guter Traum,* dachte sie. Aber einem geschenkten Gaul würde sie nicht ins Maul schauen.

Er rollte sich auf den Rücken. Sein attraktives Gesicht sah völlig entspannt und friedlich aus. Mit ihren Fingern strich Brianne über sein weißes T-Shirt, dann über seinen Brustkorb, spürte dabei die Konturen seiner Brustmuskeln, glitt dann zu seinem Schlüsselbein und zu seinen Schultern. Er war so hart und stark, dabei auch warm, weil er in ihrem Bett lag, und sich dem Schlaf ergab. Er rollte näher zu ihr heran und seufzte dabei leise.

Seine Lippen waren nur Zentimeter von ihren entfernt. Sie waren ganz leicht geöffnet, sodass sie seinen Atem auf ihrem Gesicht spüren konnte. Süß und heiß und ohne jede Spur von morgendlicher Abgestandenheit. Es musste ein Traum sein, und Junge, ihr Unterbewusstsein wusste wirklich, wie man sich ganz schnell einen guten Traum zusammenzimmern konnte! Zwischen Gabe und ihr befand sich fast kein Platz mehr, und Bri beschloss, sich diesen Vorteil zunutze zu machen.

Indem sie sich zu ihm beugte, konnte sie mit ihren Lippen über seine streifen, und die Wärme dieses Kontakts ging ihr sofort durch Mark und Bein, zischte bis in ihr Innerstes, sodass ihr Körper überall kribbelte. Ihre Zunge schoss hervor, um ihn zu schmecken, nur ein ganz kleines bisschen, und flatternd schlug er erwachend die Augen auf.

„Bri?", flüsterte er, immer noch nicht ganz wach.

„Schsch", beruhigte sie ihn, während sie mit ihren Händen immer noch seine Schultern und seinen Brustkorb erforschte. Dann rutschte sie unmerklich etwas tiefer, um über seinen flachen Unterleib zu streifen. „Das ist es, was ich will", murmelte sie, während ihre Münder sich fast wieder berührten. „Dich warm hier zu haben, in meinem Bett", sagte sie und strich mit ihren Lippen über seine. „Ich will, dass dies passiert." In dem Wissen, dass all dies ein Traum war, konnte sie ihm sagen, was sie mochte – und es fühlte sich so gut an, endlich einmal in der Lage zu sein, die Wahrheit zum Ausdruck zu bringen.

Gabe blinzelte sie an. Er schaute verwirrt drein, wich aber nicht sofort zurück. Sie konnte sehen, dass sein Verstand vom Schlaf her sozusagen immer noch voller Spinnweben war, aber die untere Hälfte seines Körpers war augenblicklich hellwach und bäumte sich eifrig auf, um die Möglichkeiten auszukundschaften.

„Aber, Bri", murmelte er, als sie ihn erneut küsste. „Was ist mit Eric?"

„Kein Eric mehr", sagte sie, leise, aber fest überzeugt. Und ihre linke Hand wanderte in Richtung Hosenbund seiner Jeans. „Wir sind fertig miteinander. Du bist derjenige, den ich will."

Dankenswerterweise zweifelte er offenbar nicht an der Wahrheit ihrer Worte. Das hieß, bis er die Stirn runzelte. Da sie im Vorfeld bereits erwartet hatte, dass sie mehr über Eric reden würden, und auch antizipierte, dass durch ihren Traum all die Zweifel und Bedenken, die der echte Gabe erst vor wenigen Stunden geäußert hatte, auch wieder vom Stapel gelassen würden, bereitete sich Brianne darauf vor, sich wegzubewegen. Konnte sie ihn also nicht einmal in ihren Träumen haben? Sie wollte doch nur einen Ort, wo sie ihre tiefsten Gefühle offenlegen konnte, auch wenn sie bloß vergänglich und vorübergehend waren und nicht mehr von Bedeutung sein würden, sobald die Sonne aufging.

Aber bevor sie sich entfernen konnte, wurde sie von Gabe überrascht. Normalerweise ergriff immer sie die Initiative in ihren Träumen. Sie ritt ihn wie ein verdammtes Cowgirl; so wagemutig und dominant war sie im wahren Leben noch nie gewesen, nicht einmal mit Eric. Aber dieser Traum, ja dieser Traum war um so viel intensiver.

Gabe langte hinunter und zog ihre Hände hinauf, über ihren Kopf, und hielt ihre Handgelenke an dem Brett am Kopfende ihres Bettes fest. Brianne stieß gegen ihn, merkte aber, dass sie sich nicht bewegen konnte. Ihr Herz raste bereits, aber sie befand, dass es ihr eigentlich gefiel, und dass ihre Einbildungskraft ein ganz erstaunliches, übersteigertes erotisches Ausmaß annahm. Bri stieß den

Atem aus. Sie hatte keine Ahnung, wohin das alles führen würde, und auch nicht, wie sie so viel Glück haben konnte, in solch einen guten Traum geraten zu sein. „Ich will dich auch, Bri", knurrte Gabe. Er hielt sie unter sich in eisernem Griff fest, und seine wachsende Erektion drückte sich deutlich an ihre Hüfte.

„Dann halt die Klappe und nimm mich, Gabe!", forderte sie ihn heraus.

Er beugte sich hinunter, um an ihrem Hals zu saugen und dann sanft daran zu knabbern, als könnte er es immer noch nicht glauben, dass sie die Seine war, und als würde er versuchen, ihr seinen Stempel aufzudrücken. Er stieß seine Hüften vor und rieb sich mahlend an ihr. Gabe küsste sie hart. Seine Zunge kämpfte fest und glitschig in ihrem Mund mit ihrer um die Vorherrschaft. Er ruhte nicht lange. Nach ein paar wilden Küssen hielt er kurz inne, um in ihre Lippe zu beißen, und seine Zähne raspelten über ihr empfindsames Fleisch. Dann fing er wieder an, ihren Hals zu küssen; er leckte und biss sanft in ihr Schlüsselbein. Mit seiner linken Hand hielt er ihre Handgelenke umklammert, während seine rechte zärtlich, aber auch fest zu Werke ging, als er ihre Brüste liebkoste.

Sie schnurrte vor Vergnügen und ergab sich ganz der Wonne seiner Berührung, indem sie ihren Körper unter ihm vollkommen entspannte. Ihre Hüften hoben sich in ihrem eigenen Rhythmus und stießen gegen seine harten muskulösen Oberschenkel. Gierig rieb sie sich an ihn.

Etwas Ungezähmtes, beinahe Animalisches breitete sich in ihrer Miene aus. Er mahlte sich immer weiter in sie, seine Hüften gaben rauen Druck gegen ihren Körper ab, fast bestraften sie sie mit ihrer Kraft. Ihr gefiel die allumfassende Realität dieses Traumes über alle Maßen. Gabe zerrte an ihren spärlichen Kleidungsstücken. Bald lagen sie in einem Haufen auf dem Boden, und sie schwelgte mit wahrer Wollust in dem Zustand, völlig nackt unter ihm zu liegen. Ungeduldig streifte sie ihm die Kleidung vom Leib. Sie wollte seine warme Haut an ihrer spüren. Sie konnte sein Aftershave riechen, würzig und warm, aber der darunterliegende Duft war in deutlicher Reinform nur er: ein moschusartiger, reichhaltiger Duft, der sie mit jedem Atemzug überwältigte. Sie schwelgte in dem Gefühl seines Gewichts auf ihr, des rauen Kratzens der dunklen Bartstoppeln an ihrer Haut – und seiner Hitze und Härte. Du lieber Gott, ihr Magen und die Innenseite ihrer Oberschenkel standen bereits in Flammen, als seine harte Länge langsam in ihren Kanal eindrang. Sie schnappte nach Luft, als seine so deutliche Größe sie so unglaublich gut ausfüllte und seine Hüften sich mit jedem Stoß in ihrem eigenen sinnlichen Rhythmus bewegten.

Brianne spürte, dass sie fast die Besinnung verlor, und erlaubte sich, all die sie überflutenden Empfindungen vollends auszukosten. Wenn das alles war, was sie von Gabe haben konnte, nämlich seinen Körper in den engen Umgrenzungen eines Traumes, dann würde sie wenigstens dies so gut wie möglich genießen.

* * *

MIT DEM TRAUZEUGEN IM BETT

Die Dinge geschahen zu schnell. Gabe wusste, dass er einen Gang herunterschalten sollte, aber jetzt lag Brianne – die wunderschöne Brianne, die er vom ersten Moment an, als er sie gesehen hatte, gewollt hatte – warm und bereit unter ihm und sehnte sich verzweifelt nach seiner Liebkosung. Verdammt, nach dem zu schließen, wie nass sie war, und mit welch eifriger Ungeduld sie nach ihm stöhnte, war sie mehr als verzweifelt.

Gabe war niemals ein Heiliger gewesen, und er hatte auch keine Willenskraft mehr. Es fühlte sich so gut an, in sie hineinzugleiten, zu spüren, wie ihr heißer innerer Kern sich um ihn herum zusammenkrampfte, als er eintrat. Er schaukelte mit seinen Hüften, und verdammt nochmal, er wollte wirklich langsam machen, er wollte ihrem Körper huldigen als dem einer Göttin, die sie für ihn war, so wie sie es immer verdient hatte, dass ihr gehuldigt werde. Aber das war noch nie sein Stil gewesen, und er hatte das Gefühl, als hätte er sein ganzes Erwachsenenleben darauf gewartet, sie endlich zu lieben.

Einen Moment lang durchzuckte ihn Schuldgefühl. Verdammt, Eric war sein bester Freund! Das war nicht richtig!

Aber Brianne küsste ihn. Berührte ihn. Und deshalb verdrängte er alle anderen Gedanken außer ihr. Heute Abend ging es darum, sie für sich zu beanspruchen, ihr klarzumachen, dass sie die Seine war. Er würde sich mit den Konsequenzen, welche auch immer, später herumschlagen.

„Gott, du fühlst dich so eng an, so erstaunlich

wunderbar", sagte er, und um seinen Standpunkt zu verdeutlichen, langte er hinunter, um sie in die Hüfte zu zwicken. „Ich liebe jeden verdammten Quadratzentimeter an dir, all deine verführerischen Rundungen." Er beugte sich hinunter und saugte an ihrer linken Brustwarze. In langsamen verspielten Bewegungen legte er mit seiner Zunge Kreise auf ihren Brustwarzenhof, während seine Hüften weiter auf ihre trafen. Mittlerweile fickte er sie nun hart, und bei jedem Stoß seines Körpers spürte sie ihn intensiver. „Du bist die verdammt verführerischste Frau, die ich je gesehen habe. Du hast auch die engste Möse, so heiß und warm, so als ob sie verdammt nochmal für mich gemacht worden wäre, wie ein passgenauer Handschuh. Magst du das?", fragte er und stieß mit einem kraftvollen Stoß in sie.

Brianne erschauerte unter ihm und stöhnte vor Vergnügen auf. Ihr Gesicht spiegelte völlige Selbstvergesssenheit und Lust. Er stieß weiter in sie hinein, seine Eier klatschten an ihren Eingang, und seine linke Hand hielte mit solcher Kraft ihre Handgelenke fest, dass sie fast zerquetscht wurden. „Das ist richtig so, du wirst hart und intensiv für mich kommen, Baby. Ich will alles spüren, was du mir geben kannst, alles von dieser superreifen Muschi von dir."

Sie keuchte heftig, gab kleine knurrende Geräusche aus ihrer Kehle von sich, durch die sich seine Eier vor Verlangen zusammenzogen und sein Schwanz hart und steif wurde. Er hämmerte weiter in sie hinein, während er mit seiner Zunge ihre Brustwarze bearbeitete und mit seiner anderen Hand unter ihre Hüfte griff. Mit voller Absicht lockerte er seinen Griff an Bri. Er hatte das alles schon so lange gewollt, länger als er sich erinnern konnte, und er war vor Verlangen fast schon dabei, die Kontrolle zu verlieren, aber dies war Brianne. Er durfte sie nicht verletzten. Er durfte ihr nur Vergnügen schenken.

Sein Rhythmus steigerte sich immer weiter, und seine Glieder standen in Flammen. Er schloss seine Augen und biss sie in den Hals, nur ein wenig, und spürte, wie er kam und seinen Samen tief in sie ergoss.

„Oh, Gabe", stöhnte sie, während sie ihre Fingernägel in seinem Rücken vergrub, was einen Schmerzensstich verursachte, den er genoss. Dann spürte er, wie sie unter ihm erschauerte, wie sie ihre Beine eng um seine Taille schlang und schrie: „Ja, Gabe, ja!"

Ihr Höhepunkt erschütterte ihren Körper mehrere lange Momente lang, und er kostete jedes Aufstöhnen und jedes Wimmern, das von ihr kam, intensiv aus. Als sie sich schließlich beruhigt hatte und ihr Atmen sich verlangsamte, glitt er langsam aus ihr heraus und küsste zärtlich ihre Stirn. Schon döste sie wieder ein; die Kombination aus Alkohol in ihrem Kreislauf und Erschöpfung durch diesen befriedigenden Akt hatte sie offensichtlich überwältigt. Er war froh darum und genoss den Gedanken, noch einmal mit ihr in seinen Armen einschlafen zu können.

Aber das geschah nicht. Als sich sein Körper abkühlte und das Beben des Vergnügens nachließ, hörte er sie stattdessen laut und deutlich sagen: „Was für ein großartiger Traum!" Und dann war sie weggepennt.

Gabe lag verblüfft und still da, und auf einmal durchströmte ihn die Erkenntnis. Ein Traum! Sie hatte gedacht, der Liebesakt mit ihm sei ein Traum gewesen.

Oh, Gott, was hatte er getan?

Eine Zeitlang voll angstvoller Bedenken lag er so da und starrte ihr wunderschönes Gesicht an, ohne zu wissen, was er tun sollte. Schließlich zwang er sich unter Schmerzen, aufzustehen. Er zog sein T-Shirt an und seine Boxershort und eilte dann aus ihrem Schlafzimmer und zum Sofa.

Dort ließ er seinen Kopf in die Hände sinken und versuchte, die Sache, die da gerade passiert war, in den Griff zu bekommen. Er hatte gerade Sex gehabt mit Brianne. Verrückten, wilden, leidenschaftlichen Sex. Darin hatte jedes Potential gesteckt, dass es für ein ganzes Leben ausreichen könnte. Noch nie in seinem Leben hatte er einen solch intensiven Höhepunkt erlebt. Das war eine gottverdammte Offenbarung gewesen! Er wünschte sich verzweifelt, dass es nochmals geschehen würde. Der größte Teil seines Selbst wollte am liebsten zurückgehen und dort weitermachen, wo sie aufgehört hatten. Er hatte seiner Leidenschaft zu sehr nachgegeben, aber er wollte sich selbst und auch Brianne beweisen, dass er sie umsorgen und liebkosen konnte, so wie sie es verdiente.

Aber zu schnell und zu grob zu sein, war wohl das Geringste seiner Probleme. Das größte Problem war, dass sie gedacht hatte, dass dies alles irgendeine geträumte erotische Fantasievorstellung gewesen wäre, und gar nicht wusste, dass er sie tatsächlich geliebt hatte. Er hatte keine Ahnung, wie er ihr dies bei grellem Tageslicht erklären sollte und wie er mit den sichtbaren Beweisen umgehen sollte, die er in Form von Striemen an ihren Handgelenken und Quetschungen an ihrem Hintern hinterlassen hatte.

Er wusste es wirklich nicht, aber selbst das schien verglichen mit dem ultimativen Betrug zu verblassen: Was er Eric damit angetan hatte. Ja, Eric hatte sie am Altar stehen gelassen, aber das bedeutete ja nicht, dass zwischen ihnen alles wirklich zu Ende war. Wenn Eric erst einmal zurückkäme...

Seit dem College war Eric sein bester Freund gewesen. Gabe hatte ihm versprochen, ihm immer den Rücken freizuhalten, und dass es niemals vorkommen würde, dass er ihm jemals in den Rücken fallen oder sich in Brianne verlieben könnte. Nein, nicht verlieben könnte. Er *war ja* bereits verliebt! Er hatte sich echt schwer verliebt, und jetzt hatte er keine Ahnung, was er deswegen tun sollte.

KAPITEL NEUN

As Brianne blinzelnd aufwachte, fielen ihr sogleich zwei Dinge auf: Der betörende Duft, der aus der Küche hereinwehte, und die Tatsache, dass sie überall wund war, obwohl die leichten Schmerzen an ihren Hüften und in ihrem Innersten sich gut anfühlten. Nichts von all dem ergab Sinn. Als sie sich aufsetzte, dämmerte ihr ganz allmählich die Erkenntnis: Sie war nicht alleine gewesen, als sie gestern Nacht aus dem Klub nach Hause gekommen war. Waffeln machten sich schließlich nicht von selbst. Und Sexträumereien konnten lebhaft sein, so wie es ihre ja oftmals waren, aber sie würden auf jeden Fall keine echten wunden Stellen hinterlassen.

Oh Gott, das war kein Traum gewesen! Es war wirklich passiert! Plötzlich traf sie die Realität mit voller Wucht. Wie Gabe sie aus dem Lokal nach Hause gebracht hatte; wie sie ihn gebeten hatte, zu bleiben. Sie spürte, wie sie ein Frösteln überkam, wie sie anfing zu hyperventilieren und ihre Lungen riesige Luftmengen einsaugen mussten.

Wie konnte sie nur so etwas getan haben?

Sie hatte sich Gabe an den Hals geworfen wie

irgendein verzweifeltes, liebeskrankes Schulmädchen. Galle stieg in ihrer Kehle hoch, und sie wollte sich übergeben, obwohl das auch von dem Kater kommen könnte, der auch noch hinter ihrer Verlegenheit lauerte. Was war sie bloß für eine Närrin gewesen!

Aber sie konnte sich nicht den ganzen Tag in ihrem Zimmer verstecken.

Was sie letzte Nacht erlebt hatte, war die intensivste, erotischste Nacht ihres Lebens gewesen, und wenn sie andere Personen wären, würde sie Gabe sofort zurück ins Bett schleifen und das Frühstück anbrennen lassen. Aber sie waren die Personen, die sie nun mal waren, und deshalb musste sie der Tatsache, die passiert war, ins Auge sehen und versuchen, die Dinge wieder in Ordnung zu bringen, falls überhaupt möglich.

Zur Beruhigung holte sie tief Luft, stand auf und zog Jogginghosen und ein ausgeblichenes College-T-Shirt an. Von der Kommode nahm sie einen Haargummi und band ihr langes, etwas verworrenes Haar zu einem Pferdeschwanz zusammen. Mit so viel Würde, wie sie zusammenkratzen konnte, straffte sie die Schultern und ging in die Küche.

Turmhoch stapelten sich die Waffeln auf einem Teller in der Mitte des Tisches. Die meisten waren etwas knuspriger als sie sie mochte, manche etwas angesengt an den Kanten, und Brianne fragte sich, ob Gabe sie anbrennen hatte lassen, weil er ihre Küche nicht gewohnt war oder weil er wegen dieser Konfrontation genauso nervös war wie sie. Nach der letzten Nacht und der Klippe, die sie heute Morgen umschiffen mussten, konnte sie ihm schwerlich einen Vorwurf machen, abgelenkt zu sein.

„Hey", sagte sie und errötete heftig.

„Hey", sagte er mit rauer Stimme, jedoch neutralem Gesichtsausdruck, auch wenn sein Blick Feuer spuckte. „Hast du Hunger? Du hattest keine Orangen, deshalb bin ich zum Laden an der Ecke gegangen und holte etwas Grapefruitsaft und etwas Multivitaminsaft. Sie sind jetzt im Kühlschrank, wenn du etwas davon willst."

Sex mit dem echten Gabe war völlig anders als in ihren Fantasien. Zum einen ging er viel gröber und wilder zur Sache als in ihren Träumen, in denen sie sich immer zärtlich geliebt hatten. Letzte Nacht hatten sie sich fast wie Tiere gepaart, und sie hatte Kratzspuren von Fingernägeln, Striemen an den Hüften und rote Flecken an ihrem Schlüsselbein davongetragen. Aber Eines konnte sie nicht abstreiten: Sie hatte es gemocht, sehr gemocht. Und jetzt war er hier und redete höflich über Saft. Sie wusste nicht, was sie tun sollte, wie sie damit umgehen sollte.

Er auf der anderen Seite schien reserviert, aber zufrieden zu sein, was Sinn ergab. Soviel sie über die Jahre mitbekommen hatte, hatte er auf jeden Fall mehr Erfahrung in One-Night-Stands als sie. Sie lebte notorisch monogam, während er in allen Betten zu Hause gewesen war und dadurch an die auf den unverbindlichen Gelegenheitssex folgende Plauderstunde gewöhnt war.

Für wie viele Frauen hatte er bereits Frühstück gemacht?

Es machte sie krank, daran zu denken.

Schließlich beschloss sie, sich genauso cool zu verhalten wie er, und nickte. So gelassen wie möglich ging sie zum Kühlschrank, brachte den Saft zum Tisch und schenkte sich ein Glas ein. „Möchtest du auch welchen?"

„Nein, danke."

„Sicher? Dieser hier ist fantastisch", sagte sie, nachdem sie einen großen Schluck des säuerlichen Safts getrunken hatte.

Er sagte nichts, sondern starrte sie nur weiterhin mit teilnahmsloser Miene an. Das machte sie nur umso nervöser, und dadurch begann sie wütend zu werden – auf ihn, auf sich selbst und auf die ganze Situation. Ehe sie überhaupt wusste, was sie sagen würde, hatte sie trotzig das Kinn hochgereckt und sprach: „Natürlich nicht so fantastisch wie die Orgasmen, die wir uns letzte Nacht gegenseitig geschenkt haben."

Er riss kurzzeitig die Augen auf, und einen Augenblick lang meinte Brianne, sie hätte es geschafft, die eisige Atmosphäre zu durchbrechen. Dass er sie anlächeln würde und alles okay sein würde, doch dann breitete sich in ihrem Herzen Enttäuschung aus, als er mit zusammengebissenen Zähnen antwortete: „Sie *waren* fantastisch, das Vergnügen lag auch auf meiner Seite. Zu sehr sogar, weil ich kein Kondom benutzt habe."

Kühnheit ließ ihn diese Feststellung machen. Er übernahm die Verantwortung für seine Unvorsichtigkeit, obwohl sie eigentlich beide verantwortlich waren.

„Ich nehme die Pille. Und ich habe keine ansteckenden Krankheiten. Du?"

„Ich auch nicht", sagte er, obwohl sie auch gar nichts anderes erwartet hatte.

„Also…was jetzt?", fragte sie in der Hoffnung, dass er trotz seiner distanzierten Haltung heute Morgen sagen würde, dass er nochmals mit ihr zusammen sein wollte.

„Jetzt werden wir dies hinter uns lassen", sagte er. „Es wird nicht wieder vorkommen. Eric ist mein bester Freund, und zwischen euch beiden läuft offenbar gerade kompliziertes Zeug ab. Es ist nicht notwendig, dass die Sache durch unser Ficken noch mehr verkompliziert wird."

Bei seiner Wortwahl zuckte sie zusammen und starrte ihn mit loderndem Blick an. „Das also ist es, was das letzte Nacht war? Ficken?"

„War es das nicht?"

„Das sagst du mir."

Er richtete sich stocksteif auf und ballte seine Fäuste so sehr, dass seine Fingerknöchel weiß wurden. „Wie kann ich dir irgendetwas sagen? Was denkst *du*, was das letzte Nacht war? Denn ich ficke normalerweise keine Mädchen, wenn sie denken, dass ich eigentlich nur ein Mann im Traum wäre, Brianne."

Nun zeigte sein Gesichtsausdruck so viel Schmerz, dass Brianne momentan sprachlos war. Was sollte sie schon sagen? Dass sie tatsächlich *gedacht* hatte, dass sie träumte, aber dass sie gleichzeitig wusste, dass dies keine einmalige Angelegenheit war. Dass sie schon sehr oft von ihm, Gabe, geträumt hatte. Und dass sie sich schon viel zu oft danach gesehnt hatte, dass ihre Träume Wirklichkeit werden würden.

Da sie längere Zeit still blieb, durchschnitt er mit seiner Hand die Luft. „Genau. Wir haben also einen Fehler gemacht. Ende der Geschichte. Wir hatten zwar eine verdammt fantastische Zeit, aber ich bin zu weit gegangen, und du bist nicht mein Mädchen, und ich will auch gar nicht, dass du das bist. Ich würde es zu schätzen wissen, wenn wir die ganze letzte Nacht vergessen und einfach weiterziehen würden. Bitte!" Nun war seine Miene einfach nur kalt. Er hatte sich hinter Mauern verschanzt, die sie weder niederreißen noch überklettern konnte.

Du bist nicht mein Mädchen, und ich will auch gar nicht, dass du das bist.

Ich will nicht, dass du das bist.

Diese Aussage hörte sie lauter als alles andere.

Und es war diese Aussage, auf die sie antwortete.

„Es tut mir leid. Du hast Recht. Wir haben wirklich einen Fehler gemacht. Einen schrecklichen Fehler. Und ja, wir können ihn vergessen und weiterziehen. Ich will von dir auch nichts, Gabe. Aber ich – ich mag dich schon noch. Und letzte Nacht…letzte Nacht war wirklich gut." Tränen stiegen ihr in die Augen, und sie mühte sich, sie zurückzuhalten.

Sein Blick flackerte, und sein Gesicht entspannte sich ein wenig. Er kam um die Theke herum, stellte sich vor sie und legte ihr die Hände auf die Schultern. „Ich mag dich auch, Brianne. Aber wir wollen die Dinge nicht durcheinanderbringen. Vor ein paar Wochen warst du noch mit Eric verlobt, einem der besten Männer, die ich kenne. Du verdienst es, dass du als die Frau, die du bist, verehrt wirst. Du verdienst nicht so ein grobes Ficken mit jemandem, der deinen Hüften Striemen zufügt. Du verdienst Blumen und Rosenblätter und Jasminöl. Ich bin bloß ein grobschlächtiger Klotz, ein Kämpfer, und du bist ein verwöhntes, reiches Mädchen. Ich bin nicht gut genug für dich."

„Bist du dir da sicher?", fragte sie. Ja, er hatte ihren Hüften Striemen zugefügt, aber sie hatte es geliebt. Sie hatte es geliebt, wie er ihr seinen Stempel aufgedrückt hatte. Sie hatte es geliebt, zu wissen, dass er sie so unbedingt gewollt und begehrt hatte, dass er sich nicht mehr kontrollieren konnte. Ja, sie liebte Blumen auch, aber warum konnte sie nicht beides haben? Und warum versuchte er, sie in bestimmte Schubladen zu stecken? Sich selbst reduzierte er auf einen grobschlächtigen Kämpfer und sie auf ein verwöhntes reiches Mädchen? War es wirklich das, wofür er sie hielt? „Bist du dir *wirklich* sicher, Gabe?", fragte sie in der Hoffnung, dass es bloß Schuldgefühle und Angst waren, die ihn dies sagen ließen.

Er zögerte, schaute ihr aber tief in die Augen und sagte: „Ich bin mir sicher."

Sie schluckte schwer und nickte. Es war erstaunlich, wie schnell ihre Enttäuschung von Akzeptanz überlagert wurde. Aber anscheinend hatte sie sich bereits an die Vorstellung gewöhnt, dass sie niemals Gabes Gefährtin werden konnte. So war es eben. Und so würde es immer sein. Klar, die Fantasien würden sie im Schlaf immer wieder mal überwältigen, aber sogar als sie an diesem Morgen aufgewacht war, nachdem sie erkannt hatte, dass er tatsächlich in ihrem Körper gewesen war, hatte sie nicht einen Funken Hoffnung verspürt, dass sie eine gemeinsame Zukunft haben könnten. „Was ist damit, mein Freund zu sein? Bist du dafür gut genug?"

„Immer, Brianne."

„Dann okay. Wir werden Freunde bleiben." Sie fühlte sich besiegt, geschlagen, in jeder Hinsicht, persönlich und beruflich. „Aber ich werde jemand anderen finden, der mir bei dieser Glamping-Spendenveranstaltung hilft."

Er starrte sie verkrampft einen Moment an, dann sagte er: „Nein, ich kann dir trotzdem helfen."

„Ich glaube nicht, dass das eine gute Idee ist", seufzte sie.

„Warum nicht? Wir sind doch trotzdem Freunde, erinnerst du dich?"

„Ich erinnere mich", sagte sie leise.

„Also?"

Gott, sie wollte ihn anschreien! Verstand er denn nicht, dass es für sie die reinste Folter sein würde, mit ihm zusammen zu sein, vor allem jetzt, da sie wusste, dass er ein noch besserer Liebhaber war als sie vermutet hatte? Aber nein! Er dachte, ihre gemeinsame Zeit wäre ein einmaliges sexuelles Abenteuer gewesen. Er hatte keinerlei Ahnung und wusste nicht, dass sie bereits seit Jahren über ihn fantasiert hatte!

Und er sollte es auch niemals wissen.

Als sie immer noch nichts erwiderte, sagte er: „Wir

sind Freunde, und ich habe dir versprochen, dir zu helfen, dass diese Veranstaltung die beste wird, die du jemals ausgerichtet hast. Ich habe einen besonderen Ort im Kopf. Dort ist es traumhaft schön. Viele meiner Kunden fahren dorthin und geraten ins Schwärmen. Ich werde ein Lager aufschlagen und dir eine Vorstellung davon vermitteln, was da tatsächlich auf dich zukommt. Ich glaube, du wirst Spaß haben. Das ist das Mindeste, was ich tun kann."

Richtig. Das Mindeste, das er tun konnte.

Für seine Freundin.

„Also schön, Gabe. Danke."

* * *

Als Gabe von Brianne wegfuhr, hatte er das Gefühl, als wäre er von einer Abrisskugel ins Gesicht geschlagen worden. Er hätte ausweichen sollen und das Hilfsangebot zurückziehen sollen, als sie ihm die Chance dazu gegeben hatte. Aber sie hatte schon so viel durchgemacht. Sie brauchte ihn. Außerdem hatte er, außer letzter Nacht, es sechs lange Jahre auch geschafft, seine Finger von ihr zu lassen. Er konnte sicherstellen, dass die Dinge zwischen ihnen wieder auf den Stand zurückgefahren wurden, wo sie vorher gewesen waren.

Freundschaft.

Er würde genau das tun, was er versprochen hatte, und nicht mehr, und wenn er ihr erst einmal bewiesen hatte, dass sie mehr als fähig war, eine Glamping-Veranstaltung zu organisieren, würde er sich wie Eric vom Acker machen und sich über alles klar werden. Eigentlich müsste er sich bereits jetzt über alles klar werden, weil er an nichts anderes mehr denken konnte als an das wunderbare Gefühl, wie sie sich in seinen Armen angefühlt hatte. Und auf seiner Zunge. Und um seinen Schwanz. Auf einmal konnte er sich kaum mehr zurückhalten, sich umzudrehen, zurück zu ihrer Wohnung zu brausen, sie in seine Arme zu nehmen und ihr zu sagen: Zum Teufel mit Eric!

Voller Verzweiflung begab er sich zum Fitness-Studio. Irgendwie musste er seine Frustration loswerden, und einer der Angestellten dort, Huck, war immer gut für einen kompromisslosen Kampf.

Gabe hielt am Straßenrand an und sperrte das Auto ab. Er dachte oft, dass das eigentlich zwecklos war, denn wenn irgendjemand aus dieser Gegend seinen kleinen Sportwagen mitnehmen wollte, würde ihm ein versperrtes Schloss kein Problem bereiten. Glücklicherweise würden aber die meisten Menschen in dieser Gegend sein Auto erkennen, und sein Ruf als Raufbold reichte normalerweise aus, um sie vom Stehlen abzuhalten. Gabe begab sich zu der versteckten Tür in dem großen Lagerhaus vor sich, stieß sie auf und zuckte etwas zusammen wegen des üblen Geruchs von abgestandenem Schweiß, der ihm entgegenschlug.

„Hey, Gabe, dich habe ich an diesem Wochenende nicht erwartet", rief Sam aus seinem Büro, von dem aus er die beiden Boxringe im Auge behalten konnte, die sich in Originalgröße vor ihm ausbreiteten. Dort befand sich auch alles an kompletter Ausrüstung, die ein aufstrebender

Boxer nur brauchen konnte.

„Es war eine harte Woche, Sam", entgegnete er. „Ist Huck da?"

„Scheiße, das ist nicht nur eine harte Woche, das ist eine verdammt selbstmörderische. Kann ich dir mit irgendetwas helfen?", fragte ihn sein drahtiger Trainer, während er die Stufen herunterkam.

„Nö, nichts, was nicht durch einen guten Kampf geklärt werden könnte."

Sam klopfte Gabe auf den Rücken. „Huck ist bei den Boxsäcken. Ich glaube, er hat auch 'ne ziemlich harte Woche gehabt. Bist du sicher, dass du nicht lieber mit mir vorlieb nehmen möchtest?"

Gabe lächelte. Er war halb so alt und doppelt so groß wie Sam, aber Sam war ein Ex-Champion in der Weltergewichtsklasse und überaus schnell auf den Beinen. Er konnte einen flinken Haken landen, bevor sein Gegner überhaupt mitbekam, wo er war.

„Huck wird für mich genau der Richtige sein. Lass uns beide einfach mit den schweren Gewichten herumhantieren! Du solltest dabeibleiben, dir Leute in deiner eigenen Gewichtsklasse auszusuchen!", witzelte er.

„Mach dich fertig und zieh dich um! Ich werde Huck für dich holen. Geh aber nicht zu hart mit ihm um! Du siehst heute wirklich Scheiße aus."

Sobald Gabe sich im Boxring befand, spürte er, wie die Kontrolle wieder zu ihm zurückkam.

Sam hatte Recht gehabt – Huck hatte eindeutig schlechte Laune, und dadurch kamen seine Schläge besonders hart und schnell. Im Gegensatz zu Gabe hatte er niemals gelernt, seine Wut im Zaum zu halten oder zu beherrschen, um sie zu seinem besten Vorteil einzusetzen. Und das gab seinen Gegnern die Gelegenheit, ihn auszutricksen. Leider war aber auch Gabe nicht voll konzentriert. Er dachte weiterhin an Brianne und ehe es ihm klar wurde, hatte Huck einen perfekten Aufwärtshaken an seiner Kieferpartie gelandet. Gabe konnte beinahe spüren, wie sein Gehirn in seinem Schädel durchgerüttelt wurde. Huck schlug erbarmungslos zu wie eine Lokomotive bei vollem Tempo.

Gabe schüttelte seinen Kopf frei und gelobte sich, nicht mehr in seiner Wachsamkeit nachzulassen. Er tänzelte um den wuchtigen Mann herum, setzte diverse Schlagkombinationen und bemühte sich, außerhalb der Reichweite des heftig austeilenden Kämpfers zu bleiben. Dreißig Minuten später schwitzten sie beide stark und keuchten vor Anstrengung. Sie stießen die Fäuste aneinander und besiegelten den Gleichstand, obwohl sie beide wussten, dass Gabe mehr Treffer gelandet hatte. Die Kinder im Studio hatten sich versammelt, und Gabe wandte sich ihnen zu, um mit ihnen zu reden. Wie Sam verwendete auch Gabe einige Zeit für die Kinder der Nachbarschaft und genoss es, ihnen zu helfen, ihre Fertigkeiten zu verbessern.

Dann begab er sich unter die Dusche. Irgendwie fühlte er sich nun ruhiger und besser in der Lage, alles wieder in die richtige Perspektive zu rücken. Die Zusammenarbeit mit Brianne würde echt schwer werden, aber er würde es schaffen. Sie verdiente seine volle Unterstützung gerade jetzt. Es wäre das Letzte, wenn er sie in der Zeit, in der sie ihn am meisten brauchte, im Stich lassen würde.

Allerdings durfte er nicht vergessen, dass seine Rolle als rettender Ritter sowohl begrenzt als auch vorübergehend war. Eric würde zurückkommen, dessen war er sich sicher – und dann würde das Paar seine Differenzen mit Sicherheit ausräumen. Schließlich passten die beiden perfekt zusammen.

KAPITEL ZEHN

„Was wirst du machen?" Evies entsetzt-überraschter Gesichtsausdruck war unbezahlbar.

„Ich werde Glamping ausprobieren, die besonders luxuriöse und glamouröse Art des Campens." Brianne saß im Büro an ihrem Schreibtisch, und die gespannte Vorerwartung, die sie spürte, mit Gabe eine weitere Nacht zu verbringen, war es beinahe wert, zu sehen, wie Evie ausflippte.

„Im Moment habe ich sehr viele Gefühle", sagte sie und fächelte sich Luft zu.

Brianne konnte nur lachen. „Worüber?", fragte sie.

„Lass mich mal sehen! Zunächst einmal gibt es da dich, das Kleine Fräulein ‚Ich wusste nicht, dass man auch an einem wolkigen Tag einen Sonnenbrand bekommen kann'. Und dich, die den Frühling hasst, weil da so viele Insekten wieder zum Vorschein kommen. Ich habe gesehen, wie du komplett ausgerastet bist, weil eine Ameise über den Teppich spaziert ist."

„Oje, hört sich ja nicht gerade so an, als sei ich pflegeleicht", meinte Bri mit schiefem Grinsen.

„Pflegeleichtigkeit ist überbewertet. Aber machen wir

weiter! Als nächstes geht es um die Person, mit der du das machst. Ich meine, hallo! Du und Gabe im Wald? Das klingt eher nach einem stürmisch-heißen Liebesfilm. Oder nach *Penthouse Forum*."

„Du liest Penthouse Forum?"

„Nein, ich schaue mir diese Zeitschrift nur wegen der Bilder an." Evie verdrehte die Augen. „Du weißt, was ich meine. Dieser Mann schafft es noch von der anderen Seite des Zimmers aus, dass mein Höschen feucht wird. Ja, wirklich, das hat er geschafft." Evie schloss die Augen und stöhnte verzückt auf.

„So genau wollte ich das gar nicht wissen", entgegnete Bri mit finsterem Blick.

„Du weißt, was ich meine. Du wirst irgendwo da draußen in den Wäldern mit diesem Sexgott übernachten, und du fragst dich, warum ich hyperventiliere? Haben wir irgendwelche braunen Papiertüten, in die ich atmen kann?"

Wenn Evie nur wüsste, wie Recht sie damit hatte, Gabe als Sexgott zu bezeichnen. Bilder ihrer gemeinsamen Nacht tauchten blitzartig in ihrem Verstand auf, und Bri presste schnell die Beine zusammen, um den sehnsuchtsvollen Schmerz zu lindern, der ihr Innerstes plötzlich erfüllte.

„Ich bin mir sicher, dass ich damit umgehen kann", sagte Brianne im Versuch, sich selbst davon zu überzeugen. „Es ist nur eine Nacht. Wir sind beide erwachsene Leute. Außerdem werde ich wahrscheinlich komplett mit Sonnenmilch eingeschmiert und mit Insektenspray eingesprüht sein. Supersexy!"

Evie zog eine Augenbraue hoch. „Ich weiß nicht, Chefin. Die große weite Natur verändert manchmal einen Menschen. All die frische Luft und was sonst noch alles!"

„Du hörst dich an, als sprächest du aus Erfahrung", stellte Brianne fest.

„Ich habe dir heute schon genügend Einblick in meine schmutzige Gedankenwelt gegeben." Evie drehte sich um, um Briannes Büro zu verlassen. „Ich sage nur frisch wachsen. Man weiß ja nie, was passiert!"

„Evie!" Trotz allem musste Brianne bei dem Gelächter ihrer Assistentin lächeln. Ja, es war gut, dass Evie nichts von Briannes wilder Nacht mit Gabe wusste. Die arme Evie hätte einen Kollaps gehabt und läge unter dem Tisch, und Brianne müsste den Notarzt verständigen.

Sie stützte ihr Kinn auf ihre Handfläche und verfiel erneut in Tagträumereien über Gabe, die nun lebhafter als alle anderen Träume waren, die sie je von Gabe gehabt hatte. Das ergab jetzt einen Sinn. Sie musste sich die Art und Weise, wie sich Gabes Hände und Zunge auf ihrer Haut anfühlten, nicht mehr vorstellen, oder wie fantastisch er sich in ihr anfühlte. Sie wusste jetzt, wie er schmeckte und wie wild sie sich gedreht und gewunden hatte, als er sie an ihren Handgelenken festgehalten hatte, als er sie genommen hatte.

Sie wusste jetzt, wie grob und fordernd er sein konnte, wenn seine eigene Begierde ihn zu überfluten drohte.

Und das alles sollte sie jetzt nie wieder spüren!

Schlimmer noch, sie musste dafür sorgen, dass ihre Freundschaft durch das, was passiert war, nicht zerstört werden würde.

Oh Gott, wie sollte sie es schaffen, mit Gabe eine Nacht im Freien zu verbringen? Er hatte gesagt, dass sie Spaß haben würde, aber momentan konnte sie sich nichts anderes vorstellen als Gabe nackt. Ausgestreckt auf einer Luftmatratze oder einem Futonbett oder was auch immer es war, worauf die Menschen schliefen, wenn sie glampten.

Oder besser noch...

Sie stellte sich vor, wie sie beide nach einer Wanderung zurückkämen, nachdem sie in einen heftigen Sturm mit Starkregen geraten waren. Triefend nass und lachend wären sie in ihr Zelt gerannt. Ihr Lachen würde sich zu lustvollem Keuchen wandeln, wenn sie sich gegenseitig betrachteten, ihre nassen Körper, die sich unter der nassen, am Leib klebenden Kleidung deutlich abzeichneten. Sie würde hinüberlangen und Gabes Hemd aufknöpfen. Ein einziger Wassertropfen würde von Gabes Kinn tropfen und auf seiner breiten, nackten Brust hinunterlaufen. Sie würde die Kontrolle über sich verlieren und sich vorbeugen, um diesen Tropfen von seiner Haut zu lecken.

Damit wäre es geschehen! Ihre Hände würden überall auf dem Körper des jeweils anderen sein, packend, krallend, streichelnd, während sie sich gegenseitig die Kleidung vom Leib rissen in dem dringenden Verlangen, sich Haut an Haut aneinanderzupressen. Diesmal wäre sie obenauf und würde ihn reiten, bis sie beide schrien. Er würde sie ausfüllen und Schockwellen durch ihren Körper schicken. Er würde sie überall berühren, ihre intimsten Stellen, bis sie in Flammen stände. Sie würde hören, wie er ihren Namen schrie. Sie würde…sie würde…

Sie würde eine kalte Dusche brauchen.

Brianne setzte sich auf ihrem Stuhl zurück, und ein zittriger Seufzer entfuhr ihren Lippen. Was machte sie da? Sie machte alles nur noch schlimmer, das war es. Es war schon schlimm genug, wenn sie nachts von Gabe träumte. Diese ständigen Tagträume würden die Spannung zwischen ihnen beiden nur noch verstärken.

Evie platzte herein. „Ein Anruf auf Leitung Eins. Gabes Sekretärin."

Brianne runzelte die Stirn. Es war nicht typisch für ihn, sie unter Zuhilfenahme einer Sekretärin zu kontaktieren, nicht bei ihr. Andererseits hatte er nie zuvor einen Grund gehabt, ihr aus dem Weg zu gehen. „Danke", sagte sie und nahm das Gespräch an. „Brianne Whitcomb."

„Hallo Brianne, hier spricht Stephanie." Stephanie hörte sich munter und quirlig an, genau wie die Sorte Frau, die voll auf abenteuerliche Aktivitäten im Freien abfahren würde. Wahrscheinlich war sie groß, sonnengebräunt, mit straffer Figur und in der Lage, ein Zelt aufzubauen, ein Feuer anzuzünden und in knapp dreißig Sekunden ein köstliches Mahl zu zaubern.

„Hallo Stephanie. Was kann ich für Sie tun?"

„Gabe bat mich, die Bestätigung einzuholen, dass er Sie am Samstagmorgen abholen kann, damit ihr beide glampen gehen könnt." Sie kicherte und veranlasste

Brianne dadurch, das Bild, das Brianne sich von dieser Frau gemacht hatte, neu zu überdenken. Vielleicht war sie eher eine Gleichgesinnte aus einer Studentinnenverbindung als Naturliebhaberin. „Was für ein witziges Wort, nicht wahr?"

„Sehr witzig", sagte Bri.

„Ich beneide Sie", gestand Stephanie ganz vertraulich. „Einige dieser Glamping-Zelte sind schöner als mein erstes Apartment, das schwöre ich. Da würde ich am liebsten selbst einfach abhauen und mich lieber dort aufhalten."

„Ich habe es nicht so mit der freien Natur", gestand Brianne.

„Ach, das macht nichts. Die ganze Idee besteht darin, die Leute zu überzeugen, dass sie nicht wirklich im Freien sind. Wenn man draußen ist, dann ist man draußen. Wenn man drinnen ist, dann hat man all den Komfort, den man von zu Hause gewohnt ist. Es wird Ihnen über die Maßen gefallen!"

„Das klingt großartig. Und ja, richten Sie Gabe aus, dass Samstagmorgen klar geht!"

„Das werde ich. Passen Sie auf sich auf, Brianne!"

Nachdem Brianne aufgelegt hatte, legte sie mit einem dumpfen Geräusch ihre Stirn auf den Schreibtisch. Dann seufzte sie und richtete sich wieder auf.

Also dann bis Samstag, dachte sie.

Und während dem Rest des Tages suchte sie sich Beschäftigungen aller Art, die mit ihrer Arbeit zu tun hatten, entschlossen, die Erinnerungen an ihre Nacht mit

Gabe hinter sich zu lassen.

Schade nur, dass ihre Entschlossenheit so gut wie nix wert war!

KAPITEL ELF

Vier Tage nachdem sie sich gelobt hatten, die Nacht der Leidenschaft zu vergessen und zum Zustand der Freundschaft zurückzukehren, stand Brianne mit offenem Mund da und starrte die Ausrüstung an, die Gabe in seinen glänzenden schwarzen Truck lud, der an der Seite riesige Aufkleber hatte, die den Namen seiner Firma und die Website-Einzelheiten in lebhaften Farben verkündeten. „Brauchen wir tatsächlich all das?"

„Klar, wenn ich dir eine realistische Vorstellung davon vermitteln soll, worum es beim Glamping geht", sagte er mit einem Grinsen. Wie konnte er nur so entspannt sein? Sie hatte sich die ganze Zeit über Sorgen gemacht, wie der Trip wohl ablaufen würde. Sie hatte deswegen nicht einmal mehr schlafen können, doch er war hier, sah frisch und gut ausgeruht aus wie immer.

Allerdings war seine Haltung irgendwie ansteckend, und schon innerhalb weniger Minuten nachdem sie den Truck begutachtet hatte, merkte Brianne, wie sich ihre Schultern entspannten. Es schien so, als hätte Gabe wirklich jegliches peinliches Gefühl, weil er sie ‚gefickt' hatte, beiseite geschoben. Sie musste es ihm einfach gleich tun.

„Es sieht nur irgendwie nach so viel aus, besonders da es ja nur eine Nacht ist. Bist du sicher, dass du dir so viele Umstände machen willst? Da bin nur ich und die freie Natur, was noch nie eine gute Kombination war. Vielleicht sollte ich diese ganze Glamping-Idee vergessen", meinte sie und kaute nachdenklich auf ihrer Lippe.

„Du schaffst das schon, Bri. Du kannst für deine Gäste eine unglaubliche Erfahrung schaffen, während sie die Natur genießen, und das wird überhaupt keine große Sache sein. Das ist ja der ganze Zweck dieses Ausflugs. Damit du das mit eigenen Augen sehen kannst."

„Naja, wenn du dir sicher bist…"

„Bin ich. Also…" Er ging zur Beifahrertür, öffnete sie und machte eine formvollendete Handbewegung, um ihr anzuzeigen, dass sie einsteigen sollte. „Madame?"

Mit einem Lächeln stieg sie ein. „Danke, Gabe. Dass du glaubst, ich würde das schaffen."

„Weißt du das denn immer noch nicht, Brianne? Ich glaube, dass du *alles* schaffen kannst." Mit einem letzten intensiven Blick schloss er leise die Tür und sprang selbst ins Auto, hinters Lenkrad, und schon brausten sie los.

Die Fahrt zu dem besonderen Ort zerrte an Briannes Nerven. Sie hatte keine Ahnung, was sie erwartete. Während sie Gabe eigentlich völlig vertraute, gab ihr ihre armselige Erfolgsbilanz mit Aufenthalten in der freien Natur zu denken. Was würde von ihr erwartet werden? Sollte sie womöglich ein Zelt aufbauen? Oder ein Lagerfeuer zustande bringen? Nein, das war albern – von keinem ihrer Gäste würde so etwas erwartet werden, warum also von ihr? Andererseits war Gabe ganz wild darauf, im Freien zu sein. Sie verabscheute die Vorstellung, bestätigt zu finden, wie schlecht sie zusammenpassten oder dass er insgeheim womöglich sogar Mitleid für sie empfinden würde oder sich für sie schämen müsste.

Hin und wieder warf sie verstohlen einen Blick auf Gabe, wenn er gerade nicht hersah. Er war so umwerfend, so absolut selbstsicher und beherrscht. Ein gewaltiger Unterschied zu dem jungen Mann, den sie vor sechs Jahren kennengelernt hatte, der irgendwie immer den Eindruck gemacht hatte, dass ihm nicht bewusst war, wie großartig er war. Er hatte Selbstbewusstsein entwickelt und war jetzt wirklich ein Machertyp, der alle Fäden in der Hand hielt. Sie könnte nicht stolzer auf ihn sein.

Seine Firma war die beliebteste im gesamten Umkreis von Los Angeles in dem Bereich Freizeit- und Abenteuersport, was wirklich ein lukratives Geschäft war, angesichts der Tatsache, dass ein Großteil der Bevölkerung beinahe besessen war von Gesundheit, Fitness und dem Drang, sich vom Großstadt-Smog zu entfernen. Die Menschen wollten sich in eine andere Welt begeben und ein Abenteuer erleben. Brianne konnte das nicht so ganz verstehen – ihre Vorstellung eines Abenteuers war nicht Bungee-Jumping oder bei tückischen Verhältnissen eine Wanderung zu machen. Auf hohen Absätzen die Straße entlangzugehen, konnte meistens tückisch genug für sie sein. Aber Gabe liebte es, seine körperlichen Grenzen auszutesten, und auch seinen Kunden gefiel dies sehr. Und jetzt verwendete er sein Fachwissen darauf, um ihr zu helfen.

Je weiter er fuhr, desto ländlicher wurde die Szenerie und desto wohler fühlte sich Brianne. Auch wenn sie auf keinen Fall eine Frischluftfanatikerin war, so gab ihr doch der Abstand, den Gabe zwischen sie und ihre Probleme zu Hause brachte – der Wettbewerb, der verschollene Eric, ihr auf wackeligen Füßen stehendes Geschäft – mehr Luft zum Atmen. Die frische Luft schadete auch nicht.

Ungefähr zwei Stunden später bog Gabe in eine kleinere Straße ab, die zu einer Lichtung führen könnte.

„Na, was hältst du von dieser Umgebung?" Er machte eine ausladende Handbewegung.

Er hatte tatsächlich einen verblüffenden Platz gefunden, ein weites, leicht geneigtes Feld, das zu einem sanft mäandernden Fluss hin abfiel. Brianne konnte nichts als grüne Flächen und Wälder sehen und nichts als Vogelgezwitscher und das Rauschen des Windes im langen Gras hören. „Es ist perfekt", seufzte sie, während sie sich mit allergrößtem Vergnügen umsah.

Er schmunzelte. „Du wirst schon sehen. Ich werde eine Naturliebhaberin aus dir machen."

„Wenn das irgendjemand schafft, dann du", meinte sie leise.

Ihre Worte gaben ihm anscheinend zu denken, aber er lächelte nur. „Glaubst du, deinen Gästen könnte es hier gefallen?"

„Gefallen? Sie müssten verrückt sein, wenn nicht.

Außerdem liegt es an uns, es dahingehend zu gestalten, dass es ihnen gefällt. Oder?"

„Richtig. Wir werden ihnen alle Annehmlichkeiten geben, die nötig sind. Sogar du wirst es gemütlich finden."

„Solange es hier keine Insekten gibt", ergänzte sie in neckendem Ton.

Er lachte. „Ja, naja, ich bin ziemlich gut – aber ich weiß nicht, ob ich so gut bin."

Sie grinsten einander an. Sie war so dankbar, dass sich das Gespräch während der Fahrt auf lockeres Geplänkel beschränkt hatte, wie sie es so oft miteinander hatten.

Sie hatte sich schon immer wohl gefühlt, sich mit Gabe zu unterhalten, wohler als mit Eric. Ihr kam es so vor, als würde sie Gabe bereits seit tausend Jahren kennen.

Was für alberne, schulmädchenhafte Gedanken!

Gabe räusperte sich. „Okay, deine Gäste werden natürlich nicht beim Zeltaufbau helfen müssen. Wir stellen sicher, dass das ganze Feld bereits fertig ist, voller funkelnder Lichter, ein riesiges Feuer. Ich stelle mir vor, wir sollten unten am Fluss eine Bühne aufbauen, damit die Spiele wie vom Horizont umrahmt aussehen. Das ergibt dann einen Effekt wie eine Art natürliches Amphitheater, was meinst du?"

Brianne konnte sich alle seine Vorschläge gut vorstellen und stimmte zu. Es wäre ein zauberhaftes Märchenland, bereit für die Erwachsenen, ein großes Abenteuer zu erleben. „Wir brauchen auch eine kleine Band und eine Tanzfläche", begeisterte sie sich und weitete seine Vorschläge noch aus. Je mehr sie sprach, umso begeisterter wurde sie. Jetzt, da sie hier war, direkt auf diesem besonderen Platz, konnte sie es viel klarer vor sich sehen – und das Bild vor ihrem inneren Auge war überhaupt nicht annähernd so wie die armseligen Campingplätze, die sie in der Vergangenheit besucht hatte. Besonders ein Wochenende war die reinste Folter gewesen. Die vorherigen Camper hatten nicht aufgeräumt, sondern den Platz in desaströsem Zustand hinterlassen, und auch die Waschgelegenheiten waren der pure Horror gewesen.

Die Erinnerung daran ließ sie nach Luft schnappen. „Ach du meine Güte, die Badezimmer!"

„Mach dir darüber keine Sorgen. Heutzutage können wir echt witzige und ausgefallene Toiletten und Duschblöcke mieten", versicherte Gabe ihr. „Man verwendet solche auch bei Musikfestivals. Ich kenne eine Firma, die auch solarbetriebene Duschen herstellt, kleine Einheiten, die zum Himmel oben offen sind, damit man seine absolute Privatsphäre hat, aber dennoch das große blaue Firmament sehen kann."

„Das klingt wunderbar. Du weißt so viel über das alles. Ich kann nicht glauben, dass du selbst noch nie eine Glamping-Veranstaltung organisiert hast."

Er zuckte mit den Schultern. „Die Ausrüstung ist zu kundenspezifisch, als dass man sie in Geschäften finden könnte. Meine Kunden haben aber die unterschiedlichsten Hintergründe, und deshalb habe ich diverse Nachforschungen angestellt. Ob es jemand ist, der der Natur so nahe sein will, wie es nur geht, oder ob es jemand ist, der in allem Komfort den Regen und den Wind auf dem Dach hören will. Es ist wichtig, dass ich in der Lage bin, mich mit der ganzen Palette auszukennen."

„Ich schätze, dadurch bist du einer der Besten geworden, wie?" Brianne konnte ihren eigenen Ohren nicht trauen. Flirtete sie da gerade? *Fahr mal runter, Mädchen!* ermahnte sie sich. *Bloß weil du mit ihm geschlafen hast, heißt das nicht, dass Flirten eine gute Idee wäre. Denk dran: Ihr seid Freunde!* „Du solltest stolz sein auf das, was du dir aufgebaut hast. Ich bin es jedenfalls."

Er zuckte die Achseln. „Das ist keine große Sache. Aber danke, ich weiß dein Lob zu schätzen."

Sie runzelte die Stirn. Bescheidenheit war die eine Sache, aber was Gabe erreicht hatte, war schon eine große Sache. Oder war die Tatsache, dass er ihr Kompliment mit einem Achselzucken abgetan hatte, ein Zeichen, dass es ihm unangenehm war, wenn sie mit ihm flirtete? Dieser Gedanke ließ sie vor Verlegenheit erröten.

Gabe ging zum Kofferraum, holte eine riesige Tasche heraus und fing an, den Inhalt herauszunehmen, wobei große Mengen Zeltplane und hölzerne Gitter zum Vorschein kamen.

„Wofür ist das?"

„Das ist unser Zelt."

Sie rümpfte die Nase. „Tatsächlich."

Er war nicht sonderlich überrascht von ihrer Haltung – im Gegenteil, er hatte sie anscheinend erwartet. „Ja! Halte einmal dieses Seil hier fest!" Brianne gab nach, in der

Hoffnung, dass er sie nicht dazu bringen würde, irgendetwas echt Sinnvolles zu tun, da sie zwei linke Hände hatte.

Während der nächsten zwanzig Minuten baute Gabe das Zelt auf, wobei er sie gelegentlich bat, etwas mit Hand anzulegen, ehe er einen Schritt zurücktrat, um das Endergebnis gebührend zu bewundern. Das Zelt war eher so etwas wie eine Jurte, rund und mit einem elegant geschwungenen Dach. Und Brianne musste zugeben, dass es ein gutes Gefühl war, beim Bau von etwas, das so gemütlich aussah, mitgeholfen zu haben.

„Das sieht ja wie ein perfektes, kleines Haus aus!", rief sie, klatschte in die Hände und lachte, mehr über sich selbst und ihre vorherige Besorgnis. „Und es hat auch gar nicht lange gedauert, es aufzubauen."

„Warte, bis wir all die Teppiche und Kissen reingetragen haben, das Bett und die Feuerstelle vorbereiten", sagte Gabe, der wegen ihrer freudigen Reaktion grinste. „Die große Frage für dich ist: Hättest du lieber pinkfarbene Laternen oder einen echten Kronleuchter in Originalgröße als Beleuchtung?"

Sie lachte. „Darf ich gierig sein und beides haben?"

„Ich wüsste nicht, warum nicht. So, jetzt reich mir mal die Fußmatten rüber, damit wir diesen Ort so gestalten, dass er auch für eine Whitcomb perfekt genug ist, um sich hinzulegen." Sie kniff ihn in den Arm, eilte aber sogleich zum Truck, um das Gewünschte, die wunderschön gemusterten Matten, zu holen.

Ein paar Stunden später hatten Gabe und Brianne alles

aufgebaut. Auch wenn es harte Arbeit gewesen war, hatte es ihr gleichzeitig jede Menge Spaß gemacht, mehr als sie je gehabt hatte. Schon während der Fahrt neben ihm zu sitzen, dann den ganzen Nachmittag in seiner Gesellschaft zu verbringen, zu lachen und Späße zu machen, ihn zu beobachten, wie er sich vor ihr hinunterbückte und dabei seine abgetragenen Jeans bei jeder Bewegung maximal beanspruchte, alles machte Spaß, weil sie mit ihm zusammen war. Das waren alles besondere Momente, die sie für die Zukunft als Erinnerungen in ihr Gedächtnis einprägen wollte. Und noch besser war, dass sich Eines auch herausgestellt hatte: Mittlerweile glaubte sie wirklich, dass ein Glamping-Abenteuer die richtige Unternehmung war, um als Benefizveranstaltung zu dienen.

Die Jurte sah so elegant und gemütlich aus wie ihr eigenes Apartment, auch wenn sich alles in einem Raum befand. Gabe hatte das Feuer in der Feuerstelle entzündet, die Flammen loderten munter, und die Mosaikfliesen glänzten im flackernden Lichtschein. Die Mitte des Daches zierte der von Bri gewünschte Kronleuchter, von dem Licht und Schatten in Tränenform herabregneten. Die pinkfarbenen Laternen entlang der gebogenen Seitenwände flackerten dazu. Sie konnte nicht umhin, als festzustellen, dass dies der allerromantischste Anblick war, den sie je gesehen hatte.

„Lust auf etwas zu essen?", rief Gabe mit lauter Stimme von draußen. „Ich habe ein paar Steaks mitgebracht. Dachte, du könntest einen Salat zusammenmixen, während ich die Dinger aufs Feuer werfe?", fragte er, als sie auftauchte.

„Klar, aber du liebe Zeit, ich glaube nicht, dass ich auch nur ein Viertel von so einem Riesending verspeisen kann!" Die überdimensionalen Porterhouse-Steaks hatten die Größe von Speisetellern.

„Kein Problem, ich werde alles restlos wegputzen, was du nicht schaffst", meinte er und konnte anscheinend nicht aufhören zu lächeln. Er war so sehr in seinem Element, und seine Freude war einfach ansteckend. Oder vielleicht war es auch die Freude, mit ihm zusammen zu sein. Ob so oder so, sie lächelte auch.

Dann verzog sie das Gesicht. „Ähm, naja, zuerst…ich weiß, dass wir vorher schon mal über die Toiletten gesprochen haben."

Er lachte. „Ich habe jetzt nicht so etwas Ausgefallenes mitgebracht wie wir besprochen hatten, aber wir haben ein Trockenklo. Du musst nur eine Schicht Sägespäne drüber verteilen, wenn du fertig bist, und das Papier in den Kübel werfen. Die Sägespäne haben antibakterielle Eigenschaften, sodass dies eine saubere Sache ist. Ein Bekannter von mir hat ein solches Klo bei sich zu Hause, und ich habe noch nie irgendeinen unangenehmen Geruch wahrgenommen."

Ein Trockenklo? Naja, das erfüllte mit Sicherheit all ihre Anforderungen an die Umweltverträglichkeit. Mutig, aber bedächtig ging sie zu dem kleinen quadratischen Zelt, das er aufgebaut haben musste, als sie mit dem Aufhängen der Laternen beschäftigt war. Sie konnte nicht umhin, zu bemerken, an wie viele Details er gedacht hatte, um ihr den Aufenthalt so angenehm wie möglich zu machen. Das berührte sie tief.

Sie macht die Reißverschlusstür auf und war überrascht, eine normale Toilette vorzufinden. Sie befand sich auf einem erhöhten Sockel, unter dem eine Kiste war. Neugierig spähte sie in den Sitz – kein Wasser, nur ein Haufen Sägespäne unten in der Kiste. Das war zwar nicht das, was sie gewohnt war, aber es würde gehen.

Als sie fertig war, verspürte sie ein gewisses Triumphgefühl, das auch Gabe auffiel, als sie zurückkehrte.

„Du siehst aus, als hättest du einen Bullen zur Unterwerfung gezwungen."

Bri lachte. „Es ist ein gutes Gefühl, zu wissen, dass ich wenigstens eine gewisse Art von Camping genießen kann. Wer weiß, vielleicht kannst du mich eines Tages zum echten Camping mitnehmen, und ich werde es genießen."

Bei ihren Worten verschwand sein Lächeln, und er schaute weg. Klar! Denn das hier war ja eine einmalige Angelegenheit. Er würde sie wahrscheinlich nie mehr wieder zu irgendeiner Art von Camping mitnehmen.

Sie erholte sich so schnell sie konnte und tat so, als hätte sie nichts bemerkt. „Jedenfalls ist es viel schöner als ich je erwartet hätte. Vielen Dank, dass du so viele Dinge berücksichtigt hast, damit es so wunderbar wird."

„Gern geschehen." Er reichte ihr ein Glas eiskalten Weißwein.

Gedankenvoll nippte sie daran und beobachtete Gabe,

der sein Bier auf einen Zug leerte. Er hatte wirklich an alles gedacht, damit ihr Leben einfacher wurde, nicht nur heute Abend, sondern auch in Bezug auf den Wettbewerb. Sie wusste nicht einmal, warum sie das überraschte.

Bevor sie sich überhaupt kennengelernt hatten, hatte sie einiges von ihm gehört. Laut Jamie hatte Gabe eine harte Kindheit gehabt, war ein Besessener auf dem Fußballplatz und im Boxring gewesen und hatte ständig jede Menge Mädchen gehabt, die sich ihm an den Hals warfen. Als sie jedoch am Strand spazieren waren, hatte sie einen gänzlich anderen Mann gesehen – einen, der knallhart und stark und gut aussehend war, ja, aber auch einen, der freundlich und rücksichtsvoll war. Gabe steckte voller Widersprüche, und vielleicht war das der Grund, warum sie sich immer so sehr zu ihm hingezogen gefühlt hatte. Nicht einmal er selbst schien sich all der Komplexität bewusst zu sein.

Nun saßen sie auf gemütlichen Campingstühlen, die er um den Grillplatz herum aufgestellt hatte, und beobachteten den Sonnenuntergang über dem Horizont. Hin und wieder stocherte Gabe in der Grillkohle und wartete darauf, dass sie heiß genug würde, um die Steaks aufzulegen. Er mochte sie blutig, Brianne nicht ganz so blutig. Deshalb würden die Steaks dann trotz ihrer immensen Größe nicht lange brauchen, wenn sie einmal auf dem Feuer lagen. Bri stand auf und begab sich zu dem Holztisch. Dann holte sie alle Zutaten für einen einfachen Salat aus der Kühlung. Das war nicht irgendeine Kühlbox, sondern ein solarbetriebener Kühlschrank in

Originalgröße.

Brianne bereitete ein Dressing zu, das sie großzügig über den Salatblättern verteilte. Sie durchmischte das Ganze, bis alles gut von Olivenöl und Balsamico-Essig durchtränkt war. Sie nahm eine kleine Kirschtomate und biss herzhaft hinein. Der Saft spritzte auf ihr Kinn, doch sie schmeckte frisch und köstlich. Bri begann zu verstehen, warum die Menschen immer sagten, draußen schmecke alles viel besser. Ihre Glieder schmerzten von der Arbeit, die Jurte aufzustellen, aber sie fühlte sich trotzdem großartig.

Gabe bewegte sich derweil zu den Steaks, schaute aber dann zu ihr und änderte seine Richtung, um sich ihr zu nähern. Er streckte die Hand aus und wischte ihr Kinn mit seinem Daumen ab. „Du hast da etwas…"

Brianne erschauerte bei seiner Berührung, wodurch er veranlasst wurde, die Augen zusammenzukneifen; seine Nasenflügel blähten sich.

Er hielt immer noch ihr Kinn umfasst und strich mit seinem Daumen erneut leicht und beruhigend über ihre Haut.

Seine Berührung war so sanft, aber sein Blick im dämmrigen Licht war lodernd. Brianne hielt sich absolut still, absolut still. Sie wollte ihn nicht verschrecken oder den Zauber des Moments zerstören, indem sie ihn um mehr bat. Aber wie sehr sie das wollte! Wie sehr sie ihn näher zu sich ziehen und ihn küssen wollte!

Doch sie hatte nicht das Nervenkostüm, um das zu tun, allerdings hatte sie genug Mumm, ihren Kopf etwas zu senken und einen ganz leichten Kuss auf seinen Daumenballen zu setzen.

Zischend sog er den Atem ein und massierte mit seinem Daumen ihre Lippen, sanft zunächst und dann mit immer stärkerem Druck. Sie schloss die Augen und wartete, wobei sie betete, dass er sich nicht entfernen möge.

Das tat er nicht. Stattdessen glitt er mit seiner Hand um ihren Hals und senkte seinen Kopf, damit sie sich Stirn an Stirn berührten. „Gott, Brianne, ich begehre dich. Ich weiß, das sollte ich nicht. Ich weiß, wir sollten das nicht..."

„Eric hat die Hochzeit wegen dir abgesagt", sprudelte sie hervor. „Weil er wusste, welche Gefühle ich für dich habe. Welche Gefühle ich schon immer für dich gehabt habe."

Gabe versteifte sich und hob den Kopf. Mit einem Ausdruck der Ungläubigkeit schaute er sie an. Sie konnte es auch nicht glauben, dass sie dies zugegeben hatte. Jetzt, da sie dies gesagt hatte, fühlte sie sich besser, unbeschwerter. Und jetzt, da sie damit angefangen hatte, konnte sie nicht mehr aufhören.

„Das ist wahr, Gabe. Ich habe versucht, es zu leugnen. Ich habe mich entsetzlich gefühlt und auch illoyal gegenüber Eric. Während des Tages konnte ich so tun, als ob meine Gefühle für dich nicht existierten, aber bei Nacht funktionierte das nicht. Ich habe von dir geträumt, und Eric wusste es."

„Wie konnte er das wissen?"

Brianne versuchte wegzuschauen, aber das ließ er nicht zu, denn er ergriff ihr Kinn und hielt ihr Gesicht fest, sodass sie ihn anschauen musste. „Wie?"

„Ich rief im Schlaf deinen Namen. Mehr als einmal."

Er schloss die Augen, als würden ihm ihre Worte Schmerz bereiten.

„Du hast also von mir geträumt. Du hast mich begehrt. Die ganze Zeit?"

„Die ganze Zeit, Gabe. Nur, dass es da Eric gab. Und er ist doch dein bester Freund. Und du hattest nicht die gleichen Gefühle—"

„Unsinn! Ich begehrte dich, Brianne, aber die Situation, in der wir waren…"

„Ich verstehe. Aber Gabe, jetzt sind wir nicht mehr in dieser Situation. Eric hat mich verlassen wegen der Art und Weise der Gefühle, die ich für dich empfinde, und davon weiß er — obwohl ich sie mir selbst nicht eingestehen wollte. Doch das geht jetzt nicht mehr. Ich begehre dich, Gabe." Sie stellte sich auf ihre Zehenspitzen, um ihn zärtlich zu küssen, aber das blieb nicht lange so. Er strich ihr das Haar aus dem Gesicht, umschloss liebevoll ihr Gesicht und küsste ihre Augen, ihre Wangen und ihre Nase. Schließlich eroberte er ihre Lippen und drückte seine mit sanfter Zärtlichkeit darauf. Sie streifte mit ihrer Zunge an seinen Lippen entlang und saugte dann genüsslich an seiner Unterlippe.

KAPITEL ZWÖLF

Gabe war immer noch erschüttert von dem, was Brianne ihm gesagt hatte. Er konnte sich nur langsam von dem Schock erholen, dass sie bereits seit langer Zeit Gefühle für ihn gehegt hatte, und dass tatsächlich *er* der Grund gewesen war, warum Eric sich von ihr abgewandt und die Beziehung abgebrochen hatte.

Aber warum verdammt nochmal warst du dann mit Eric zusammen? Diese Frage hielt er zurück; er stellte sie nicht, aber er konnte nicht verhindern, sie zu denken. Warum war sie so lange mit Gabes Freund zusammengeblieben, obwohl sie ihn, Gabe, wollte? Was für eine Zeitverschwendung! Sie hätten zusammen sein können, anstatt all die Jahre damit zu vergeuden, sich gegenseitig anzuschmachten.

Aber jetzt waren sie zusammen, rief er sich ins Gedächtnis. Und sie küssten sich leidenschaftlich. Und waren möglicherweise nah dran, noch viel mehr zu tun.

Und er wollte mehr tun. Obwohl er wusste, dass es einen Grund gab, warum sie das nicht tun sollten, entglitt ihm dieser Grund immer wieder, bis er mit seiner ganzen Existenz nur noch auf das Gefühl und den Duft von

Brianne fokussiert war. Auf einmal nahm er sie in seine Arme. „Das ist keine Fantasievorstellung, Brianne! Das ist das wahre Leben, verdammt nochmal! Du und ich! Und dabei geht es auch um mehr als nur Sex für mich. Ich werde dich hart rannehmen, und ich werde jede Fantasievorstellung erfüllen, die du je gehabt hast, egal, wie lange das auch dauert. Und irgendwie hoffe ich, dass es eine sehr, sehr lange Zeit in Anspruch nehmen wird."

Sie zog seinen Kopf herunter und küsste ihn erneut. Und während sie sich küssten, manövrierte er sie in die Jurte und lagerte sie vorsichtig auf das Futonbett. Sie sah anmutig und zerbrechlich aus, wie sie so an die Kaskade von Kissen gebettet war. Er bewegte sich schnell zur Feuerstelle und legte einige weitere Holzscheite nach. Er hatte das Gefühl, dass das eine lange Nacht werden würde, und er wollte nicht, dass es Brianne kalt wurde.

Als er zurückkam, saß sie aufrecht da, allerdings komplett nackt. Ihre Kleidung lag verstreut auf dem Boden, und sie hatte eine recht freche, fast unanständige Miene aufgesetzt. Er starrte sie an, und mit seinem Blick verfolgte er jede Biegung und Rundung ihres Körpers. Vor Verlangen, sie zu berühren, ballte er seine Hände zu Fäusten. Doch als er einen Schritt vorwärts machte, schüttelte sie den Kopf.

Verwirrt hielt er an.

„Ich will, dass du für mich strippst." Sie lehnte sich zurück und stützte sich auf den Ellbogen ab, teilte die Beine leicht, sodass er ihre glitzernden pinkfarbenen Schamlippen sehen konnte. Er wollte sie zurückstoßen, sein Gesicht zwischen ihre schlanken Beine schieben und seine Zunge in ihr vergraben, bis sie erneut seinen Namen schreien würde, so wie sie es getan hatte, als sie zusammen im Bett waren. Aber er tat, wie ihm geheißen worden war. Ungeduldig riss er sich sein T-Shirt vom Leib.

„Nein, Gabe, langsam. Ich will, dass du mich reizt", sagte sie mit sinnlicher Stimme.

Verdammt nochmal! Hatte sie überhaupt eine Ahnung, wie sehr sie ihn dadurch aufgeilte? Sie musste es wissen, denn sein Schwanz war bereits dabei, sich seinen Weg aus der Hose freizukämpfen. Langsam bewegte Gabe seine Hand zu seinem Hosenschlitz und versuchte, ihr das zu geben, was sie wollte. Mit seinen Fingern glitt er unter den Hosenbund. Das T-Shirt warf er in hohem Bogen auf sie. Sie brachte es sogleich an ihre Nase und atmete tief ein. Ihre Hüften begannen sich ein wenig zu bewegen, und ihre Oberschenkel drückten sich zusammen. Er hatte dieses T-Shirt den ganzen Tag angehabt. Er hatte keinen Zweifel daran, dass es nach Schweiß stank, und er wusste, dass es verdreckt war, aber es törnte ihn ungemein an, zu sehen, dass sie seinen Duft so sehr genoss.

Er begann die Knöpfe an seinem Hosenschlitz langsam aufzuknöpfen, einen nach dem anderen, und beobachtete ihr Gesicht, als er seine voll erigierte Männlichkeit präsentierte. Sie schnappte nach Luft, als die gesamte Länge freigelegt war, blieb aber wo sie war und leckte sich gierig die Lippen. „Hungrig, Baby?", fragte er, als er seine Jeans auszog und beiseite warf. Eifrig nickte sie und setzte sich auf. Er setzte sich neben sie, und sie stieß ihn mit viel Kraft ins Bett auf seinen Rücken. Sie setzte sich rittlings auf ihn und rieb sich in begieriger Weise an ihm, aber als er versuchte, sie zu liebkosen, stieß sie seine Hände weg. „Bri, ich will dich berühren, ich will dich überall küssen", stöhnte er. Er war unglaublich erregt, als er spürte, dass sie nur noch durch einen winzigen Streifen Spitze voneinander getrennt waren.

„Muss ich dich etwa festbinden? Denn ich habe eine Fantasievorstellung, die ich ausleben will. Wenn wir genug Energie haben, können wir es vielleicht später noch auf die Art machen, die du willst", sagte sie auf sündhafte Weise.

Gabe hätte nie gedacht, dass Bri so dominant im Bett sein würde, so absolut sicher bezüglich dessen, was sie wollte. Aber es gefiel ihm.

Mit ihren makellos gepflegten Fingernägeln kratzte sie an seinem Brustkorb entlang, mit gerade so viel Kraft, dass er zusammenzuckte, dann schnippte sie an seinen Brustwarzen.Die Erregung sandte eine Schockwelle durch seinen Körper, und Gabe spürte, wie sein Schwanz sich von ihm weg hob, auf der Suche, sie zu finden. Bri bewegte sich mit Leichtigkeit auf ihn, manövrierte sich vorsichtig auf seiner gesamten Länge hinauf und wieder herunter, wandte aber dann ihre Aufmerksamkeit wieder seinen Brustwarzen zu. Sie beugte ihren herrlichen Kopf hinunter, leckte an beiden und knabberte spielerisch daran. Er stieß leise Schreie aus, sie lächelte kokett und leckte und knabberte sich den ganzen Weg an seinem Oberkörper hinunter.

Während sie sich nach unten vorarbeitete, spürte er die Kühle der Luft an seinem Schwanz, sodass er leicht erzitterte, aber das entwickelte sich zu einem gründlichen Schauder, der ihm durch und durch ging, als sie sein steifes Glied in ihre kleinen zarten Hände nahm und dann mit ihrer Zunge anfing, die Spitze zu umkreisen. Er sah zu, wie sie die winzigen, vor dem eigentlichen Orgasmus entstehenden Tropfen aufleckte, ohne die Augen von seinen abzuwenden. Sie hielt mit ihm beständigen Augenkontakt, und das war berauschend. Er wollte sie herumrollen, sich auf sie rollen, festnageln und in sie eindringen, ihr zeigen, wer das Sagen hatte, aber er zwang sich, ruhig zu bleiben. Er konnte sich jedoch nicht zurückhalten, dass sich seine Hüften ihr entgegenkommend hoben, als ihre Hände pumpend an ihm auf und ab strichen. Sie behielt einen gleichmäßigen Rhythmus bei, dann nahm sie ihn in ihren Mund, langsam und mit voller Absicht.

Durch die Nässe und den Druck wurde seine Atmung heißer und schwerer, sodass er keuchte, als sie anfing, das Tempo zu forcieren. Verdammt, er würde jeden Moment kommen! „Bri, Schätzchen, ich weiß, dass du es auf deine Art machen willst, aber ich werde nicht lange durchhalten, wenn du so weitermachst." Sie betrachtete seine verzerrten Gesichtszüge, und ihre Lippen teilten sich. Schon ihr Blick allein reichte beinahe aus, ihn über die Klippe zu stoßen, aber sie zog einfach seine Hoden auf sanfte Weise etwas nach unten, und das half, den sich in ihm aufbauenden

Druck etwas abzumildern.

Sie bewegte sich zu ihm hinauf und küsste ihn leidenschaftlich. Er konnte sich nicht zurückhalten, er musste seine Arme um sie schlingen und Brianne fest an sich heranziehen. Der Kuss war intensiv, und neugierig, lässig verweilend und erforschend zugleich. Ihre Zunge schnellte in seinen Mund, schmeckte ihn und neckte ihn. Sie saugte behutsam an seiner Zunge, als er sich zwischen ihre Lippen vorwagte.

Sie stand unerwartet auf, drehte sich um und schaute durch ihre wilde Mähne über ihre Schulter zurück. Dann platzierte sie ihre Hände auf sich und beugte sich langsam hinunter, wie eine Stangentänzerin nur ohne Stange. Gabe stöhnte laut auf. Ihr Hintern war scharf, glatt und seidig. Gabe sehnte sich danach, seine Finger in dessen üppiges Fleisch zu versenken.

Sie warf ihre Haare in einer schnellen Bewegung wieder zurück und stand auf. Diesmal umfasste sie ihre eigenen Brüste. Brianne war in jeder Hinsicht perfekt, angefangen bei den weichen Armen und den prachtvollen Brüsten bis zum perfekt gewachsten Streifen Schamhaar, der seinen Blick auf sich zog.

Wieder setzte sie sich rittlings auf ihn und richtete sich voller Stolz auf.

Zärtlich umschloss er ihre Brüste und streichelte sanft über ihre hart gewordenen Brustwarzen, bis sie vor Vergnügen keuchte. „Gefällt dir das, Baby?", fragte er. Mit flacher Zunge leckte er an ihrer rechten Brustwarze, umkreiste sie, neckte sie, reizte sie und genoss die

Tatsache, dass es ihr anscheinend so sehr gefiel. Er umschloss den gesamten Brustwarzenhof mit seinen Lippen und saugte fest.

„Ach, Gabe, das fühlt sich so gut an! Bitte hör nicht auf!"

Ihre Hüften bewegten sich rhythmisch an seinem Becken, und er konnte bereits spüren, wie glitschig sie an seinem Schwanz war. Er wollte sie so gerne dort berühren, sie schmecken, aber sie wollte es nicht zulassen. Sie erhob sich, brachte ihre Hand zwischen ihre Oberschenkel und führte ihn in sich hinein. Sie spießte sich auf seiner vollen Länge auf und biss sich auf die Lippe, als sie spürte, wie er sie mit jedem harten Zentimeter komplett auffüllte. Sie warf den Kopf zurück und begann sich auf ihm auf und ab zu bewegen und auch leicht vor und zurück zu schaukeln, um ein Maximum an Reizung an ihrer erregten Klitoris zu erlangen. Und während sie auf ihn hinunterglitt, hoben sich seine Hüften ihr entgegen.

Sie passten so perfekt zusammen, sodass Stoß um Stoß völlige Harmonie ergab. Sie ritt auf ihm wie ein Cowgirl, hart und schnell, und er konnte sehen, dass sie mehr als einmal kam, während sie einfach weitermachte und bei jedem weiteren Stoß nach Luft schnappte. Ihre lustvollen Schreie, die mit jedem Orgasmus einhergingen, machten ihn umso heißer und auch härter. Irgendwann konnte er es nicht mehr aushalten, und er pumpte selbstvergessen mit seinem Schwanz in sie hinein, während er gleichzeitig ihren Kitzler streichelte, um zu gewährleisten, dass sie auch seinen Namen schrie.

„Gabe!", rief sie, als sie völlig verausgabt auf ihm zusammenbrach.

Er nahm sie liebevoll in seine Arme und hielt sie fest. Sie waren beide glitschig vom Schweiß, und er strich ihr das feuchte Haar aus dem Gesicht. „Das war also deine Fantasievorstellung?", sagte er mit einem Grinsen.

Sie gab ihm einen Klaps auf die Brust.

„Nur eine davon."

„Verdammt, dann freue ich mich ja, auch alle anderen noch kennenzulernen", scherzte er und liebkoste dabei ihren formvollendeten Hintern.

KAPITEL DREIZEHN

Gabe verließ Brianne nur so lange, wie es dauerte, das Feuer auszumachen, das er für die Steaks entzündet hatte, und das Essen wegzuräumen, das sie stehen gelassen hatten. Dann kehrte er zu ihr zurück, und sie verbrachten den Rest der Nacht, indem sie sich liebten und sich in die Arme des jeweils anderen schmiegten. Brianne war froh, dass Gabe, obwohl er es eindeutig ziemlich hart und schnell mochte, anscheinend an zärtlicher und liebevoller Vorgehensweise genauso viel Gefallen fand. Die sexuelle Übereinstimmung, von der sie gemeint hatte, dass sie sie mit Eric gut erreicht hatte, war kaum mehr als eine schwach flackernde Kerzenflamme im Vergleich zu dem wilden Inferno, das zwischen ihr und Gabe andauernd zu lodern schien.

Als sie endlich einschliefen, dauerte ihre dringend benötigte Ruhe nicht allzu lang. Der Gesang der vielen Vögel zur Morgendämmerung durchbrach ihren Schlummer auf melodiöse und angenehme Weise, und ohne dass Fensterläden oder Jalousien das Sonnenlicht fernhalten konnten, begann es durch die Zeltwände zu dringen. Doch Brianne konnte sich nicht beklagen.

Sie reckte und streckte sich und schaute das friedliche Gesicht des Mannes an, den sie, wie sie nun wusste, liebte, und war froh, dass er noch nicht aufgewacht war. Sie empfand eine solche Wonne, ihn nur anzuschauen. Er erschien ihr so absolut perfekt, trotz all der verschiedenen Narben auf seinem Gesicht und an seinem Körper, die er sich durch seine Kämpfe und den Sport zugezogen hatte.

Seine Muskeln waren gut durchtrainiert durch die vielen Stunden, die er im Fitness-Studio zugebracht hatte. Zwischen seinen Brustmuskeln fand sich flaumiges Brusthaar, das zu einer schmalen Linie wurde und über seinen Waschbrettbauch hinunter zu seinem Glied führte. Sie merkte, dass ihr Blick dorthin wanderte, und sie wollte seinen Schwanz in ihren Mund nehmen, sodass er aufwachen und ihre Lippen um sich gelegt spüren würde. Aber jeder Zentimeter ihres Körpers schmerzte noch so köstlich sehnsuchtsvoll, dass sie ihn noch nicht aufwecken wollte, obwohl sie sich sicher war, dass sie eine Menge Vergnügen davon hätte, wenn sie das einfach doch tun würde.

Sie entschied sich, das Bad aufzusuchen, deshalb manövrierte sie sich vorsichtig aus den Decken und bemühte sich sehr, ihn nicht zu stören. Nicht oft sah Gabe so vollkommen friedlich und zufrieden aus. Es hatte immer den Anschein, als fände in ihm eine Art innerer Kampf statt. Brianne war nie völlig sicher, wer die Schlacht gewann, da sie nicht wusste, wer die Gegner waren. Aber ihn so friedlich zu sehen, machte auch sie glücklich. Sie hoffte, dass er eine Möglichkeit finden würde, ebenso ausgeglichen und gelassen zu sein, wenn er tagsüber wach war.

Sie zog ein großes Sweatshirt von Gabe an, das ihr fast bis an die Knie reichte, und ihre Flip Flops und begab sich aus der Jurte Richtung Bad. Sie war immer noch verblüfft, wie ähnlich das Benutzen dieser Toilette gegenüber jeder anderen auf der Welt war. Als sie herauskam, blickte sie sich um und setzte sich auf einen der Stühle, gefangen genommen von der Schönheit der Landschaft um sie herum. Glücklich kicherte sie in sich hinein. Ihre Knie hatte sie bis in das große Sweatshirt hineingezogen, sodass unten nur mehr ihre Zehenspitzen hervorlugten. *Also deshalb genießen die Menschen das Campen so sehr,* dachte sie bei sich, während Erinnerungen an ihre perfekte Nacht vor ihrem inneren Auge erschienen.

„Bri, alles okay?", rief Gabe mit einem Anflug von Besorgnis in der Stimme.

„Ich bin hier draußen. Ich bin gerade gefesselt davon, den Sonnenaufgang zu beobachten", erwiderte sie.

Er kam aus dem Zelt, nur in seiner Jeans, der oberste Knopf noch nicht zugeknöpft. In dem frühen Morgenlicht sah er so wunderschön aus, als er barfuß durch das taubedeckte Gras zu ihr tappte. Er beugte sich nieder und küsste sie. Er sah entspannt aus, die Stirnfalten, die sonst zwischen seinen Augen standen, waren durch ihre gemeinsame Nacht des Vergnügens ausradiert.

„Guten Morgen", sagte er und schaute sie mit seinem charmantesten Lächeln an. Dann steckte er ihr eine vereinzelte Locke hinters Ohr. Als sie ihn so anschaute, musste Brianne an ein Kind am Weihnachtsmorgen denken, das gerade alles bekommen hatte, was es sich gewünscht hatte.

„Dir auch einen guten Morgen. Wie hast du geschlafen?"

„Wie ein Stein", sagte er grinsend. Er strich sich mit einer Hand durchs Haar und zerzauste es. Brianne schmunzelte. In dem Moment war er so hinreißend, sanftmütig und liebenswert. Weit entfernt von dem Bild, das er der Welt präsentierte.

Das gab ihr ein besonderes Gefühl, und auch mehr Selbstvertrauen. Sie hatte immer geglaubt, sie hätte speziellen Einblick in die Person, die Gabe wirklich war, und jede Sekunde, die sie mit ihm verbachte, bestätigte dies.

Deshalb war sie auch nicht überrascht, als mehrere Minuten später ein leichtes Stirnrunzeln seine vollkommenen Gesichtszüge etwas verunstaltete. Sie hatte eigentlich schon darauf gewartet. Hatte gewusst, dass es nur eine Frage der Zeit war, bis er anfing, sich Sorgen zu machen, ob sie das Richtige getan hätten.

„Ich weiß, was du denkst", sagte sie. Es schien ihr besser zu sein, gleich zum Kern der Sache zu kommen und die Problematik aus dem Weg zu räumen. Jetzt, da die Hitze der Leidenschaft verflogen war, war es nur natürlich, dass die Realität wieder die Oberhand gewann. Und da sie beide Eric sehr mochten, bedeutete dies, dass sie sich schuldig fühlten wegen dem, was sie getan hatten, und fürchteten, ihn betrogen zu haben.

„Kann sein", sagte er. „Aber könnten wir so tun, als ob du das nicht wüsstest? Wenigstens bis nach dem Frühstück?"

Sie zögerte, dann nickte sie. Er benötigte Zeit, darüber nachzudenken. Oder auch mehr Zeit, um ihre gemeinsame Zeit noch zu genießen, ehe die Dinge ihre unschöne Seite zeigten. Ob so oder so, ihr erging es nicht anders.

Mit einem tiefen Seufzer wandte sich Gabe ab. Brianne schaute ihm nach, bezaubert von den Bewegungen seines Körpers, als er Kaffee machte und das Frühstück in Gang setzte. Das Muskelspiel unter seiner nackten Haut, während er sich bückte und umwandte, faszinierte sie. Er war in ausgezeichneter Form. Sie errötete bei dem Gedanken daran, was sie erst vor wenigen Stunden getan hatten. Wenn er diese fantastische Figur durch sein regelmäßiges Boxen und Trainieren hatte, würde sie ihm sein eigenes Fitness-Studio kaufen.

Beim Duft von Speck, der in die heiße Pfanne gelegt wurde, knurrte ihr Magen hörbar.

Gabe grinste. „Tut mir leid. Ich bin auch ziemlich verhungert, denn wir haben ja das Abendessen ausfallen lassen. Ganz zu schweigen davon, dass wir uns letzte Nacht ziemlich mitreißen ließen und uns damit großen Appetit geholt haben."

Sie hatten sich ‚mitreißen lassen'?

Seine Wortwahl erfüllte sie mit Entsetzen.

Es war ihr recht gewesen, das Gespräch über ihre Schuldgefühle und Sorgen noch etwas hinauszuschieben, aber jetzt bekam sie das recht eindeutige Gefühl, dass er bereits dichtmachte und sie ausschließen wollte.

„Es muss dir nicht leid tun. Ich bin genauso verantwortlich für letzte Nacht wie du", murmelte sie. Sie erzitterte und zog die Beine näher an ihre Brust. Es war kälter geworden.

„Vor ein paar Wochen bist du am Traualtar stehen gelassen worden, Brianne", bemerkte er, und sie richtete sich augenblicklich auf.

„Na und? Das hat doch nichts mit letzter Nacht zu tun."

„Da bin ich anderer Ansicht. Denn wenn du nicht am Traualtar stehen gelassen worden wärst, wärst du jetzt Erics Ehefrau, und ich garantiere dir, dass die Geschehnisse letzter Nacht mit Sicherheit nie passiert wären."

„Das weiß ich", schnauzte sie. „Darauf musst du jetzt nicht herumreiten. Oder doch? Willst du mir die Schuld dafür geben? Willst du andeuten, dass selbst wenn ich Eric geheiratet hätte, ich dich verführt hätte? Wegen – wegen der Träume, von denen ich dir erzählt habe?" Auf einmal merkte sie, dass ihre Lippen zitterten.

Oh, Gott! Sie hatte erwartet, dass Gabe gewisse Gewissensbisse hätte, aber sie hatte nie gedacht, dass er so etwas von ihr denken würde. Dass er—

„Hör auf, Brianne!", sagte er, und sein barscher Tonfall unterbrach ihre Gedanken. „Das denke ich nicht."

„Was denkst du dann?"

Er schluckte schwer, wandte sich einen Augenblick

ab, dann drehte er sich mit einer dampfenden Tasse Kaffee in der Hand wieder zu ihr zurück.

„Du solltest dir für deine Veranstaltung Espressomaschinen anschaffen", murmelte er. „Ich bin sicher, dass viele deiner Gäste nicht mehr daran gewöhnt sind, einfachen Kaffee zu trinken. Ich habe nur in der Kürze der Zeit keine mehr aufgetrieben."

„Ja, klar, gut." Wer scherte sich was um Kaffee? Wer scherte sich um diesen verdammten Wettbewerb? Alles, was ihr wichtig war, war der Mann vor ihr. Der Mann, der offensichtlich anfing, sie wegzustoßen.

„Und es sollte auch irgendetwas Ausgefallenes zum Frühstück geben, findest du nicht? Oder meinst du, es sollte eher eine Art Brunch-Situation sein?", fragte er.

„Brunch", antwortete sie automatisch. Sie dachte über seine Worte nicht nach, sondern merkte nur, wie sehr ihr Herz schmerzte.

„Was meinst du – eine Omelette-Station? Waffel-Station? Vielleicht Crêpes?"

„Ich weiß es nicht", sagte Bri und suchte verzweifelt nach einer Möglichkeit, zu ihm durchzudringen, während ihre Unterhaltung das kaschierte, was tatsächlich geschah. „Ähm, vielleicht Omelettes und Crêpes? Waffeln könnten womöglich von einigen Leuten als zu kohlehydratreich angesehen werden. Vor allem von den Frauen."

„Natürlich." Gabe baute einen Tisch auf, den er vor Brianne platzierte, und stellte einen Teller gebratenen Speck und Eier vor sie. „Rühreier, so wie du sie magst."

„Und kross gebratenen Speck. Du hast dir gemerkt,

dass ich lappigen Speck hasse."

„Lappiger Speck könnte genauso gut Schinken sein", sagte er und zitierte damit einen Satz, den sie vor Jahren gesagt hatte. Wie kam es, dass er sich an so viel erinnern konnte, was sie gesagt hatte? Als würde er einen Kassettenrekorder mit sich herumtragen.

Er setzte sich zu seinem eigenen Essen und begann bedächtig zu essen. Mied ihren Blick. Brianne brach es das Herz, aber sie versuchte verzweifelt, dies zu verbergen. Mehrere Minuten lang schob sie ihr Essen auf dem Teller herum, dann gab sie es auf.

„Was passiert da gerade, Gabe?", fragte sie und durchforschte sein Gesicht.

„Was meinst du?"

„Ich meine, ich verstehe, dass du Angst hast. Ich weiß, dass es eine Umstellung ist, wir beide. Nach dem, was letzte Nacht passiert ist. Aber ich habe nicht dieses Gefühl von Distanziertheit zwischen uns erwartet. Wir sind doch keine Fremden, du und ich. Das war doch kein One-Night-Stand, so wie vorher."

„War es das nicht?", sagte er seufzend und schob seinen leeren Teller weg.

Sie riss die Augen auf. „Nicht für mich! War es für dich so? Bitte, rede mit mir! Ich möchte, dass wir offen und ehrlich miteinander umgehen. Keine Geheimnisse."

„Du meinst Geheimnisse, die wir vor Eric geheim gehalten haben?"

Er hätte sie genausogut schlagen können. „Warum sprichst du jetzt gerade von ihm?" Natürlich verstand sie den Grund. Aber was sie eigentlich fragen wollte, war, warum sie nicht erst über *sich selbst* sprachen. War das nicht das Wichtigste? Welche Gefühle jeder von ihnen für den jeweils anderen hatte? Erst dann konnten sie über Eric reden und was als nächstes geschehen sollte.

Gabe lachte bitter. „Machst du Witze? Eric ist doch hier. Er steht zwischen uns. Zumindest so gut wie." Er stand auf, schob seinen Stuhl beiseite, bevor er sich mit der Aufräumarbeit beschäftigte. Bald merkte sie, dass er nicht nur aufräumte, sondern *zusammenpackte*.

„Gabe?", sagte sie. „Hör auf! Du kannst nicht so tun, als wäre die letzte Nacht nicht passiert."

„Das tue ich nicht. Es ist nur so…seit sechs Jahren habe ich mich selbst überzeugt, dass ihr, du und Eric, das perfekte Paar füreinander seid. Und dass wir beide nur Freunde sind. Das du nicht dasselbe empfindest wie ich. Dass ich nicht gut genug für dich bin. Davon hat sich einiges geändert, aber nicht alles."

Briannes Augen füllten sich mit Tränen. Ganz deutlich konnte sie die Anspannung in Gabes Schultern sehen, während er arbeitete. Niemand hatte eine Pfanne jemals gründlicher gescheuert als er! Er schüttete Wasser über die Feuerstelle und löschte die Flammen, dann schaufelte er Asche darauf.

Er starrte auf das erloschene Feuer. „Ich bin daran gewöhnt, beiseitezutreten, Brianne. Das fühlt sich für mich richtig an."

„Aber das ist nicht richtig! Nicht mehr." Sie wagte es, ihre Hand auszustrecken und zögerlich auf seinen Rücken zu legen, aber er schüttelte sie mit einem Schulterzucken ab.

Als würde ihre Berührung ihn verbrennen.

Sie riss die Hand zurück, verletzt von seiner Reaktion.

Bedauern huschte über seine Miene, bevor er wieder einen neutralen Gesichtsausdruck aufsetzte.

„Eric ist weg. Er hat mich verlassen, Gabe.

„Er wird zurückkommen. Das weißt du."

„Naja, klar. Seine Familie. Sein Job. Immerhin hat er ein Leben hier. Aber das heißt nicht, dass wir wieder zusammen sein werden."

„Du täuschst dich. Ich kenne Eric. Ich habe das mit den Träumen nicht gewusst und kann verstehen, warum er ausgeflippt ist, aber er wird um dich kämpfen. Er wird zurückkommen und das für sich beanspruchen, was seines ist."

Irgendetwas an seinen Worten regte Brianne auf. „Tu mir einen Gefallen!", sagte sie mit leiser Stimme. „Hör auf, so zu sprechen, als sei ich eine Sache!"

„Wie bitte?" Er wandte sich ihr zu, und in seinen Augen stand Verwirrung.

Typisch Mann!

Egal wie besonders er war, er war gleichzeitig ein Mann, dessen Starrköpfigkeit einen bis zur Weißglut reizte und der nichts verstand.

„Ich bin nicht die Seine. Ich bin nicht die Deine. Ich bin die Meine. Ich bin ich Selbst. Meine eigene Person."

„Es tut mir leid", sagte Gabe mit gebeugtem Kopf. „Schlechte Wortwahl."

„Extrem schlecht", stimmte Bri mit schwelender Wut
zu. „Doch nun mal abgesehen von all dem! Eric hat mich
verlassen, aber er tat es, um mir Zeit und Freiraum zu
geben, damit ich herausfinden könne, was ich wirklich
will. *Wen* ich will. Und ich dachte, ich hätte es letzte
Nacht klar gemacht, dass ich dich wähle. Gabe, ich fühlte
mich wie das größte Stück Dreck auf dem Planeten, weil
ich ihn so sehr verletzte, obwohl ich es ja nicht einmal
beabsichtigte. Aber jetzt bin ich nicht gerade sein größter
Fan. Er hätte hierbleiben können. Wir hätten die Sache
klären können, selbst wenn wir beschlossen hätten, die
Hochzeit nicht durchzuziehen. Wir hätten Seite an Seite
stehen und jedem mitteilen können, dass wir diese
Entscheidung gemeinsam getroffen hätten. Aber nein,
stattdessen lief er davon. Ich weiß nicht einmal, was er im
Augenblick denkt. Und hier bist du und ruinierst all das,
was sich zwischen uns ereignet hat. Wofür? Für jemanden,
der nicht bleiben und es ausfechten kann?"

„Empfindest du denn nicht einen Funken Loyalität?",
fragte Gabe. „Fühlst du dich nicht auch ein wenig
schuldig?"

„Natürlich! Aber ich dachte, du und ich, wir könnten
das gemeinsam durchstehen und klären", sagte sie.
„Genauso wie Eric und ich das hätten klären können, was
zwischen uns geschehen ist. Aber du bist ihm so ähnlich.
Ihr würdet beide lieber davonlaufen."

Seine Gesichtsmuskeln zuckten. Er wollte
irgendetwas sagen. Brianne wünschte, er würde es einfach
sagen. Irgendetwas sagen. Das wäre besser gewesen als

ihm zuzusehen, wie er sich mehr und mehr verschloss.

Aber nein. Es sollte nicht sein.

Anstatt abzustreiten, was sie gesagt hatte oder überhaupt irgendwie darauf zu reagieren, sah Brianne Gabe nach, wie er in die Jurte ging. Sie hörte, wie er drinnen alles abbaute.

Oh, Gott! Sie konnte es nicht glauben. Es war vorbei, ehe es überhaupt richtig angefangen hatte.

So plötzlich. So schnell.

Voller Verzweiflung schrie sie auf, legte dann rasch eine Hand auf ihren Mund, um das Geräusch zu ersticken. Dann wandte sie sich ab. Gerade als sie gedacht hatte, sie hätte alles, was sie wahrhaftig wollte, wurde es ihr wieder entrissen.

Sie ging zum Fluss hinunter und setzte sich ins Gras. Die Füße ließ sie ins Wasser baumeln. Sie hörte, dass Gabe die Teile auseinandernahm, aber sie wagte nicht, sich umzuschauen. Auf diese Weise würde es einfacher sein, nicht Zeuge zu werden, wie er alles Schöne, das zwischen ihnen beiden passiert war, auseinanderriss.

* * *

Gabe wusste nicht, wie ihm geschah. Er wusste nur, dass er aufgewacht war und Brianne nicht da gewesen war. Und er war in Panik verfallen. Er verdiente sie sowieso nicht, und jetzt hatte er sie in Schwierigkeiten gebracht. Sie war losgegangen und würde sich verletzten, und es war seine Schuld, weil er gedacht hatte, er könnte mit ihr zusammen sein. Es war alles ein Traum gewesen – wie hätte er sonst mit Brianne zusammenkommen können?

Aber da war sie, außerhalb der Jurte, und sie beobachtete den Sonnenaufgang in seinem Sweatshirt. Sie sah mehr als bezaubernd aus, verführerisch und unschuldig gleichermaßen. Genau das war sie. Die perfekte Kombination aus Mädchen und Frau.

Und da traf es ihn wie ein Blitz aus heiterem Himmel.

Er hatte mit Erics Verlobten geschlafen!

Er hatte sie von ihm gestohlen, ohne dass er es beabsichtigt hatte.

Zumindest fühlte es sich so für ihn an.

Zugegeben, Eric und Brianne waren technisch gesehen nicht zusammen, nicht nachdem Eric sie am Traualtar stehen gelassen hatte, aber er hatte Eric seit der Nacht vor der Hochzeit weder gesehen noch mit ihm gesprochen. Es wäre viel einfacher, wenn der Scheißkerl ihn endlich einmal kontaktieren würde. Sie könnten sich über die ganze Sache aussprechen. Er könnte sich entschuldigen und sehen, was Eric glaubte, wohin sich seine Beziehung entwickeln würde. Es erschien Gabe nicht richtig, mit seinem eigenen Leben weiterzumachen, ohne zu wissen, wo Eric der Kopf stand.

Brianne hatte ihn beschuldigt, dass er sich nicht darum kümmerte, wie es um sie stand und was sie fühlte. Natürlich kümmerte ihn das. Aber es ging ihm absolut gegen den Strich, sich durch Erics Abwesenheit einen Vorteil zu verschaffen.

Aber von Brianne wegzugehen, obwohl er wusste, wie aufgebracht und aufgewühlt sie gewesen war, hatte ihn innerlich zerrissen.

KAPITEL VIERZEHN

„Hey! Du! Wo hast du denn heute deinen Kopf, Mann?"

„Tut mir leid." Gabe beschwichtigte seinen Sparringpartner, dessen Kopf er beinahe abgeschlagen hätte. „Mein Fehler. Ich habe die Nerven verloren."

Mit einem Achselzucken tat der andere Kerl es ab, aber Sam war nicht gewillt, Gabe so ungeschoren davonkommen zu lassen.

„Was ist denn bloß los mit dir?", fragte er und zog Gabe zur Seite.

Gabe wusste nicht, was er antworten sollte, und brauchte absichtlich eine besonders lange Zeit, um seinen Mundschutz zu entfernen. Er richtete seinen Blick auf seine Boxhandschuhe, bis Sam ihm völlig unerwartet eine klatschte.

„Geh mir nicht aus dem Weg, Bursche! Antworte mir! Was ist los? Ich kann es nicht zulassen, dass du in mein Fitness-Studio kommst und meinen Jungs einen Gehirnschaden verpasst, egal wie lange wir uns schon kennen."

„Sorry", brummelte Gabe. Was hatte es mit Sam auf

sich, dass der ihm das Gefühl gab, er wäre wieder ein kleiner Junge? Irgendein verschreckter Punker, den er von der Straße aufgriff.

„Sorry geht nur bis hierher." Sam machte die Tür zu seinem Büro auf und führte Gabe hinein. „Rede mit mir!"

Gabe setzte sich. Es war ein Fehler gewesen, hierherzukommen und zu kämpfen, wenn so viel in seinem Inneren der Klärung bedurfte. Training war die eine Sache. Ein schwerer Boxsack konnte nicht verletzt werden. Er hätte es dabei belassen sollen, seine Gefühle herausschlagen und somit Dampf ablassen sollen. Nein, stattdessen hatte er sich entschieden, mit einem Gegner zu kämpfen.

„Was geht da in deinem Kopf vor?"

Statt einer direkten Antwort stellte Gabe selber eine Frage. „Warum hast du mich aufgenommen?"

„Was?"

„Warum ich? Warum hast du mich nicht dort gelassen, wo ich war?"

„Es war das, was ich immer getan habe", sagte Sam. „Was ich immer noch tue. Kinder aufnehmen, die Wut im Bauch haben, um dann die Wut in etwas Gutes zu überführen. Ich lehre sie, wie sie damit umgehen können. Das ist dasselbe, was jemand anderer mir einmal vor langer Zeit beibrachte. Wie nennt man das? Etwas zurückzahlen?" Er schnaubte sarkastisch.

„Ich glaube, dass ich manchmal immer noch so ein Kind bin", merkte Gabe an. „Dasjenige, das du von der Straße aufgelesen hast."

„Wir alle sind noch immer solche Kinder", sagte Sam. Mit dem Daumen wies er in Richtung seiner Goldmedaille. „Glaubst du nicht, dass ich nicht jeden einzelnen Tag dieses Ding anschaue und mich frage, wie ein Kind von der Straße es bis auf das Podium geschafft hat und hört, dass die Nationalhymne gespielt wird? Glaubst du nicht, dass ich diesen Moment nicht jedes Mal wieder aufs Neue durchlebe? Und meistens denke ich mir dabei: *Niemand hätte das geglaubt.* Niemand stand an meiner Seite außer meinem Trainer. Niemand aus der Familie. Nur ein Haufen schüttelnde Köpfe und mir drohende Finger. Das war alles. Und all diese Jahre später denke ich immer noch daran. Was würden sie wohl jetzt von mir denken?"

„Du wirkst nicht so, als würdest du denken, du seist immer noch dieses Kind", betonte Gabe.

„Du meistens auch nicht. Wer hat aus dem Nichts eine eigene Firma hochgezogen? Wer pflegt jetzt gesellschaftlichen Umgang mit Milliardären? Isst Kaviar oder was sonst für ausgefallenes Zeug, das solche Leute essen, wenn sie zusammenkommen? Das ist schon recht weit entfernt von der Tatsache, als du vor einem Richter standest, findest du nicht?"

„Weit entfernt", stimmte er zu. „Ich wünschte, ich würde mich jetzt so fühlen, das wäre alles."

„Das ist etwas, das du selbst in deinem Kopf klären musst. Denn lass dir eines sagen!" Sam beugte sich vor und schaute Gabe direkt in die Augen. „Ich bin kein Dichter, und ich hab's auch nicht mit Philosophie, aber ich weiß, dass es keine Rolle spielt, wie viel Geld man verdient. Wenn du nicht das Gefühl hast, dass du einen Wert hast, dann wird es nie genug sein. Warum sonst glaubst du, schaffen so viele Menschen so viel, um es dann wieder zu verlieren? Weil sie nicht das Gefühl haben, es zu verdienen."

Sams Worte trafen Gabe ins Mark.

„Ich will das, was ich habe, nicht verlieren", sagte er. Und in dem Moment als er diese Worte sagte, wusste er, was er wirklich meinte. Nicht seinen Job. Und nicht sein Geld.

Er meinte Brianne. Er wollte Brianne nicht verlieren.

„Das solltest du nicht. Du hast zu verdammt hart dafür gearbeitet."

„Ich habe mit der Verlobten meines besten Freundes geschlafen." Er hatte nicht die Absicht gehabt, damit herauszuplatzen oder es Sam überhaupt zu sagen. Es kam einfach heraus.

„So genau wollte ich es gar nicht wissen, Junge." Abwehrend hielt Sam die Hände hoch.

„Du wolltest wissen, was mit mir los ist. Das ist es. Jedenfalls ein großer Teil davon."

Sam seufzte und rutschte unbehaglich auf seinem Platz herum. „Und wo ist dein bester Freund bei all dem?"

„Er lief davon. An ihrem Hochzeitstag."

„Dann schätze ich, dass sie nicht mehr verlobt sind, oder?"

Gabe schnaubte, dann erkannte er, dass Sam es ernst meinte.

Sam nickte. „Er ist gegangen. Er hat es verwirkt. Das

ist es."

„Er hat sie wegen mir verlassen. Doch das wusste ich nicht."

„Spielt keine Rolle. Er ging. Ende der Geschichte. Du bist hier, er nicht. Ich verstehe das Problem nicht. Vielleicht versuchst du nur, daraus für dich ein Problem zu machen, weil…ich weiß nicht. Vielleicht weil du denkst, du würdest sie nicht verdienen. Ist es das?"

„Eric ist mein bester Freund. Es ist leicht, zu sagen, er hätte es verwirkt, aber er war nicht ganz bei Sinnen. Nicht mit…all dem, was passiert ist. Und Brianne…sie ist ein ganz anderer Mensch."

„Blödsinn! Es gibt nur eine Art von Mensch. Eben ein Mensch, so wie du einer bist. Es spielt keine Rolle, woher man kommt. Wenn man für dich ist, ist man für dich."

„Wenn du das sagst, hört sich das so einfach an."

„Du bist der einzige, der sich das Leben schwer macht. Das muss nicht so sein. Ich habe dich kämpfen sehen. Du nimmst dir das, wovon du glaubst, dass es dir gehört. Du steigst nicht in den Ring und fragst dich, ob du gut genug bist, um zu gewinnen. Du steigst in den Ring und gewinnst, weil du weißt, dass du gewinnen kannst. Du siehst den Sieg bereits als deinen an, und du nimmst dir, was dein ist. Mit dem Leben im allgemeinen muss es auch nicht schwerer sein. Und so wie im Ring auch, gehst du k.o., wenn du zu viel über etwas nachdenkst."

„Er wird aber zurückkommen. Verdammt, ich *will*, dass er zurückkommt!"

„Folglich wird er zurückkommen. Ihr werdet es

klären. Wenn du sie liebst, kämpfe um sie! So wie du um alles andere auch gekämpft hast. Du verdienst sie genauso sehr wie du alles andere verdienst, um das du je gekämpft hast." Er stand auf und legte seine Hände auf Gabes schweißnasse Schultern. „Ich habe gesehen, wie weit du gekommen bist, und wenn ich ein sentimentaler Mensch wäre, würde ich dir sagen, ich bin stolz auf dich. Niemand sieht dich als Kind von der Straße an, nur du selbst. Es ist höchste Zeit, dass du diesen Scheiß hinter dir lässt, ein für allemal!"

Gabe grinste seinen Mentor an. „Danke!"

„Und ich schwöre bei Gott, wenn du nochmal den Kopf eines anderen Kerls dermaßen zu Brei schlägst, ohne dass es sich um einen ernsthaften Kampf handelt, dann trete ich dir sowas von in den Arsch, dass du von hier bis zum Straßenrand fliegst. Ich mag zwar nur ein Weltergewicht sein, aber ich könnte dich immer noch windelweich prügeln."

„Das bezweifle ich nicht", sagte Gabe.

KAPITEL FÜNFZEHN

„Also schätze ich, dieses Glamping war ein einziger Reinfall."

„Charmant wie immer, Evie", sagte Brianne mit einem Seufzen.

„Dein Gesicht sieht ein wenig geschwollen aus. Hast du geweint?"

„Ähm, vielleicht hatte ich eine allergische Reaktion auf irgendetwas, das ich im Wald angefasst habe. Vielleicht solltest du über meinen Gesundheitszustand besorgt sein, anstatt mir die Leviten zu lesen. Schon mal darüber nachgedacht?"

„Nein, denn wenn es so wäre, wärst du im Krankenhaus oder so etwas. Aber lass mich eines klarstellen: Ich nehme an, dass dieser Reinfall mehr mit dir und dem Typen zu tun hat, *mit dem* du beim Glamping warst."

Brianne schluckte schwer und blinzelte schnell, um die plötzlich aufsteigenden Tränen zurückzuhalten. „Die Sache verlief nicht so wie geplant. Okay? Können wir es einstweilen dabei belassen?"

„Bri—"

„Evie, es ist mir ernst. Bitte! In zwei Wochen findet der Wettbewerb statt. Wir haben viel Arbeit vor uns, und fast keine Zeit mehr, alles zu erledigen."

Mehrere Sekunden lang starrte Evie Brianne einfach nur an, dann nickte sie. „Okay, okay. Einstweilen lass ich es auf sich beruhen."

„Okay, dann lass uns mit der Arbeit anfangen!", sagte Brianne.

Und genau das taten sie auch. Brianne stürzte sich Hals über Kopf in die Arbeit, da sie wusste, sobald sie eine Pause machen würden, würde ihre Freundin wieder mit der Fragerei loslegen.

Sie zog ihr Handy heraus und zeigte Evie die Fotos, die sie gemacht hatte. „Schau, dies ist der Ort für die Veranstaltung. Ist das nicht herrlich?"

Evie nickte teilnahmsvoll, aber Bri konnte immer noch einen Rest Besorgnis in ihrer Miene entdecken.

„Ich dachte, wir könnten unten am Wasser die Bühne aufbauen und hier vielleicht die Tanzfläche…" Sie deutete auf die Stelle, die sie sich vorstellte.

„Das klingt großartig. Was hast du dir als Unterhaltung überlegt?"

„Da bin ich noch etwas unentschlossen, aber ich habe einige Ideen. Wir müssen allerdings schnell sein, da ich mir sicher bin, dass die besten Gruppen bereits voll ausgebucht sind. Ein wenig Kreativität sollte auch dabei sein. Ich werde heute mit den entsprechenden Telefonaten anfangen."

Sie wischte erneut über das Display und förderte

damit ein Foto der Jurte zutage.

„Das sieht ja fantastisch aus!" Evie zeigte sich begeistert. „Ich hatte keine Ahnung, dass es tatsächlich so wunderschön sein würde. Ich meine, ich habe online ein paar Fotos gesehen…"

„Glaub mir, in Wirklichkeit ist das alles sogar noch besser. Die Feuerstelle, die an den Zeltwänden tanzenden Lichter…" Briannes Gedanken wanderten wieder zurück. „Es war atemberaubend."

Evie nahm das Handy und streifte durch die Fotos. „Da wir gerade von atemberaubend sprechen…"

Brianne stöhnte auf, als sie ein Foto von Gabe sah, wie er gerade den Kronleuchter aufhängte. Seine Arme waren angespannt, sein Poloshirt zog sich etwas hoch, als er sich nach oben streckte. Ein breiter Streifen seiner Bauchmuskeln war zu sehen. Natürlich sah er fantastisch aus. Und er hatte Brianne gerade das Herz gebrochen.

„Klar, er ist schon auch okay." Brianne wandte ihre Aufmerksamkeit wieder ihrem Laptop zu und öffnete die Dateien über ihre Lieferanten. „Wir müssen unbedingt unsere Lieferanten auf die Aufträge festlegen. Heute, wenn nicht noch eher."

„Brianne, was ist zwischen euch beiden passiert?"

„Nichts."

„Unsinn."

Brianne seufzte und ließ den Kopf hängen. „Ich nehme an, es hat keinen Zweck, dir die Wichtigkeit von Planmäßigkeit klarzumachen, oder?"

„Nicht, bis wir über das, was wirklich wichtig ist,

geredet haben. Du könntest also auch genauso gut gleich reinen Tisch machen."

Briannes Augen füllten sich mit Tränen, und diesmal liefen sie herunter, bevor es ihr gelang, sie zu unterdrücken. Evie eilte herbei, umrundete den Schreibtisch und legte Bri schnell einen Arm um die Schultern.

„Oh, mein Gott! Er hat dir doch nicht weh getan, oder?"

Brianne schüttelte den Kopf und deutete auf ihr Herz. „Hier! Er hat mir hier weh getan."

„Wie? Was ist tatsächlich passiert?"

Brianne atmete mehrmals tief ein. Konnte sie Evie trauen? Natürlich. Evie war nicht nur ihre Mitarbeiterin, sondern eine ihrer vertrauenswürdigsten Freundinnen.

„Ich muss dir den wahren Grund erzählen, warum Eric mich verlassen hat", sagte sie.

Zehn Minuten später war alles erzählt. Sie hatte alles gestanden – die Träume, Erics Text, ihre erste Nacht mit Gabe und ihre schöne gemeinsame Zeit auf dem Campingplatz. Dann erzählte sie von Gabes Sinneswandel an jenem Morgen.

„Du liebe Zeit!" Verblüfft ließ sich Evie auf ihren Stuhl fallen. Geistesabwesend spielte sie mit ihrem Pferdeschwanz. „Du bist also schon seit so langer Zeit in Gabe verliebt?"

„So weit würde ich nicht gehen", sagte Brianne.

„Ich schon. Herrgott, du hattest erotische Träume von ihm…"

„Das war doch auch schon alles. Es waren Träume! Ich kann doch mein Unterbewusstsein nicht kontrollieren."

„Nein, aber du kannst ihm zuhören, wenn es so laut schreit, weil es sich Gehör verschaffen will", konterte Evie. „Ich meine, denk doch mal nach! Deine innere Stimme hat dermaßen stark versucht, deine Aufmerksamkeit zu gewinnen! Schließlich hast du seinen Namen laut ausgesprochen, sodass Eric das gehört und reagiert hat. Das hört sich verdammt nochmal direkt nach Freud an, Chefin!"

„Es spielt ja sowieso keine Rolle", murmelte Brianne. „Er will mich nicht."

„Doch, er will dich. Ich denke, dass er dir das letzte Nacht bewiesen hat. Aber er fühlt sich schuldig gegenüber Eric, und das ist ja auch total verständlich."

„Ich verstehe es. Ich fühle mich auch schuldig. Aber Eric hat mich verlassen.","Wohl wahr. Aber seitdem hat keiner von euch je mit Eric gesprochen. Gabe fragt sich wahrscheinlich, was passiert, wenn du Eric wiedersiehst. Ob du es dann bedauerst, überhaupt mit Gabe zusammen gewesen zu sein. Und ob du Eric zurückhaben willst."Brianne runzelte die Stirn. „So etwas hat er niemals geäußert. Er sprach die ganze Zeit immer nur von seinen eigenen Schuldgefühlen."

„Er ist ein Kerl, Bri. Wahrscheinlich ist ihm nicht einmal klar, dass er Angst hat, dass du Eric ihm vorziehen könntest. Noch einmal."

„Noch einmal", flüsterte Brianne. Ja, irgendwie ergab das schon Sinn. Schließlich hatten sie und Gabe schon seit

Langem etwas für einander empfunden, aber Gabe hatte Recht gehabt, als er gesagt hatte, Eric würde immer noch zwischen ihnen stehen. Das würde er auch weiterhin, bis sie die Sache ein für allemal geklärt hätten. Aber wann würden sie die Chance dazu haben?

„Ich bin so müde, Evie." Brianne vergrub ihr Gesicht in ihren Händen.

„Ich weiß. Aber du bist eine kluge, starke Frau! Was willst du wirklich?"

Bri zuckte mit den Schultern. „Ich weiß es nicht. Ich vermute…einfach glücklich sein."

„Okay. Glück. Ein guter Anfang. Was sonst noch?" Evie sprang von ihrem Stuhl auf und machte, während sie auf und ab ging, Notizen. Ihre Hyperaktivität und ihr strahlendes Lächeln machten Brianne wieder ein wenig Mut.

„Ähm, ich will, dass wir bei diesem Wettbewerb Leland ausstechen."

„Das hört sich gut an! Und was bedeutet dieser Wettbewerb für dich?"

„Erfolg für unsere Firma. Erfolg für uns!"

„Hurra!" Evie warf ihr Notepad in die Luft, und Brianne musste angesichts ihrer Begeisterung lachen.

„Hör zu, meine Dame!" Evie beugte sich weit vor, um Brianne direkt ins Gesicht schauen zu können, um ihren Worten mehr Nachdruck zu verleihen. „Du wirst ihn ausstechen. Warum? Weil du Brianne Whitcomb bist, das ist der Grund. Weil du genau das tun kannst. Du scheiterst nicht, weil du nicht weißt, wie man scheitert. Und jetzt

sollten wir uns doch verdammt schnell an die Arbeit
machen!"

* * *

Trotz ihrer wiedergefundenen Begeisterung, das zu
erreichen, ‚was sie wirklich wollte', fühlte sich Brianne
drei Stunden später noch hoffnungsloser als zuvor.
Nachdem sie alles in Betracht gezogen hatte, was sie von
Gabe und bei ihrer Nacht im Freien gelernt hatte, und was
alles nötig wäre, um eine Veranstaltung zu organisieren,
die spektakulär genug wäre, um mit Leland zu
konkurrieren, war sie zu der schrecklichen
Schlussfolgerung gekommen, dass es einfach nicht
möglich war.

Jedenfalls nicht mit der wenigen Zeit, die ihnen noch
zur Verfügung stand, und den finanziellen
Beschränkungen, denen sie unterworfen waren.

Brianne fragte sich, was geschehen würde, wenn sie
nachgeben würde, ohne eine Veranstaltung abzuhalten. Sie
hatte keine Chance, zu gewinnen. Warum sollte sie sich
darum kümmern, dass sie sich in eine peinliche Lage
brächte? Sie würde aufgeben, die Firma schließen, so wie
Jane auch. Leland würde alles bekommen.

Andererseits hatte sie noch nie etwas aufgegeben. Sie
wusste nicht einmal, wie sie dabei vorgehen müsste. Und
wenn sie das tun würde, würde sie die Sache nicht
überleben – zuerst an ihrem Hochzeitstag stehen gelassen
werden, dann ihre Firma schließen. Da könnte sie ja

genauso gut losgehen und sich irgendwelche Muumuus kaufen, mit denen Evie sie aufgezogen hatte.

Nein! So würde sie nicht ausgehen! Auf keinen Fall. Sie schüttelte sich und straffte die Schultern. *Vorwärts!* sagte sie sich.

„Bist du durchgekommen zu dem Geigenquartett?", rief sie Evie zu, die außerhalb ihrer Bürotür ihren Platz hatte.

„Sie sind an diesem Tag bereits gebucht", stöhnte Evie.

„Natürlich." Brianne hatte so viele Telefonate getätigt, dass ihre Fingernägel vom Wählen ganz abgestoßen waren. Und bis jetzt hatten sie kein Glück gehabt. Keine ihrer favorisierten Bands war an dem besagten Wochenende verfügbar. Eine Person hatte sogar einen abfälligen Kommentar abgegeben, dass *erst recht* Brianne wissen sollte, dass Bräute ihre Bands lange im Voraus buchen müssten. Ein weiterer Hieb auf ihre abgesagte Hochzeit. Wie süß!

Sie stützte ihre Stirn auf ihre vor sich verschränkten Arme. Was konnte denn noch schiefgehen?

Genau in dem Moment öffnete und schloss sich die Eingangstür.

„Keine Sorge, meine Liebe, ich werde schon einen Weg hinein finden."

Augenblicke später stand Leland mit seiner so widerlichen Visage wie eh und je im Türeingang. Evie stand hinter ihm und deutete mit Handbewegungen an, als würde sie etwas mit einer Schere zerschneiden.

„Was brauchen Sie, Leland?" Brianne tat ihr Bestes, fröhlich und zuversichtlich zu wirken. Bestimmt war er hier, weil er spionieren wollte. Doch das Letzte, was sie brauchte, war, dass er herausfinden würde, wie wenig weit ihre Vorbereitungen für den Wettbewerb gediehen waren.

„Ich wollte nur mal überprüfen, wie's bei Ihnen so läuft, Brianne, meine Liebe", sagte er. „Das haben Jane und ich auch immer so gehalten, sich gegenseitig überprüft. Um zu sehen, ob der andere Hilfe braucht und dergleichen."

Kompletter Blödsinn! dachte Brianne. Sie kannte Jane viel zu gut, als dass sie ihm solch ein Lügenmärchen abkaufen würde.

„Das ist sehr großzügig von Ihnen, Leland", sagte sie mit Haltung. „Es bedeutet mir viel, dass Sie von Ihrer vielen Arbeit wertvolle Zeit abknapsen, nur um herzukommen und zu überprüfen, wie weit ich bin."

„Ach, nicht nötig, sich darüber Gedanken zu machen!" Leland machte mit seinen manikürten Fingern eine wegwerfende Handbewegung und kam weiter ins Büro herein. Das Sweatshirt, das er sich um die Schultern gelegt hatte, passte genau zu seiner Augenfarbe; ohne dass ihr das jemand sagen musste, wusste Brianne, dass dies ein absichtlicher Akt war. Sie würde jede Wette eingehen, dass er gerade aus dem Schönheitssalon kam, sein Haar war perfekt gestylt – nicht ein Härchen war nicht an Ort und Stelle. „Da wo ich herkomme, haben wir die Lage voll im Griff. Das ist ja nicht gerade mein erstes Rodeo, Schätzchen."

„Nein, ich wette, Sie haben über die Jahre so einige Rodeos hinter sich gebracht", gab Brianne schlagfertig zur Antwort. Evie legte eine Hand auf ihren Mund, um bei Briannes Stichelei ein Kichern zu unterdrücken.

Leland kniff fast unmerklich die Augen zusammen – wahrscheinlich gerade mal so viel wie seine Botox-Spritzerei erlaubte.

„Sie haben ja keine Vorstellung davon, wie viel Schlaf Sie mir rauben, Schätzchen", sagte er und schnalzte mit der Zunge.

„Warum das denn?"

„Ich kann nur erahnen, wie sehr Sie unter Druck stehen wegen all dem, was für eine so große Veranstaltung in einem solch kurz bemessenem Zeitrahmen getan werden muss. Sie müssen sich Ihre Haare ja bestimmt einzeln ausraufen."

„Überhaupt nicht", erwiderte Brianne. „In Wahrheit haben mir meine Lieferanten mittlerweile alle bestätigt. Wir sind im Zeitplan."

„Im Zeitplan?" Leland schaute überrascht drein.

„Was, Leland? Haben Sie etwa etwas mehr getan als nur geprüft wegen des Wettbewerbs, und das wollen Sie jetzt nicht zugeben?" Stirnrunzelnd schüttelte Brianne den Kopf. „Das ist nicht fair. Ich würde nicht gern herausfinden wollen, dass Sie Ihre wertvolle Zeit damit verschwendet haben, herumzutelefonieren, um zu sehen, wen ich gebucht habe?"

„Wer sagt denn sowas?"

„Niemand. Es würde mir nur nicht gefallen, wenn ich

so etwas hörte. Wie Sie schon sagten, muss noch so viel erledigt werden, dass es keine Zeit zu verschwenden gilt." Sie lächelte süß, obgleich sie nichts lieber täte, als mit ihren Fingernägeln über seine unnatürlich glatte Haut zu kratzen. Sie fragte sich, ob sich darunter wohl Schuppen befänden.

Als Erwiderung zeigte er ein angestrengtes Lächeln. „Ich freue mich, dass Sie die Dinge so gut im Griff haben, meine Liebe. Ich freue mich, zu sehen, womit Sie aufwarten werden."

„Und ich freue mich, zu sehen, was Sie zu bieten haben werden", versicherte ihm Brianne. Sie wartete, bis Evie ihn aus dem Büro geleitet hatte, ehe sie ihren Kaffeebecher quer durch den Raum warf. Wenigstens war er leer, dachte sie, als er an der Wand barst.

„Verdammt", sagte Evie und schüttelte den Kopf, als sie das Chaos sah. „Das wollte ich eigentlich machen."

„Was sollen wir tun?", fragte Brianne unschlüssig und streckte hilflos die Hände hoch. „Er zieht uns davon."

„Wie viel würdest du bei einer Wette setzen, dass er die Nachricht, dass Jane bei dem Wettbewerb die Segel streicht, zurückgehalten hat, nur damit er sich selbst einen Vorteil verschafft?"

Bei Evies Annahme riss Brianne die Augen auf. „Natürlich, das hat er, diese Schlange! Wahrscheinlich wusste er es bereits Tage zuvor, bevor er zu mir gekommen ist! Jane hat es der Zeitschrift wahrscheinlich erst danach verkündet, aber er wusste es. Er musste es wissen. Er hat seine Spione überall, dieser Widerling!" Sie schaute Evie an und merkte, wie sie sich frisch gestählt aufrichtete. „Wir müssen diesen Kampf gewinnen. Ich bin mehr als fest entschlossen, dieses Schwein mal so richtig fertigzumachen!"

Evie lächelte. „Gutes Mädchen."

KAPITEL SECHZEHN

Brianne ging an diesem Abend später nach Hause – allerdings nur für einen Ortswechsel, denn sie hatte vor, noch bis tief in die Nacht für diese Veranstaltung zu arbeiten.

Ein Telefonat, das sie absolut ungern machen wollte, hatte sie bereits gemacht: Gabes Büro. Und genau wie sie sich gedacht hatte, war sie an eine Sekretärin weitergeleitet worden. Sie konnte sich vorstellen, dass Gabe sie nicht sprechen wollte, und dieses Gefühl beruhte auf Gegenseitigkeit.

Was sie am meisten schmerzte, war die Tatsache, dass sie von einem weiteren Mann enttäuscht worden war.

Zuerst Callum, dann Eric. Jetzt Gabe. Immer wenn sie gedacht hatte, sie hätte ihr Glück gefunden, war ihr etwas in die Quere gekommen. Irgendetwas musste mit ihr nicht stimmen.

Konzentriere dich auf deine Arbeit!, sagte sie sich. Die Arbeit war das Einzige, worin sie gut war. Andererseits, stimmte das wirklich? Ihre Firma stand kurz vor dem Scheitern, und wenn sie diesen Wettbewerb nicht zu ihren Gunsten entscheiden konnte, müsste sie woanders wieder bei Null anfangen.

Sie hatte zu verdammt hart gearbeitet, als dass sie das geschehen lassen konnte.

Während sie an einem Wein nippte, betrachtete sie die Pläne auf ihrem Laptop, das sie unsicher auf ihren Knien balancierte, da sonst nirgendwo Platz war. Vielleicht hatte sie ihre Marotte mit den Aschenbechern ein wenig zu weit getrieben, aber sie sah keine Möglichkeit, auch nur einen einzigen abzugeben. Jamie hatte einmal den Witz gerissen, dass sie Außer-Haus-Lagerkapazitäten bräuchte. Da hatte sie einen der Aschenbecher als Geburtstagsgeschenk für ihn eingepackt, und als er das Geschenk geöffnet hatte, hatte sie ihm gesagt, sie hätte seinen Ratschlag befolgt und sei gerade dabei, Plätze zu finden, wo sie sie lagern konnte.

Dann hatte sie den Aschenbecher wieder mitgenommen, als er nicht hingesehen hatte.

Ihr Telefon klingelte, was eine ziemliche Kletterei ihrerseits verursachte.

Ich muss unbedingt ein paar Flächen freiräumen, dachte sie, als sie über ihr Laptop hinweg langte, um das Telefon zu erreichen.

Es war ihre Mutter.

„Mom", sagte sie und versuchte, erfreut zu klingen. Es war nicht so, dass sie nicht gerne etwas von ihrer Mutter hörte, aber wenn diese richtig in Fahrt war, wurde es schwer, auf den einen oder anderen gesellschaftlichen Skandal zu pfeifen. Und vor allem ein Thema wollte sie absolut nicht diskutieren.

Das war aber natürlich genau das Thema, das ihre Mutter anvisierte. „Wie geht es dir, Liebling? Hast du etwas von ihm gehört?"

Der-dessen-Name-nicht-genannt-werden-darf, dachte Brianne.

„Nein, Mom. Ich hätte dir davon erzählt, wenn es so wäre."

„Bist du dir sicher? Du hast mir auch nichts davon erzählt, dass ihr Probleme habt."

Brianne verdrehte die Augen und kippte ihren Wein hinunter. „Nicht einmal ich wusste, dass wir Probleme haben, Mom. Weißt du noch? Ich sagte dir das."

„Ich weiß nicht, ob ich dir glauben soll. Ich wollte schon seine Mutter anrufen, aber ich weiß nicht, ob ich es ertragen kann, jetzt schon mit ihr zu sprechen."

Wieder verdrehte Brianne die Augen, stand auf und schenkte sich ein weiteres Glas Wein ein. Es sollte wohl eine von diesen Nächten werden.

„Mom, du bist nicht diejenige, die er verlassen hat. Ich bin das. Außerdem hatte Janice überhaupt nichts damit zu tun."

„Bist du sicher? Diese Frau bildet sich immer so viel auf sich selbst ein. Ich fragte mich immer, ob sie wohl dachte, dass irgendwer überhaupt gut genug für ihren Sohn sein könnte. Ziemlich widersinnig, angesichts der Tatsache, dass sie selbst aus einem armen Elternhaus stammt."

Das schon wieder! „Wenn ich es nicht besser wüsste, würde ich denken, du seist ein Snob", kommentierte

Brianne mit zusammengebissenen Zähnen. Was spielte es schon für eine Rolle, wer seine Eltern waren? Außerdem hatten sie mehr Geld als die Whitcombs je hatten.

„Du kennst mich, Brianne. Ich bin am wenigsten snobistisch von allen, die ich kenne."

Das war tatsächlich die Wahrheit – einige der Frauen, mit denen Kathleen ihre Zeit verbrachte, waren unerträglich.

„Wenn es dir dann besser geht, ruf Janice an", sagte Brianne. „Du kannst klarstellen, dass sie weiß, wie elend du dich fühlst, wegen dem, was ihr Sohn getan hat."

„Was ist mit dir?", fragte ihre Mutter.

„Ich bin zu beschäftigt, um seinetwegen Trübsal zu blasen, Mom. Im Moment geht es mir richtig dick ein."

Sie hörte ein Seufzen am anderen Ende der Leitung. „Sich vorzustellen, dass du bereits verheiratet sein könntest!"

„Vielleicht bin ich gerade nochmal davongekommen. Man weiß ja nie." Es war allerdings so, als hätte Eric ihre Mutter verlassen, und nicht sie.

„Brianne, Süße, du weißt, dass ich deinen Sinn für Humor schon immer geschätzt habe, aber momentan hilft er mir überhaupt nicht weiter. Ich sorge mich doch nur um dein Glück, und du verhältst dich, als wäre das alles ein großer Witz. Wo ich auch bin, die Leute schauen mich an, als hätten wir einen Todesfall in der Familie."

„Mom, das tut mir leid. Wirklich. Aber jetzt muss ich wirklich Schluss machen." Sie konnte damit nur äußerst schwer umgehen. Es war eine ständige Erinnerung daran, wie sehr sie alles verbockt hatte. „Ich werde dich später anrufen." Sie legte auf, ehe ihre Mutter die Chance hatte, etwas zu erwidern.

Brianne leerte ihr Weinglas und lehnte sich mit einem Seufzer zurück. Wenn ihr Eric jetzt gegenübersitzen würde, würde sie ihm den Hals umdrehen.

Es war nicht so, dass sie unglücklich war, nicht verheiratet zu sein. Insgeheim war sie erleichtert, dass er abgehauen war. Wenn nur alle anderen sie deswegen in Ruhe lassen würden.

Die Idee, nach Chicago zu ziehen, hatte immer noch seinen Reiz. Egal, wie schlimm die Winter dort waren.

Es klingelte. „Ach, Mist!" Vielleicht war Mom draußen vor dem Haus gesessen, als sie angerufen hatte.

Aber es war nicht Kathleen Whitcomb. Es war Gabe.

„Was machst du hier?", fragte sie und fühlte sich auf einmal ziemlich verunsichert. Warum sollte sie? Es war ihre Wohnung. Er war derjenige, der sich unbehaglich fühlen müsste.

„Dir auch einen guten Tag!"

„Spiel nicht den Superschlauen!", gab sie mit zusammengekniffenen Augen zurück. Das musste der Wein sein. Sie fühlte sich angriffslustiger als sonst.

Er lächelte. Das irritierte sie nur umso mehr.

„Entschuldige. Ich musste dich sehen."

„Wofür? Bist du grade etwas geil? Willst im Bett 'ne schnelle Nummer schieben und es dir danach anders überlegen?"

„Autsch!" Er seufzte. „Eigentlich kam ich her, um zu

sehen, ob du irgendwie Hilfe brauchst, um alle Dinge für deine Veranstaltung zusammenzubringen", sagte er. „Das ist alles."

„Ach!" Sie blickte zu Boden. „Ich dachte eigentlich, dass du kein Interesse mehr daran hast, mir zu helfen, da mein Anruf heute zu einer Sekretärin weitergeleitet wurde."

„Das ist überhaupt nicht der Fall, Brianne. Ich war im Fitness-Studio, wollte aber, dass sich jemand um dich kümmert, wenn ich nicht bim Büro bin."

Sie blickte wieder auf. „Wirklich?"

„Wirklich."

Sie trat einen Schritt zurück. „Entschuldige. Komm rein! Die Nachbarn werden sich schon anfangen zu wundern, warum du immer noch draußen stehst."

Gabe begab sich ins Wohnzimmer. Ein Grinsen trat auf sein Gesicht. Sie wusste, das war wieder eine Reaktion auf ihre Aschenbecher-Sammlung, aber sie ging nicht darauf ein. Sie musste die Kontrolle behalten. Er wollte ihr helfen, und sie brauchte Hilfe. Es lag nun an ihr, die Sache professionell anzugehen.

„Wie läuft's?", fragte er, nachdem er sich auf die Couch gesetzt hatte und auf ihren Laptop spähte.

„Nicht so gut, wie ich es gerne hätte", gab Brianne zu. „Mir läuft die Zeit davon."

„Vielleicht wird dir das eine Hilfe sein", sagte er grinsend. „Den gleichen Aufbau wie wir ihn gestern hatten? Ich meine von Anfang bis Ende?"

„Ja?"

„Gehört dir. Fünfzig Jurten. Die ganze tolle Ausstattung. Genügend Waschzelte für alle, beste Qualität – schöner als es viele Leute in ihrem eigenen Zuhause haben, offen gesagt. Meine Sekretärin hat mit Ausstattern Kontakt aufgenommen, Leute, die sich spezialisiert haben auf Möblierung für drinnen und draußen und Dekorationen. Generatoren, Sitzgelegenheiten, Essensvorbereitungs-Arrangements, Bühnenaufbau, eine Tanzfläche, alles. Sogar ein Erste-Hilfe-Zelt. Du musst nur noch für die Unterhaltung sorgen, Lebensmittellieferanten und noch diverse Kleinigkeiten, an denen die Menschen Freude haben könnten. Wie zum Beispiel farblich zusammenpassende Marshmallow-Grills, von denen du gesprochen hast, als ich dich von der Disco nach Hause gebracht habe." Er grinste.

Brianne drehte sich der Kopf. „Im Ernst?"

Er nickte. „Nur das Beste. Das meine ich ernst. Was du auch willst, du sollst es bekommen."

„Wie? Ich meine, ehrlich, fünfzig solche Jurten? Mit der ganzen fantastischen Ausstattung? Ich weiß nicht, ob ich mir das leisten kann." Sie war gerade nicht besonders flüssig, wegen der seit einiger Zeit nachlassenden Geschäfte. Wenn sie ihr eigenes Geld einsetzen würde, würde das Komplikationen mit der Steuer verursachen.

„Bri, ich hätte das nicht alles für dich reserviert, wenn ich nicht vorhätte, dir bei der ganzen Sache zu helfen."

„Mir zu helfen?"

„Klar! Zum Beispiel dir auch beim Bezahlen zu helfen. Ich will, dass du diesen Wettbewerb gewinnst."

Sie war hin- und hergerissen. Sie wollte unbedingt gewinnen. Aber war das Betrug?

„Schau", sagte er. „Wenn es dir eigenartig vorkommt, dann kannst du mir alles zurückzahlen, sobald du deine Einnahmen durch die Doppelseite in *Life and Society* erhalten hast. Wir werden das schon klären. Außerdem war das Glamping deine Idee. Du hast die Idee nicht von jemand anderem gestohlen. Es wird als kühn, einzigartig und aufregend angesehen werden. Ein todsicherer Sieg!"

Sie konnte nicht anders. Sie war fasziniert.

„Das ist großartig", meinte sie, „und ich weiß das alles sehr zu schätzen. Glaub mir! Doch dadurch werde ich die Leute, die ich noch brauche, auch nicht finden. Die Caterer, die Bands und alles andere. Wir haben nur noch zwei Wochen."

„Dir wird schon etwas einfallen", sagte Gabe. „Das ist doch immer so."

„Ich wünschte, ich hätte dein Selbstvertrauen", murmelte sie, während sie die Tabellenkalkulation auf ihrem Bildschirm anstarrte. Fast alle Essensanbieter waren rot markiert, was bedeutete, sie hatte dort bereits angerufen und war am Telefon fast ausgelacht worden.

„Wie wär's mit einer Kochschule? Vielleicht könnten sie sich im großen Stil präsentieren? Und es wäre bestimmt auch weniger teuer", schlug Gabe vor.

Briannes Augen leuchteten auf.

„Du bist ein Genie", sagte sie. „Gleich morgen werde ich mit den Anrufen beginnen." Während sie auf der Tastatur Notizen in ihren Laptop eingab, blickte sie zu ihm

hinüber. „Ich bin froh, dass ich dich hereingelassen habe",
zwinkerte sie.

„Ich auch. Den ganzen Tag lang habe ich bedauert,
wie wir auseinandergegangen sind."

Sie hörte zu tippen auf und legte den Laptop beiseite.
„Ich auch", gab sie zu. „Es tut mir leid, dass ich so wütend
wurde."

„Du hattest jedes Recht, wütend zu werden. Du hast
dich benutzt gefühlt. Das werfe ich dir nicht vor. Ich gebe
mir selbst die Schuld."

„Es war nicht so sehr das – ich meine, irgendwie
schon. Aber mehr noch war es die Tatsache, dass ich kein
Wörtchen mitzureden hatte. Weißt du? Als wäre ich selber
nicht in der Lage, mitzubestimmen. Mein Glück liegt nicht
einmal mehr in meinen Händen. Eric haut am Hochzeitstag
ab. Du sagst mir, wir können nicht zusammen sein und
dass das, was wir getan haben, falsch war. Ich verstehe,
warum du das gesagt hast, aber letztlich…Es *fühlte* sich
nicht falsch an, Gabe." Sie schaute ihn um Verständnis
flehend an.

„Es fällt mir schwer, es nicht so zu sehen – zumindest
fiel es mir schwer. Jetzt nicht mehr so."

„Nicht?"

Er lächelte. „Nein."

Es fühlte sich an, als hätte jemand am Thermostat
gedreht. Briannes Haut heizte sich auf. Ihre Atmung
beschleunigte sich, ihr Herzschlag wurde kräftiger. Alles
verlagerte sich irgendwie. Die Luft knisterte.

Er bewegte sich näher zu ihr, und sie hielt ihn nicht

auf, als er den Laptop zuklappte. „Ich schwöre dir, ich kam nicht deswegen hierher", murmelte er. Sein Atem war heiß auf ihrem Gesicht. „Ich kam nur hierher, um mich zu entschuldigen und die Sache auszudiskutieren."

„Was ist denn passiert, dass du es dir anders überlegt hast?", flüsterte sie bebend.

„Ich kann nicht in deiner Nähe sein, ohne dich zu begehren. Es war schon schlimm genug, bevor wir zusammen waren." Er küsste ihre Nasenspitze, ihre Stirn. „Alles was ich tun konnte, war, über dich zu fantasieren." Mit seinen Lippen strich er über ihr Kinn. Ihren Mund. Sie seufzte, dann teilten sich ihre Lippen. „Jetzt, da ich weiß, wie gut es ist…besser als jede Fantasievorstellung…" Er küsste sie wieder, diesmal berührte er mit seiner Zunge ihre. Brianne stöhnte auf. „Es ist unmöglich für mich, von dir wegzubleiben. Du bist wie eine Droge. Ich kann nicht genug bekommen."

„So geht es mir auch", hauchte sie, dann schnappte sie nach Luft, als er mit seiner Hand ihren Hals und ihre Schultern liebkoste. Sie schloss die Augen und ließ zu, dass er sie verführte. Sie hatte dies auch nicht geplant, aber jetzt, da er damit angefangen hatte, gab es für sie keine Möglichkeit, ihn aufzuhalten.

Mit immer noch geschlossenen Augen lehnte sie den Kopf zurück und stöhnte auf, als Gabe mit seinem Mund langsam an ihrem Hals hinunterwanderte. Er berührte sie kaum, es gab fast keinen Kontakt, als sein Mund über sie streifte. Es schmerzte sie beinahe, wie sehr sie ihn brauchte. Mehr als in jedem Traum, mehr als in jeder

Fantasievorstellung. Er entflammte sie, er erregte sie, und sie wurde von Begierde gepackt.

Während er sie erforschte, leckte er mit seiner Zunge immer wieder auf sanfteste Art an ihr. Sie schrie leise auf und ließ sich immer tiefer und tiefer in seinen Zauber fallen.

„Das fühlt sich so gut an", stöhnte sie und staunte darüber, wie unglaublich es war, von Gabe berührt zu werden. Ihr Körper hatte noch nie solche Empfindungen gehabt, nur wenn Gabe ihr Vergnügen schenkte, fühlte es sich so an.

„Du schmeckst so gut. Ich brauche mehr", flüsterte er, und dabei zog er sie an den Hüften so heran, dass sie auf dem Sofa ausgestreckt lag. Er kniete sich auf den Boden und beugte sich über sie.

Er küsste sie erneut, langsam, und ließ seine Hand über ihren flachen Bauch tanzen. Brianne wand sich unter ihm, bog sich ihm entgegen. Als er mit seinen Fingern unter ihr Mieder glitt, erschauerte sie, dann stöhnte sie auf, als er den dünnen Stoff hochschob und ihre Brüste freilegte.

„So wunderbar", flüsterte er, saugte seine Unterlippe zwischen die Zähne, während er mit seiner Hand leicht mit ihren Brüsten spielte. Ihr Stöhnen steigerte sich, so wie auch ihre Erregung anwuchs, während seine Hand kunstfertig über sie glitt.

Seine Hand wurde durch seinen Mund ersetzt, und seine Zunge zeichnete wirbelnde Kreise über ihre steif aufgerichteten Brustwarzen. Langsam, fast schmerzhaft langsam. Ihre Sehnsucht steigerte sich ins Unermessliche. Wusste er, was er ihr damit antat?

Natürlich wusste er das. Und je mehr sie wimmerte und flehte, je mehr sie ihn drängte, desto langsamer wurde er. Er wollte wissen, wie weit er sie bringen konnte, ehe sie explodierte.

Während er mit seiner Zunge leckte, glitt seine Hand über ihren nackten Oberkörper hinab und streifte ganz leicht über den Streifen Haut knapp oberhalb ihres Hosenbundes. Ihre Hüften kreisten, ihre Beine hielt sie zusammengedrückt, um einigen Druck, der sich zwischen ihnen aufgebaut hatte, zu lindern. Sie war höchst erregt, brannte vor Sehnsucht nach seiner Berührung.

„Oh, Gott!", schrie sie aus und wölbte ihren Rücken, als er mit seinen Fingerspitzen unter ihren Hosenbund glitt und mit seinem Mund eine Brustwarze umschloss und daran saugte. Er befand sich kurz vor ihrem Venushügel, nah, aber noch so weit. „Bitte...bitte...berühre mich...", bettelte sie.

Als er ihre Hose herunterzog, seufzte sie tief. Mit seiner Hand glitt er zwischen ihre Beine, über die Spitze ihres Höschens und massierte sie mit vor- und zurückschnellenden Fingern. Brianne breitete die Beine aus und schob die Hüften hoch, um seinen Fingern zu begegnen. Sie brauchte mehr.

„Härter...bitte!"

Er schmunzelte nur und bahnte sich leckend seinen Weg zu ihrem Bauch. Mit seiner Zunge zog er eine Spur von einer Hüfte zur anderen und brachte sie so dazu, sich ihm entgegenzuwölben, aufzuschreien und um mehr zu bitten. Als er mit seinen Fingern unter den Gummizug glitt und den Slip herunterzog, starb sie beinahe vor Erleichterung.

Aber er war noch nicht fertig. Nun streiften seine Finger außen an ihrer Scheide entlang, die glitschig von ihren Säften war. Brianne wurde still, das keuchende Atmen war das einzige Geräusch, das man hörte, während sie sich voll auf ihr Vergnügen konzentrierte. Mit geschlossenen Augen bewegte sie ihre Hüften im selben Rhythmus wie seine Hand behutsam streichelte. Wenn er doch niemals aufhören würde…

„Willst du mehr, Schatz?", murmelte er und leckte auf köstlich erregende Weise immer tiefer, bis seine Finger ihre Schamlippen auseinanderteilten.

„Ja!", rief Brianne, während ihr Kopf von einer Seite zur anderen fiel. „Lecke mich, bitte, Gabe!" Als er mit seiner Zunge den Kontakt mit ihrem harten Bündel von Nerven zwischen ihren Beinen machte, schrie sie beinahe.

Ihm schien es über alle Maßen zu gefallen, wie er sie leckte und ihre Klitoris mit seiner Zunge reizte. Er achtete genau auf ihre Reaktionen und blieb bei der Berührung, bei der sie am lautesten schrie. Das war besser als alles, was sie je gespürt und gefühlt hatte, und bevor ihr klar war, was passierte, hatte er sie mit seiner Zunge zum Höhepunkt gebracht.

„Ja! Gabe! Oh, Gott!" Ihr Körper erschauerte vor Wonne und sank dann in die Kissen zurück. Alles was sie hörte, war ihr keuchendes Luftschnappen und sein schweres Atmen. Sie wusste, dass er sie wollte und brauchte, das merkte sie durch die Art und Weise, wie er keuchte, während er sie leckte, als sie vom höchsten Gipfel der Lust zurückkam.

Ihr Handy klingelte, aber sie achteten beide nicht darauf.

„Bitte", bettelte sie, und als sie die Augen öffnete, sah sie, dass er sie voll Begierde anstarrte. „Bitte, nimm mich..."

Schnell zerrte er seine Kleidung runter. Dann war er in ihr, füllte sie so vollständig aus, dass er ihre Welt auf den Kopf stellte, während er sich in sie hinein und heraus bewegte. Ihre Körper passten perfekt zusammen, und sie harmonierten bei jedem Stoß wunderbar.

„Das ist es...tu es...ja...", flüsterte sie voll Inbrunst, während sie ihm in die Augen starrte. „Gib mir alles..."

Briannes Festanschluss fing zu läuten an, aber natürlich beachteten sie auch das nicht.

Gabe hielt ihre Handgelenke über ihrem Kopf fest und nahm sie auf grobe Weise. Ihr gefiel es sehr, und sie gab die Kontrolle auf, ließ zu, dass er sie benutzte. Sie bewegte sich an ihm genauso hart und holte sich ihr Vergnügen von ihm, während er sie ritt.

„Gabe! Oh, ja!", schrie sie, und sie wurde von einem weiteren Orgasmus erfasst, während er weiterhin in sie stieß, nicht nachließ, nicht langsamer wurde, mit kraftvollen Stößen ächzend ihre beiden Körper zueinander brachte.

Seine Ächzlaute trieben sie an, fachten ihre

Leidenschaft an, und das Wissen, dass er ihre ungestüme Verbindung genauso liebte wie sie, berührte sie weit mehr als der rein körperliche Akt. Tief drinnen im Herzen entstand so das Gefühl, dass sie füreinander bestimmt waren. Sie schrie erneut auf, als sich ein weiterer Orgasmus aufbaute, der diesmal noch stärker war als die anderen. „Das ist es, Baby, mach es so, dass ich für dich komme", stöhnte sie, gerade auf der Schwelle...

Briannes Anrufbeantworter gab ein Signal. Und dann ertönte die Stimme eines Mannes in der Leitung.

Sie riss die Augen auf und begegnete Gabes von Panik gezeichnetem, erstarrten Blick.

Es war Eric.

KAPITEL SIEBZEHN

„Oh, Scheiße", murmelte Gabe, als er aus Brianne herausglitt. Vor lauter Panik ging seine Erektion bereits zurück. Er zog seine Hose hoch.

Gabes schlimmster Alptraum war wahr geworden. Wie viele Male hatte er sich Sorgen gemacht, dass Eric herausfinden könnte, was er für Brianne empfand?

Zugegeben, Eric hatte nur eine Nachricht auf dem Anrufbeantworter hinterlassen und konnte unmöglich wissen, was gerade geschah. Außer er hatte vorbeikommen wollen und Gabes Auto vor der Tür gesehen. Oder er hatte sie durch die Eingangstür gehört…

Nur undeutlich wurde ihm bewusst, dass Eric aufgehört hatte, zu sprechen.

Er schaute Brianne an. Ihr Gesicht war blass, aber sie hatte ihren Blick abgewandt, während sie ihr Top herunterzog und ihren Slip anzog. Schließlich schaute sie ihn doch an, und als sie das tat, brach ein bitteres Lachen aus ihr hervor.

Eine Bitterkeit an der Grenze zu Hysterie. „Gott, wenn du jetzt nur dein Gesicht sehen könntest!"

Er hatte es vergeigt, hatte sich so schnell aus ihr

herausgezogen und von ihr wegbewegt, als wäre ihre Berührung Gift. Aber er hatte nicht klar denken können. Allerdings konnte er es nicht ertragen, sie so verzweifelt und erschüttert zu sehen. Wieder einmal verlassen. „Brianne", sagte er und wollte sich auf sie zu bewegen.

Abwehrend hob sie die Hand. „Nein! Komm nicht näher!" Ihre Stimme war scharf wie ein Diamant, der Glas zerschnitt. „Rede dir selber das ein, was du brauchst", sagte sie. „Was dich auch immer dazu bringt, dich besser zu fühlen. Rede dir ein, du hättest versucht, das Richtige zu tun, und ich hätte dich dazu verführt, wieder mit mir zusammen zu sein."

„Warum sollte ich mir das einreden?", bellte er. „Das ist nicht wahr."

„Nein, wahr ist allerdings, dass du immer noch denkst, ich wäre Erics Mädchen. Denn sobald du seine Stimme hörtest, konntest du nicht schnell genug von mir wegkommen."

„Brianne, bitte! Du musst verstehen—"

„Ich verstehe vollkommen, Gabe. Und ob der Grund ist, dass du dich schuldig fühlst, weil du Eric sein Mädchen weggenommen hast, sogar erst nachdem er mich stehen gelassen hatte, oder ob du Angst davor hast, dich mir vollständig hinzugeben, weil Eric zurückkommen könnte und ich dann ihn wählen würde, egal, ich kann das nicht mehr tun."

Gabe knirschte mit den Zähnen, nicht imstande, abzustreiten, dass er diese beiden Dinge gefühlt hatte.

„Brianne, offenbar streckt Eric die Hand nach dir aus,

was bedeutet, dass er bereit ist, zurückzukommen. Und wenn er das tut, können wir uns zusammensetzen. Wir können die Sache ins Reine bringen."

„Gabe", sagte sie, und mit einem Mal klang ihre Stimme erschöpft und leise. „Glaubst du das wirklich? Wir haben uns sechs Jahre lang voneinander ferngehalten wegen deiner Freundschaft mit Eric. Ich mag ihn immer noch. Ich will ihn nicht komplett verlieren. Und er ist dein *bester* Freund. Was, glaubst du, wird passieren? Selbst wenn er gnädigerweise beiseitetritt, wirst du wirklich gewillt sein, mich in aller Öffentlichkeit für dich zu fordern? Vor seiner Familie? Vor seinen Freunden? Vor deinen Freunden?"

Ihre Worte erfüllten ihn augenblicklich mit Scham und Panik. Zugegeben, es ging niemanden etwas an, was zwischen ihnen dreien passiert war, und wenn sie es ins Reine bringen konnten, war das das Einzige, was wichtig war. Aber als er es sich auszumalen versuchte – Händchen halten mit Brianne, öffentliche Liebesbekundungen zwischen sich und Brianne – vor Menschen, die wussten, dass er seinem besten Freund das Mädchen weggeschnappt hatte, überkam ihn ein Gefühl des Unbehagens.

Brianne, die das offensichtlich mitbekam, lächelte traurig. „Nein. Du hattest Recht. Eric wird immer zwischen uns stehen."

„Bri—" Er wusste, was er sagen sollte: Ja, Eric war sein bester Freund, aber er liebte Brianne. Und wenn er sich zwischen beiden entscheiden müsste, würde er sich für sie entscheiden. Er würde sich dafür entscheiden, sein ganzes Leben mit ihr zu verbringen.

Aber wie könnte er das? Sie könnte sagen, dass sie sich für ihn, Gabe, entscheiden würde, dass er alles war, was sie je gewollt hatte, aber das war leicht gesagt, wenn Eric nicht anwesend war. Wie sie schon gesagt hatte, ein Teil von ihm hatte schlichtweg Angst, was geschehen würde, wenn Eric zurückkam. Vielleicht würde sie zu der Erkenntnis gelangen, einen Fehler gemacht zu haben. Erkennen, dass ihre Fantasievorstellungen eben bloß Fantasievorstellungen gewesen waren.

Bis Brianne Eric nicht von Angesicht zu Angesicht gegenübergestanden war, konnte sie keine realistische Wahl treffen und Gabe gegenüber Eric den Vorzug geben.

Gabe schloss die Augen. Urplötzlich traf ihn die Erkenntnis, wohin Eric verschwunden sein könnte, wie ein Blitz. Mit allem, was passiert war, hatte er den einen Ort vergessen, den Eric immer als sein Zuhause betrachtet hatte, sogar mehr als Los Angeles. Oder, was wahrscheinlicher war, Gabe hatte es einfach vorgezogen, dies zu vergessen, weil er diese Zeit mit Brianne hatte verbringen wollen.

Als er die Augen wieder aufschlug, war Brianne bereits zur Eingangstür gegangen und hielt sie nun weit auf. „Geh bitte, Gabe!"

Schweren Herzens trat Gabe auf sie zu und starrte sie an. Dann beugte er sich vor und küsste ihre Stirn. „Ich werde das in Ordnung bringen, Brianne, das verspreche ich dir. Ob es letzten Endes darauf hinausläuft, dass du und ich zusammenkommen werden, kann ich nicht sagen. Noch nicht. Aber ich werde sicherstellen, dass wir die nötigen Entscheidungen ein für allemal fällen können."

Einen Augenblick lang schaute sie verwirrt drein. Interessiert. Doch dann schüttelte sie den Kopf. „Auf Wiedersehen, Gabe!"

Er verabschiedete sich nicht, und er hoffte, sie würde das verstehen, als er mit einem letzten Blick durch die Tür ging und sie leise hinter sich schloss.

Sekundenbruchteile später hörte er sie weinen. Seine Arme sehnten sich danach, sie festzuhalten und zu trösten.

Doch das konnte er noch nicht tun.

Er musste eine Flugreise antreten.

* * *

Gabe brachte seinen Wagen vor einer Farm in Buffalo Falls in Montana zum Stehen.

Es war erst zwei Tage her, seitdem er Briannes Wohnung verlassen hatte, wo sie in Tränen ausgebrochen war, die ihm das Herz zerrissen. Brianne fehlte ihm an allen Enden. Sein Körper sehnte sich nach ihr. Er wollte ihre Stimme hören und ihre weiche Haut berühren. Er wollte von ihr verstanden werden. Er wollte die starke Verbindung mit ihr spüren, so wie er es immer gespürt hatte, wann auch immer sie beisammen waren.

Er starrte das Telefon an, hielt sich aber wieder einmal davon ab, sie anzurufen.

Er hegte nach wie vor die Hoffnung, wieder mit ihr

zusammenzukommen. Aber das konnte nicht ohne Erics
Hilfe funktionieren.

Nicht ohne seine Erlaubnis. Nicht ohne seine Hilfe.

Hilfe in der Form, dass er seinen Hintern hochbrachte
und zu Brianne zurückkehrte, um die Sache
auszudiskutieren. Brianne brauchte die Alternative, Eric
von Angesicht zu Angesicht zu fragen, ob er bei ihr
bleiben wollte oder nicht, und das war nicht möglich,
solange Eric ihr diese Alternative nicht bot.

Als Gabe ausstieg, befand er sich auf einmal wieder in
der Vergangenheit, an jenem Tag, als er den
Familienbesitz von Jamie und Brianne auf Coronado
Island zum ersten Mal gesehen hatte. Er war
eingeschüchtert gewesen. War sich wie ein Außenseiter
vorgekommen. Vor allem Eric stammte aus einer ähnlich
wohlhabenden Familie, und von daher war es einfach für
Gabe gewesen, sich sechs Jahre lang einzureden, dass Eric
der bessere Mann für Brianne sei.

Dennoch, als die Tür des Farmhauses aufging und
Eric herauskam, konnte Gabe nur Eines denken: Trotz
allem sah Eric in seiner Jeans und dem T-Shirt besser aus,
so als fühlte er sich tatsächlich heimisch und daheim, als in
Anzug und Krawatte, was er normalerweise in L.A. immer
trug. Außerdem sah Eric verdammt gut aus, auch wenn er
eine ernste Miene aufgesetzt hatte. Sich mehrere Wochen
auf der Farm aufzuhalten, hatte ihm wahrlich gut getan, so
schien es.

Er gehört hierher, dachte Gabe bei sich.

Und in dem Moment traf ihn die Erkenntnis, dass er

ihnen allen einen wahren Bärendienst erwiesen hatte mit der Annahme, dass nur weil Eric und seine Familie reich waren, Eric der bessere Mann für Brianne sei. Und auch mit der Annahme, dass *Brianne* die perfekte Frau für Eric sei. In seinem Bemühen, seine wahren Gefühle für sich zu behalten, hatte Gabe Eric niemals wirklich viele Fragen über seine Beziehung gestellt, einschließlich der Frage, ob Eric irgendwelche Zweifel oder Bedenken vor der Hochzeit hätte. Er hatte Eric nicht gefragt, ob er in dieser Spanne seines Lebens glücklich war, mit seiner Arbeit für die Firma seines Vaters und mit seinem Leben in Los Angeles. Er hatte einfach angenommen, er wäre es.

Vielleicht hatte er sich getäuscht. Vielleicht war Eric mit seinem Leben nicht glücklich gewesen. Vielleicht, nur vielleicht, hatte er die Hochzeit abgesagt, weil er sich *nicht* sicher gewesen war, ob *er* Brianne heiraten wollte. Gabe wusste, wie schonungslos und starrköpfig Eric sein konnte. Selbst wenn Brianne in ihren Träumen Gabes Namen gesagt hatte, ergab es keinen Sinn, dass Eric einfach beiseitetreten würde. Er würde um die Frau kämpfen, mit der es ihm bestimmt war, wahrhaftig zusammen zu sein.

„Ich nehme an, du weißt über die Träume Bescheid", sagte Eric, der endlich zu reden anfing. Er kam die Stufen von der Eingangsveranda herunter und Gabe entgegen.

Gabe räusperte sich. „Wie kommst du jetzt da drauf?"

Eric lächelte. „Wenn das nicht der Fall wäre, würdest du gegen mich wettern, weil ich Brianne an ihrem Hochzeitstag stehen gelassen habe. Die Tatsache, dass du das nicht tust, beweist mir, dass du dich schuldig fühlst.

Denn damit kennst du einen Teil des Grundes, warum ich das tat."

„Einen Teil des Grundes?", wiederholte Gabe benommen.

Eric seufzte. „Genau. Ein Teil des Grundes. Denn so sehr es mich auch ankotzte, zu hören, wie sie deinen Namen schrie, hätte ich doch auch damit umgehen können, wenn ich gedacht hätte, dass es bloß eine sexuelle Fantasie wäre. Aber es war nicht nur eine sexuelle Fantasie, nicht wahr, Gabe?"

Gabe verschränkte die Arme vor seiner Brust. „Was willst du damit sagen, Eric?"

„Ich sage, ich weiß, dass Brianne starke Gefühle für dich hat, Gabe. Gefühle, die mehr als nur die körperliche Ebene betreffen. Und ich sage, ich weiß, dass du die gleichen Gefühle für sie hast."

Als Gabe nichts dazu sagte, fuhr Eric fort. „Gemäß allen Naturgesetzen schätze ich, sollte ich dir jetzt in den Hintern treten."

„Das schätze ich auch", sagte Gabe. Eric könnte es versuchen, wenn er wollte. Gabe würde sogar zulassen, dass er einige Treffer landete. Er würde seinem Freund die Genugtuung geben. Das war das Mindeste, was er tun könnte.

„Nur wissen wir beide, dass du mich in einem fairen Kampf – und nicht in einem, bei dem du mich aus Schuldgefühlen heraus gewinnen lässt – in Grund und Boden prügeln könntest. Die Frage ist: Habt ihr beide die letzten paar Wochen genutzt, um endlich herauszufinden und zuzugeben, welche Gefühle ihr füreinander empfindet, oder war das alles umsonst? Denn wenn Letzteres der Fall sein sollte, dann ist es mir egal, ob du mich in Grund und Boden schlägst. Ich werde dir ein für allemal Vernunft einbläuen!"

KAPITEL ACHTZEHN

Die zwei Wochen vor der Glamping-Veranstaltung waren für Brianne die längsten Wochen ihres Lebens gewesen, aber letztlich war sie froh um die Ablenkung. So war es für sie leichter, die Tatsache zu ignorieren, in welch furchtbarem Durcheinander ihr Privatleben sich befand.

Wie war nur alles so schnell wieder zunichte gemacht worden? In einem Augenblick war sie noch bereit, vor den Traualtar zu treten, im nächsten Augenblick war die Sache daneben gegangen. Dann hatte sie gedacht, sie stünde am Rande einer großartigen Möglichkeit mit Gabe, aber das hatte sich als weiteres Hirngespinst erwiesen.

Sie hatte immer noch nicht mit ihm gesprochen, da sie es vorzog, für sich zu bleiben, während sie sich über ihre Gefühle klarwerden wollte. Sie kontaktierte weiterhin lieber Gabes Sekretärin. Ihr ging es hundeelend, weil sie ihn so aussperrte, obwohl er derjenige war, der zusätzliche Anstrengungen unternahm, um zu garantieren, dass ihre Veranstaltung absolut fantastisch werden würde, aber sie konnte sich momentan einfach nicht mit noch irgendetwas anderem rumschlagen.

Und das beinhaltete auch Eric.

Sie hatte ihn niemals zurückgerufen. Sie hatte nicht einmal die Sprachnachricht abgehört, die er auf dem Anrufbeantworter hinterlassen hatte. Sie hatte sie gelöscht, sobald Gabe gegangen war.

Sie hatte beschlossen, dass sie mit Halbheiten fertig war.

Um Gottes willen, er hatte ihr schriftlich mitgeteilt, dass er sie am Altar stehenlassen würde. Wenn er die Sache mit ihr ausdiskutieren wollte, dann müsste er dies schon von Angesicht zu Angesicht tun.

Und bis dies geschah, konnte sie sich nicht mit ihren Gefühlen für Gabe befassen.

In diesem Sinne hatte sie Gabe am Tag nachdem sie ihn aus ihrer Wohnung geschmissen hatte, eine Textnachricht geschickt, auch wenn sie die Ironie der Sache erkannt hatte.

Ich muss gerade eine Menge durchdenken. Es wäre das Beste, wenn ich mich vorerst auf die Veranstaltung konzentrieren könnte. Ich verstehe, wenn du einen Rückzieher machen willst – gib mir einfach Bescheid, damit ich andere Pläne machen kann.

Während sie auf seine Antwort gewartet hatte, hatte sich ihr Magen mehrmals langsam und schmerzhaft überschlagen. Als die Antwort dann endlich kam, traten ihr Tränen in die Augen.

Arbeite mit meiner Assistentin! Aber ich bin da, wenn du mich brauchst, Brianne. Immer!

Das war so typisch für ihn: kurz, nett und direkt zur Sache. Dann hatte sie losgelegt, mit Höchstgeschwindigkeit.

Sie hatte auch wirklich jeden Funken Konzentration gebraucht. Gabes Idee, für diesen Tag Kochschüler anzuheuern, war ein genialer Einfall gewesen. So konnte sie Geld sparen, und gleichzeitig hatte sie eine große Auswahlmöglichkeit von verschiedenen Köchen gehabt. Sie hatte sich mit dem Dekan der renommiertesten Kochschule der Stadt zu einem Gespräch getroffen. Sie hatte mit den talentiertesten Studenten Bewerbungsgespräche geführt – und hatte der Schule im Gegenzug für den erwiesenen Gefallen eine beträchtliche Spende in Aussicht gestellt. Sie hatte nie eine Wie-du mir-so-ich-dir-Lösung gewollt, aber es war mittlerweile eine Entscheidung über Leben und Tod von *Lavish Events* geworden.

Abgekupfert von der Idee mit den Kochstudenten, hatte Evie Musikstudenten interviewt und mehrere gefunden, von denen sie durchaus beeindruckt gewesen war. Sie würden die Show so aufziehen, dass diese Studenten die besten und vielversprechendsten Talente seien.

„Ich habe noch eine bessere", sagte Brianne an Evie gewandt. Bis in die frühsten Morgenstunden hatten sie sich in Bris Büro Gedanken gemacht, hatten sich vom Chinesen Essen bestellt, waren auf und ab gewandert und hatten Ideen in den Raum geworfen.

„Ich bin ganz Ohr", erwiderte Evie, die mit dem Gesicht nach unten auf dem Sofa lag.

„Wie wäre es, wenn wir bei Musikstudenten,

Tanzstudenten, Theaterstudenten und Filmstudenten anfragen. Die ganze Veranstaltung könnte dann darum kreisen, Geld zu spenden, um die kreativen Künste in den Schulen von Los Angeles zu unterstützen?"

Ruckartig setzte sich Evie mit begeisterter Miene auf. „Ja! Genau, das ist es!"

Sie sprangen auf und nieder und tanzten durchs Zimmer.

Brianne wusste nicht, wie es geschah, aber plötzlich weinte sie. Sie schluchzte vor Kummer, der ihr das Herz zerriss.

„Ach, Süße", flüsterte Evie und zog Bri in ihre Arme.

Bri klammerte sich an ihre Freundin und ließ ihr Gesicht an deren Schulter sinken. „Er fehlt mir, Evie. Mir fehlen alle beide."

„Ich weiß, Süße. Ich weiß." Und auch wenn Evie Brianne festhielt, schaukelte und tröstete, sagte sie ihr nicht, dass alles okay sein würde.

Denn Evie, Gott segne sie, war ehrlich bis zum Gehtnichtmehr.

* * *

Drei Tage vor dem großen Ereignis rief Briannes Mutter an. „Liebling, es geht das Gerücht, dass Lelands Veranstaltung Weltklasse sein wird."

„Mom, wenn ich es nicht besser wüsste, würde ich meinen, du wärst auf seiner Seite", grummelte Brianne, während sie einige der Pluspunkte zusammensuchte, die sie und Evie sich ausgedacht hatten.

„Bin ich nicht! Ich versuche, dich zu warnen. Als ich vorhin im Schönheitssalon war, hörte man allerlei Geflüster über seine Veranstaltung. Das ist alles, was ich sage. Ich will dafür sorgen dass du gewinnst."

„Danke, Mom, aber ich kann jetzt nur noch wenig tun. Es sind nur noch drei Tage Zeit. Ich kann nicht viel mehr tun als das, was ich bereits getan habe. Der Ball ist in der Luft."

„Ich kenn mich mit Sport überhaupt nicht aus, Liebes."

Brianne verdrehte die Augen. „Du weißt schon, was ich meine."

„Natürlich. Ich mach doch nur Spaß. Gibt es irgendetwas, wobei du Hilfe brauchst, ich meine überhaupt irgendetwas?"

Brianne wusste, dass ihre Mutter es ernst meinte, und lächelte. Schließlich hatte sie das Event-Management von ihrer Mutter gelernt. Keiner in ganz Südkalifornien konnte eine Veranstaltung so gut auf die Beine stellen wie Kathleen Whitcomb.

„Ich glaube, ich habe die Sache gut im Griff, Mom, aber es wäre toll, wenn du vorbeikommen könntest, damit ich sicher sein kann, dass ich nichts vergessen habe. Solange ich darauf vertrauen kann, dass du alles für dich behältst!"

„Ich gebe dir mein Wort, Liebling. Ich werde um die Mittagszeit da sein."

Brianne legte auf, schob die Ärmel hoch und steckte

ihre langen Locken mit einer Spange fest, ehe sie sich wieder an die Arbeit machte. Evie und sie setzten kleine Baumsämlinge in Miniatur-Jutetaschen, banden dann ein Band oben an jede Tasche mit einem Schildchen. Auf der einen Seite stand ‚Danke‘, und auf der anderen befanden sich die Pflanzanweisungen.

„Dies wird wirklich die Herzen der ökologisch gesinnten Menge ansprechen", merkte Evie an, während sie weiterarbeiteten. „Damit wirst du einige Pluspunkte sammeln."

„Schätzchen, ich werde mir auf jede erdenkliche Weise Punkte verschaffen", lachte Brianne.

Evie verfiel in Schweigen, und Brianne bemerkte ihren lauernden Blick.

„Heraus mit der Sprache!", sagte sie ungeduldig. „Was willst du mich fragen?"

„Wann werden die Jurten und alles andere aufgebaut?"

„Am Freitagmorgen. Es wird alles zu dem Veranstaltungsplatz transportiert, und Gabes Team stellt es auf."

„Er ist ziemlich cool, wie?"

Das war es also. „Gabe? Ja, er ist cool." Brianne lächelte in sich hinein, stellte sich absichtlich begriffsstutzig, um Evie verrückt zu machen.

„Wie zum Beispiel, dass er wegen dieser ganzen Sache nicht beleidigt ist."

„Wegen was?"

„Du weißt schon, er hätte dir auch sagen können, dich

zu verpissen, nachdem du ihn rausgeschmissen hast."

„Manchmal wünsche ich mir, ich hätte dir lieber nichts davon erzählt", grummelte Brianne.

„Das hast du aber."

„Tja, du findest also, er hätte mich danach fallenlassen sollen?"

„Oh, Gott, nein! Ich sage nur, dass die meisten Kerle das getan hätten."

„Naja, Gabe ist eben nicht so wie die meisten Kerle."

„Ich weiß. Und deshalb ist er cool."

Bri lächelte in sich hinein. „Ich weiß. Das ist er." *Unter anderem.*

„Was wirst du seinetwegen unternehmen?", fragte Evie schließlich.

„Ich wartete schon, wie lange das dauern würde, bis du das fragst!", lachte Brianne.

Evie warf eine Mini-Jutetasche auf sie.

„Ich weiß es nicht. Wirklich nicht. Ich möchte wirklich mit Gabe zusammen sein, aber es hat den Anschein, dass unsere Chance verstrichen ist, weißt du? Eric ist sein bester Freund, und Gabe wird immer das Gefühl haben, als hätte er mich ihm irgendwie weggenommen. Das ist keine gute Basis, um eine Beziehung anzufangen."

„Aber, Brianne—"

„Bitte, Evie! Können wir einfach nicht darüber sprechen? Momentan will ich mich nur auf die Arbeit konzentrieren. Bitte?"

Evie starrte sie mehrere Sekunden lang an, dann

nickte sie. „Klar, Brianne. Wir werden uns auf die Arbeit konzentrieren. Aber irgendwann wirst du dich damit auseinandersetzen müssen."

Warum? dachte Brianne. Warum sollte sie diejenige sein, die sich mit der Sache auseinandersetzte, wenn Eric und Gabe es sich leicht gemacht hatten?

Sie seufzte, und während der nächsten Stunde arbeiteten Evie und sie relativ schweigend. Schließlich tauchte Briannes Mom auf, und nachdem Kathleen Whitcomb über die Einzelheiten informiert worden war, gab sie der Veranstaltung grünes Licht.

„Hast du auch Vorkehrungen getroffen, falls jemand gewisse Diätvorschriften einhalten muss?"

„Natürlich, Mom. Das ist nicht meine erste Veranstaltung."

„Ja, ja, ich weiß." Kathleen überflog die Verträge. „Die Vorführungen. Nichts zu…Ausgefallenes?"

Brianne lachte. „Glaub mir, Mom. Jeder, der eingebunden ist, weiß genau, welche Art Leute kommen wird und welcher Art die Verbindungen sind, die diese Leute haben. Und die Direktoren der beteiligten Schulen wissen, dass die finanziellen Zuwendungen, die ich leisten werde, davon abhängen, wie zufrieden ich mit ihrer Arbeit bin. Die Gäste werden begeistert sein."

Sie zeigte ihrer Mutter die Liste all der Lieder, die gespielt werden würde, digitale Versionen der kurzen Filme, die gezeigt werden sollten, die Theaterszenen, die von den Theaterstudenten aufgeführt werden würden, und die Aufzeichnungen der Tänze, die präsentiert werden würden. „Ich habe jede Richtung abgedeckt."

„Wie wäre es mit einer Stillen Auktion?"

„Wir haben zwei Dutzend Gegenstände. Evie hat unermüdlich gearbeitet, um die Objekte zusammenzukriegen." Ihre Stimme wurde zu einem Flüstern. „Ich glaube, sie verdient eine Gehaltserhöhung."

„Ich bin beeindruckt", sagte Kathleen und drückte Brianne aufmunternd am Arm. „Was gibt es sonst noch für Aktivitäten?"

„Krocket, Pferdereiten, Kanufahren und Wandern. Lagerfeuer bei Nacht, Musik, Tanz, sogar geröstete Marshmallows in Käsekekssandwiches mit Schokolade."

Kathleen lachte. „Das werden sie lieben. In die Kindheit zurückversetzt werden, ist einfach der Knaller, das wollen doch alle. Dies wird denkwürdig werden. Selbst wenn du nicht gewinnst – was allerdings außer Frage steht – wird das eine Veranstaltung werden, über die die Menschen noch lange Zeit sprechen werden."

„Das hoffe ich", murmelte Brianne. „Lieber so, als dass sie aus anderen Gründen über mich sprechen."

Der Gesichtsausdruck ihrer Mutter wurde ernst, und plötzlich umfasste sie Briannes Gesicht. „Ich bin so stolz auf dich. Weißt du das?"

Briannes Augen wurden feucht. Sie nickte.

„Am stolzesten bin ich darauf, wie du deinem Herzen folgst. Und wenn dein Herz dich zu Eric zurückführt oder zu jemand anderem, dann vertraue darauf, Brianne!"

Brianne kniff die Augen zusammen. Hatte ihre Mutter irgendetwas über sie und Gabe in Erfahrung gebracht?

„Mom, was willst du damit sagen?"

„Ich sage, kämpfe um ihn, Brianne! Wer er auch sein mag."

KAPITEL NEUNZEHN

Am Tag von Briannes großer Veranstaltung stand Gabe bei Tagesanbruch auf. Es gab jede Menge zu beaufsichtigen, damit auf dem Campingplatz alles komplett aufgebaut und vorbereitet wäre, wenn die Gäste am Abend eintreffen würden. Und während es für ihn angenehm war, seine Sekretärin in den Wochen vor der Veranstaltung als Vermittlerin mit Brianne agieren zu lassen, würde er den eigentlichen Aufbau nicht verpassen wollen. Das war zu wichtig, als dass er es jemand anderem überlassen konnte.

Egal was geschehen würde, Gabe würde garantieren, dass die Veranstaltung der Triumph werden würde, den Brianne verdiente.

Alle Vertragspartner würden sich in Gruppen bei seinem Büro treffen, bevor sie mit Essen und Getränken, Jurten, Generatoren, Ausstattung, Beleuchtung, Waschzelten, den Bühnen- und Tanzflächenaufbauten zum Ort des Geschehens fahren würden. Bri würde bei seinem Büro zurückbleiben, um die Ankunft und Abfahrt zu beaufsichtigen und zu kontrollieren, dass alles in Ordnung war.

Gabe dagegen würde sich am Campingplatz aufhalten, um den korrekten Aufbau zu bewachen. Er würde alles unternehmen, um den Erfolg dieses Unternehmens sicherzustellen. Brianne hatte so viel Mut und Tatkraft bewiesen, als sie diese Idee aufgebracht hatte, obwohl sie doch die freie Natur so sehr verabscheute. Sie war gewillt, alles zu tun, um ihre Firma zu retten, sie war sogar das immense Risiko eingegangen, die höheren Gesellschaftsschichten mit der Idee des Glampings bekanntzumachen.

Während den zwei Wochen hatte er mit ihr kein Wort gesprochen, ihr nicht einmal erzählt, dass er Eric gesehen hatte.

Auch wenn offensichtlich geworden war, dass Eric die Stadt verlassen hatte, um Gabe und Brianne die Chance zu geben, die Dinge zwischen sich ohne Erics Anwesenheit zu klären, so war der Besuch doch nicht nur eitel Sonnenschein gewesen. Eric hatte bestätigt, dass ihm die Entscheidung nicht leicht gefallen sei. Dass er immer noch verletzt und verwirrt war. Aber letzten Endes hatte er zugegeben, dass er sich in den Monaten vor der Hochzeit ruhelos gefühlt hatte und dass er eigentlich das wollte, was für Brianne und Gabe das Beste sei.

Er hatte auch gesagt, dass er nicht bereit sei, nach L.A. zurückzukehren.

Als Gabe mit ihm debattiert hatte, hatte Eric erste Anzeichen davon gezeigt, wie sauer er tatsächlich war.

„Schau, Gabe", hatte er gesagt. „Ich weiß, dass du willst, dass ich zurückkomme, damit Brianne mir gegenübertreten kann und dann dich wählen wird. Denn lass uns der Tatsache ins Auge sehen: Ich bin überzeugt, auch wenn du das nicht bist, dass genau das passieren wird. Normalerweise wäre ich gewillt, das zu tun, aber momentan habe ich das Gefühl, dass ich genug für euch beide getan habe, findest du nicht? Ich finde, es wird verdammt nochmal Zeit, dass ihr beide selber einige Risiken eingeht."

Gabe hatte sich augenblicklich grottenschlecht gefühlt. „Du hast Recht. Du hast genug getan, Eric. Es tut mir leid, dass ich so selbstsüchtig war."

Eric hatte sofort seinen Kopf geschüttelt. „Nein, mir tut es leid." Er strich mit einer Hand durch seine Haare. „Schau, es klingt so, als sollte sich Brianne momentan nur auf diesen großen Auftrag konzentrieren, von dem du mir erzählt hast. Wenn der erledigt ist, sollte ich bereit sein, ihr gegenüberzutreten. Gib mir noch Zeit bis dahin, um meinen Kopf frei zu bekommen, okay?"

„Klar, Mann. Klar. Ich hoffe bloß…ich hoffe, du weißt, wie viel du mir bedeutest. Wie viel mir unsere Freundschaft bedeutet. Wenn ich meine Gefühle irgendwie verändern hätte können, hätte ich das getan."

Eric hatte ein bitteres Lächeln gezeigt. „Ja. Nun, ich kann nicht sagen, dass ich dein Angebot nicht gern angenommen hätte, Gabe. Denn ich kann dir eines sagen: Der letzte Monat war definitiv Scheiße."

Danach hatten sie versucht, so zu reden wie sie es gewohnt waren, aber es war irgendwie unangenehm gewesen, und Gabe hatte gemerkt, dass Eric all das, was er sagen hatte wollen, gesagt hatte. Er war wieder abgefahren, und obwohl sie sich per Händedruck verabschiedet hatten, hatte Gabe immer noch die Spannungen zwischen ihnen gespürt.

Vielleicht hatte Brianne Recht gehabt. Es war zu viel, worauf sie hofften. Dass sie alles auf einmal haben könnten: Zusammensein und gleichzeitig auch eine starke Freundschaft mit Eric. Gabe hatte immer noch nicht herausgefunden, was er jetzt tun sollte. Natürlich müsste er das bald herausfinden. *Nach* Briannes großer Veranstaltung.

Er marschierte geradewegs auf das Campinggelände. Sein Truck war voll mit Werkzeug und rief ihm ins Gedächtnis, dass er sich nun voll auf die vor ihm liegende Aufgabe konzentrieren und nicht an sie denken sollte: Als ob dies möglich wäre. Wenigstens lief es am Vormittag, als es zu viel Arbeit gab, durch die sein Geist beschäftigt war, so, dass er nicht zum Denken kam.

„Gabe! Du hast Besuch!"

Du liebe Zeit, dachte er. *Als ob ich dafür jetzt Zeit hätte!* Er grummelte vor sich hin…und sah sich auf einmal Eric gegenüber.

„Du bist gekommen", stellte Gabe das Offensichtliche fest.

Eric, der immer noch legere Freizeitkleidung trug wie in Montana, lächelte. „Klar, es ist ein großer Tag. Sowohl für dich als auch für Brianne." Eric schaute sich um. „Das ist wirklich beeindruckend, Mann!"

„Danke!" Immer noch überrascht von Erics

plötzlichem Auftauchen, kämpfte er darum, was er sagen sollte. Um sich Zeit zu erkaufen, blickte er sich auch um. Innerhalb von fünf Stunden hatten sie das Gelände in so etwas wie aus Tausendundeiner Nacht verwandelt. Abends, wenn all die Laternen und blinkenden Lichter leuchteten, würde es atemberaubend sein. Es würde die Gäste ganz sicher beeindrucken. „Es wird großartig sein, wenn alles zusammenpasst", sagte er.

„Also. Können wir reden?", fragte Eric. „Denn es gab da einige Dinge, die ich dir nicht erzählt habe, als du mich besuchen kamst. Und ich denke, ich bin jetzt bereit dafür."

Die Lieferung des Essens und der Getränke hatte bestens geklappt. Gabe schnappte sich ein paar Flaschen Bier und bedeutete Eric, ihm zu einem ruhigen Bereich zu folgen, etwas weiter von dem geschäftigen Treiben entfernt.

Er zog für Eric einen Stuhl heraus und einen für sich selbst, dann machte er einige Bier auf.

„Erinnerst du dich, als ich den Witz machte, ich sollte dir in den Hintern treten?"

„Ja", sagte Gabe vorsichtig.

„Wenn überhaupt, dann solltest *du mir* in den Hintern treten." Eric wandte den Kopf ab, starrte in die Ferne. Die letzten Jurten wurden errichtet, Lichter wurden entlang des Wegs, der zum Fluss führte, angebracht, wo die Bühne für die Band aufgebaut worden war. „Ich hätte von vornherein schon gar nicht mit ihr zusammen sein dürfen."

„Wie?" Gabe kam sich vor, als hätte er einen Abstecher in die Grauzone gemacht. Er hatte einen Kampf erwartet, nicht dass sein Freund eine Rolle rückwärts machte und plötzlich toter Mann spielte. Das war absolut untypisch für ihn.

Anstatt zu antworten, stand Eric auf und stellte eine Frage. „Erinnerst du dich an den Tag, an dem du sie kennengelernt hast? Im Haus der Whitcomb?"

„Klar." Gabe hatte jenen Tag jahrelang in seinem Kopf Revue passieren lassen. Die Art und Weise, wie Bri in ihren abgeschnittenen Jeans und ihrem Top ausgesehen hatte. Die Art und Weise, wie sie gelächelt hatte. Wie sie eigentlich sofort einen Draht zueinander gefunden hatten. Sie hatte ihn innerlich entflammt. Wie sehr hatte er sie schon damals begehrt.

Eric war ihm in die Quere gekommen. Oder besser gesagt: Bris Mom war ihm in die Quere gekommen.

„Sie war wunderschön, nicht wahr?" Eric seufzte, schob seine Hände in die Hosentaschen und rollte sich auf seinen Fußballen vor und wieder zu seinen Fersen zurück. „So in etwa du-raubst-mir-den-Atem-superfantastisch. Wer würde sich nicht in sie verknallen?"

Gabe zuckte mit den Schultern, da er sich ja in sie verknallt hatte.

Eric drehte sich um und schaute ihm in die Augen. „Ich ließ zu, dass Frau Whitcomb Bri unter Druck setzte, mit mir auszugehen."

Gabe schnaubte. „Als ob du eine Wahl gehabt hättest."

„Doch, ich hatte eine Wahl. Das ist der Punkt. Ich hätte mit Bri dieses eine Mal ausgehen können, aus

Gründen ein Gentleman zu sein oder was auch immer. Du weißt schon, damit sie sich nicht lächerlich vorkommen müsste, damit ich mir nicht lächerlich vorkommen müsste. Wir waren ja beide ziemlich in Zugzwang gebracht worden. Das hätte es gewesen sein können. Aber, nein! Ich habe ihr nachgestellt, hatte es auf sie abgesehen."

„Was ist so schlimm daran?" Gabe wusste, dass er an Erics Stelle genauso gehandelt hätte.

„Weil ich wusste, dass du sie wolltest. Und jeder Idiot konnte sehen, dass sie dich wollte." Eric schaute betreten drein. „Ich war kein guter Freund. Ich wollte sie auch. Wer würde sie nicht wollen? Sie war – ist – das perfekte Mädchen. Aus der perfekten Familie. Du liebe Güte, sie wurde mir sozusagen überreicht. Wenn ich ein besserer Mensch gewesen wäre, ein besserer Freund, hätte ich einen Rückzieher machen müssen."

Gabe dachte über Erics Worte nach und musste zugeben, dass er teilweise zustimmte. Aber er konnte nicht zulassen, dass sein Freund alle Schuld auf sich nahm, wenn doch er, Gabe, selbst genauso sehr für das, was geschehen war, verantwortlich war. „Ich habe auch nicht meinen Mann gestanden. Ich wollte sie, ja. Doch ich trat beiseite. Es war mein eigener verdammter Fehler, dass ich es nicht wenigstens versucht habe."

„Du bist beiseitegetreten, weil du glaubtest, du seist nicht gut genug für sie."Überrascht zuckte Gabe zusammen, und Eric schüttelte den Kopf. „Beste Freunde, erinnerst du dich? Aber du hattest Unrecht, Gabe, und ich auch, weil ich nicht eher beiseitegetreten bin. Du weißt nicht, wie viele Male ich euch beide zusammen gesehen habe und mir gedacht habe, wie falsch ich gehandelt hatte, mich zwischen euch zu drängen. Du hattest immer diesen...besonderen Draht. Etwas, das ich niemals mit ihr hatte. Ich liebe sie, und ich weiß, sie liebt mich. Aber ich bin mir nicht sicher, ob wir jemals wahrhaftig *verliebt* gewesen sind. Nicht auf die Weise, wie du die Möglichkeit dazu hast."

Gabe wusste nicht, was er sagen sollte. Er hatte sich so sehr bemüht, seine Gefühle vor Eric und vor Brianne geheimzuhalten. Er hatte nicht beabsichtigt, sie deutlich werden zu lassen.

„Es tut mir leid", meinte Gabe. „Ich tat mein Bestes, euch aus dem Weg zu gehen."

„Du begreifst es nicht. Ich bin derjenige, dem es leid tut. Ich wusste die ganze Zeit, dass ihr beide zusammengehört. Aber ich konnte sie nicht gehen lassen. Ich wollte sie nicht gehen lassen. Und ich fühle mich beschissen."

„Warum hast du dann nicht einfach mit ihr geredet? Warum verlässt du sie an ihrem Hochzeitstag?"

Eric trank einen großen Schluck von seinem Bier und seufzte dann. „Beste Freunde, weißt du noch?"

„Du sagst, du hast sie an ihrem Hochzeitstag verlassen, um mir eine Chance zu geben? Im Ernst, Mann, wir hätten das alles ausdiskutieren können." Was Gabe eigentlich sagen wollte, aber nicht tat, war, dass Eric ein verdammter Feigling gewesen war und Brianne deswegen hatte leiden müssen. Und zwar sehr.

„Ich hatte bereits mit ihr über ihre Gefühle für dich gesprochen. Sie stritt sie ab. Willst du mir sagen, du hättest nicht dasselbe getan?"

Nein, dachte Gabe, aber das konnte er ihm nicht sagen.

„Ich tat dann das, was ich konnte, um die Sache irgendwie voranzutreiben. Um euch beide irgendwie anzustoßen, zu versuchen, eure Gefühle füreinander herauszufinden, ohne dass ich in der Gleichung mit vorkam. Es quält mich, dass ich Brianne wehtun musste, aber sogar jetzt bin ich mir nicht sicher, ob ich es anders gemacht hätte. Nicht unter den damaligen Umständen. Als sie zum wiederholten Male deinen Namen im Schlaf sagte, war das der letzte Auslöser. Ich konnte mir nicht länger etwas vorlügen. Ich weiß, dass es absolut beschissen war, so etwas zu tun, sie am Altar stehenzulassen. Aber ich konnte die Sache nicht durchziehen, da ich wusste, dass sie dich liebte. Und ich war zu verdammt feige, es mir selbst einzugestehen oder es jemand anderem zu gestehen. Das war der Grund, warum ich niemandem etwas gesagt habe, als ich gegangen bin. Es war einfacher, wenn jeder dächte, ich wäre ein Feigling, als zuzugeben, dass es von vornherein zwischen Brianne und mir nicht gestimmt hatte. Aber noch wichtiger als das war, dass ich das Gefühl hatte, ich müsste es tun. Dass dies die einzige Möglichkeit wäre, dass ihr beide eure Loyalität mir gegenüber überwinden und gemäß euren Gefühlen handeln würdet."

Sie saßen beieinander und tranken schweigend ihr Bier.

„Ich habe sehr viel nachgedacht, während ich weg war", sagte Eric mit leiser Stimme und in Selbstreflexion. „Nicht nur über Brianne und mich oder über dich, sondern auch über mein Leben. Wer ich bin, was ich wirklich will, solche Sachen."

„Das ist nicht typisch für dich", sagte Gabe.

„Auch meine Verlobte am Altar stehen zu lassen, ist nicht typisch für mich. Aber was wirst du jetzt tun?" Offenbar war er nicht zu Scherzen aufgelegt.

„Was hast du beschlossen?"

„Vielleicht hatte das alles sein Gutes." Ein weiterer Schluck Bier. Weiteres kryptisches Schweigen.

„Inwiefern?"

„Ich will dieses Leben nicht." Eric schaute Gabe an und zuckte die Achseln. „Das passt nicht zu mir."

Gabe reagierte entsetzt. „Warum nicht? Sprichst du von Selbstmord?"

Eric warf ihm einen lodernden Blick zu. „Nein, Idiot!"

„Was meinst du dann?"

„Ich meine die ganze Welt, in der ich aufgewachsen bin. Das mag schön für meine Eltern sein; sie wollten das. Aber das liegt mir nicht im Blut. Nicht mehr. Ich will etwas Einfacheres. Ich werde auf Dauer nach Montana ziehen."

Gabe blieb der Mund offen stehen. Von allem, was er gedacht hätte, was er zu hören bekommen könnte, war dies das Allerletzte. Aber eigentlich hätte er schon eher draufkommen können. Eric hatte seine Besuche in Buffalo Falls immer sehr genossen. „Bist du sicher?"

Eric nickte. „Absolut sicher. Vorkehrungen wurden bereits getroffen. Ich will ganz von vorn anfangen. Ein einfaches, ruhiges Leben führen. Ich mag mich selber lieber, wenn ich dort bin. Traurig, aber wahr."

Gabe hob seine Flasche. „Ein Toast auf das einfache Leben!"

Eric grinste und stieß mit seiner Flasche an Gabes an.

Eine Zeitlang blieben sie in einvernehmlichem Schweigen sitzen. Gabe wunderte sich über die Wendungen des Lebens. Er hatte so viel Zeit damit verbracht, Eric zu beneiden wegen seines Geldes und wegen seines Glücks, Brianne erobert zu haben, wohingegen Eric eigentlich nur ein ruhiges Leben mitten im Nirgendwo führen wollte. Es erschien ihm absurd.

„Was wirst du machen?" Eric wandte den Kopf, um Gabe anzuschauen.

„Wegen Brianne, meinst du?"

„Pack deine Sachen und schnapp sie dir!"

Gabe lachte. „Seit der Nacht als du sie angerufen hast, habe ich nicht mehr mit ihr gesprochen, Mann. Ich weiß nicht, ob sie das will."

Eric schaute sich um. „Äh, Mann, falls du es noch nicht gemerkt hast, du rettest ihr heute praktisch das Leben. Du bist ihr Ritter in der glänzenden Rüstung!"

Gabe rollte mit den Augen und stieß Eric an. „Halt die Klappe!"

„Das meine ich ernst. Wenn dir das keine Pluspunkte einbringt, was dann?"

Gabe gab sich gedankenvoll. „Ich mache das nicht,

um mich bei ihr beliebt zu machen. Ich wollte ihr nur helfen."

Eric lächelte. „Ich weiß. Das ist ja der Grund, warum ihr so perfekt füreinander geschaffen seid. Sie würde das Gleiche für dich tun. Jedenfalls wird sie heute hier sein. Sie kann dich nicht auf ewig ignorieren."

„Ich weiß nicht. Sie könnte es versuchen."

„Naja, zum Glück bin ich ja hier. Ich werde endlich mit ihr sprechen. Nicht heute, das ist ja klar, aber morgen, wenn alles über die Bühne gegangen ist. Was kann ich in der Zwischenzeit tun, um zu helfen?"

KAPITEL ZWANZIG

„Ich werde noch verrückt!", sagte Brianne und rannte von einem Ort zum anderen. „Ich bin mir ziemlich sicher, dass ich gleich den Verstand verlieren werde."

„Beruhige dich doch, Chefin", sagte Evie mit einem dümmlichen Grinsen. „Es wird schon alles gutgehen."

„Ich wünschte, ich hätte deine Zuversicht", murmelte Brianne, während sie die letzten Gastgeschenke in die Kisten packte und sie den Jungs reichte, die die Lastwägen beluden. „Das waren zugleich die kürzesten und die längsten Wochen meines Lebens, das schwöre ich. Wie konnte die Zeit nur so verfliegen?"

„Keine Ahnung", sagte Evie. „Ist das nicht großartig?"

Eines Tages würde Brianne Evie fragen, wie es sich anfühlte, ein Adrenalinjunkie zu sein. „Ich bin beim Eventmanagement gelandet, weil ich ein schönes, interessantes und nicht-verrücktes Berufsleben wollte. Ich wollte mein eigener Chef sein, damit ich es locker angehen lassen konnte. Was zum Teufel habe ich mir dabei gedacht?"

Evie lachte. Dann warf sie einen letzten Blick auf den

Kofferraum, um sich zu vergewissern, dass nichts vergessen worden war. Solange sie versprach, ihren Mund zu halten und solange sie nicht versuchen würde, die Gäste zu beeinflussen, würde sie mit Erlaubnis des Personals der Zeitschrift Lelands Veranstaltung austesten.

Leland veranstaltete ein Event am Vormittag, gefolgt von einem Brunch, insoweit war das noch nichts Besonderes. Nach dem Brunch würden sich die Hundert Gäste zum Campingplatz begeben. Evie hatte für den Transport der Gäste vier luxuriöse Partybusse vorgesehen. Die von der Zeitschrift ausgewählten Gäste wussten, dass sie die Nacht auf einem Campingplatz verbringen würden, dass ein elegantes Dinner serviert werden würde und dass körperliche Aktivitäten mit eingeschlossen sein würden. Bri konnte nur hoffen, dass die Gäste dementsprechend gepackt hatten.

„Ich frage mich immer noch, was diese Schlange sich wohl für seine Veranstaltung ausgedacht hat", grübelte Brianne, während sie ihre Sachen zusammenpackte und ins Auto lud, bevor sie abfuhr. „Mir graut's bei dem Gedanken daran."

„Er ist sowas vom alten Schlag, dass es schon albern ist. Auf keinen Fall hat er genug Fantasie, um sich so etwas Tolles auszudenken wie deine Veranstaltung. Reg dich nicht drüber auf!"

„Aber er ist gewieft."

„Er denkt, Größe und Prunk allein sind schon alles." Evie umarmte Brianne, ehe sie in ihr Auto stieg, um zu Lelands Veranstaltung zu fahren. Bri jedoch begab sich direkt zum Campingplatz. Die ganze Strecke lang redete sie sich besonders positiv zu. Sie würde diesen Wettbewerb gewinnen. Ihre Firma würde mehr Erfolg haben als sie sich in ihren kühnsten Träumen erhofft hatte. Es würde großartig werden; sie würde großartig sein.

Aber Gabe würde auch da sein. Er hatte darauf bestanden, und sie konnte ja schlecht nein sagen, nach all der Hilfe, die er ihr angedeihen hatte lassen.

Es würde eine Riesensache werden, Unmengen Menschen, Unmengen Arbeit. Aber es war unrealistisch, anzunehmen, sie würden sich nicht begegnen.

Sie konnte bloß momentan nicht darüber nachdenken. Mit der Leichtigkeit, weil sie dies gewohnt war, verdrängte sie die Gedanken an Gabe und richtete ihr Augenmerk auf die Arbeit; aber sie war nur deshalb dazu imstande, weil sie einen Entschluss gefasst hatte, den Entschluss, was nach der Veranstaltung geschehen musste.

Sie musste Eric gegenübertreten. Sie liebte ihn immer noch, nur nicht auf die Art und Weise, wie sie Gabe liebte. Nicht so, wie er es verdient hatte, geliebt zu werden. Er war ein guter Mensch. Es wäre ein Fehler gewesen, ihn zu heiraten, weil sie ihn nicht richtig liebte. Jetzt war sie ihm sogar dankbar, dass er sie verlassen war. Und sie war ihrem Unterbewusstsein dankbar dafür, ihn vertrieben zu haben.

* * *

Am Campinggelände anzukommen, war wie die Ankunft

in einem Märchenland aus Tausendundeiner Nacht.

„Unglaublich!", hauchte sie und spürte, dass sie Gänsehaut bekam.

Das könnte klappen. Das könnte wirklich klappen! Sie könnte in der Tat gewinnen.

Wie aus dem Nichts war hier ein zauberhaftes Dorf entstanden. Die Dutzenden Jurten waren in Fünfergruppen angeordnet worden, jeweils um ein kleineres Lagerfeuer herum. Diese kleineren Gruppen bildeten miteinander einen größeren Kreis um eine riesige Feuerstelle herum. Hier und dort waren Lichter und Laternen aufgehängt, zwischen den einzelnen Jurten und um sie herum. Es war magisch!

Gesäumt von zwei Reihen von eingetopften Bäumen, die mit Lichtern behangen waren, war ein Pfad angelegt worden, der zur Bühne und zur Tanzfläche führte. Hier herrschte eine grandiose Atmosphäre, wie in einem Amphitheater. Die Musiker stimmten gerade ihre Instrumente, die Tänzer und Tänzerinnen machten Dehnübungen und bereiteten sich vor.

An einer Seite waren spezielle Zelte aufgebaut, extra für die Caterer. Mehr als ein Dutzend Chefköche machten vorbereitende Arbeiten und überprüften die Bedingungen ihrer heißen Platten und der Kühlgeräte. Allem Anschein nach funktionierte alles bestens.

Brianne überprüfte den Zustand der Jurten. Sie waren prachtvoll, genauso wie die eine, in der mit Gabe übernachtet hatte. Eine Feuerstelle, ein Kronleuchter, Futonbetten und überall Kissen.

Es war alles perfekt. Genau wie sie es sich vorgestellt hatte.

Ihr stiegen Tränen in die Augen. Er hatte das alles für sie getan. Er hatte es möglich gemacht. Er hatte hart gearbeitet, damit er alles organisieren konnte. Und er hatte sich so verhalten, als ob das gar nichts wäre, als könnte sie das von ihm einfach so erwarten. Als würde er noch mehr tun, wenn sie es für nötig befände.

Als Brianne die Fassung wiedererlangt hatte, entdeckte sie das Zelt, das für sie aufgebaut worden war. Sie ging hinein und schnappte nach Luft.

Es war voller Blumen. Pinkfarbene Rosen – ihre Lieblingsblumen. Dutzende davon. Erneut füllten sich ihre Augen mit Tränen, und diesmal bebte ihr Kinn, und vor Erstaunen schlug sie die Hände vor den Mund.

„Gefällt es dir?"

Sie wirbelte herum, geschockt, da sie nicht Gabes Stimme vernahm, sondern Erics. Sie starrte den Mann an, mit dem sie sechs Jahre lang gegangen war. Den Mann, den sie fast geheiratet hätte. Das erste, was sie fühlte, war Erleichterung. Zuneigung. Dann Wut.

„Du? Hast du das gemacht?"

„Ich habe ein bisschen geholfen, aber es war komplett Gabes Idee. Er wollte eigentlich hier sein, um deine Reaktion zu sehen, doch er wurde zu den Generatoren gerufen – mit einem davon gibt es ein Problem, das er aber beheben wird."

„Ich kann nicht glauben, dass du hier bist. Warum bist du hier? Woher weißt du überhaupt, dass ich hier bin?"

„Vor etwa einer Woche kam Gabe und hat mich aufgestöbert."

„Was?", flüsterte Brianne. „Das – das wusste ich nicht."

„Nein, das nehme ich an, da ihr ja momentan nicht wirklich miteinander redet."

Das wusste er auch? „Also hat dich Gabe jetzt über alles ins Bild gesetzt?" Innerlich zuckte sie zusammen, da sie sich fragte, ob Gabe ihm wirklich alles erzählt hatte. Dass sie miteinander geschlafen hatten. Mehrfach. Es war nicht so, dass sie sich schämte – sie und Eric waren zu dieser Zeit ja nicht mehr zusammen gewesen – aber sie wollte auch nicht, dass er dachte, sie wäre so ganz einfach von ihm zu Gabe gewandert. Es war nicht einfach gewesen. Es war einfach…richtig gewesen.

„Alles was ich weiß, ist, dass ihr beide zugegeben habt, Gefühle füreinander zu haben, dass er bei dir war, als ich anrief, und dass ich, wieder einmal, ein großer Grund bin, warum ihr beide immer noch getrennt seid." Er sah unwohl aus. Verletzt. Und auch wenn er es nicht zugab, so wusste Brianne dennoch, dass *er wusste*, dass sie und Gabe intim gewesen waren.

„Ach Gott, Eric, es tut mir so leid. Ich hatte nie die Absicht, dir wehzutun. Ich habe mir selbst nicht einmal eingestanden, welche Gefühle ich für Gabe hatte, bis du gegangen bist. Aber ich mag ihn wirklich sehr. Ich glaube, ich liebe ihn. Aber ich liebe dich auch." Tränen traten ihr in die Augen, und Eric kam augenblicklich herbei und nahm sie in seine Arme. Er hielt sie fest.

„Ich weiß, dass du mich liebst, Brianne. Ich liebe dich auch. Aber bitte...Bitte sprich es laut und deutlich aus! Gib es uns beiden gegenüber zu! Du liebst mich nicht so wie du Gabe liebst."

Sie schluchzte, und Tränen liefen ihr übers Gesicht, auch wenn sie sich fester an ihn klammerte. Er war so groß und muskulös. Gut aussehend, freundlich und klug. Warum? Warum konnte sie ihn nicht so lieben wie er es verdient hätte? Aber letztlich spielte das Warum keine Rolle.

Als sie sich etwas beruhigt hatte, wich sie zurück und starrte direkt in seine Augen. „Ich – ich liebe dich nicht so wie ich Gabe liebe, Eric. Es tut mir leid, aber es ist wahr."

Er nickte und liebkoste ihre Wange mit seinen Fingerknöcheln. „Ich weiß. Und ich hatte es schon seit langer Zeit vermutet, sogar bevor du seinen Namen im Schlaf ausgerufen hast, Brianne. Nimm also nicht die ganze Schuld auf deine Schultern! Wenn ich mich richtig verhalten hätte, hätte ich dich schon vor langer Zeit damit konfrontieren müssen."

Sie biss sich auf die Lippe, als sie erneut von Tränen überwältigt zu werden drohte. „Wo bist du gewesen, Eric? Warum hast du dich ferngehalten? Wir hätten reden sollen."

„Reden war nicht das, was wir gebraucht haben, Brianne. Wir brauchten eine Zeit der Trennung. Zeit, um zu sehen, dass wir auch ohne den anderen überleben konnten. Zeit, damit du deine Chance mit Gabe wahrnehmen konntest."

Sie umarmte ihn noch einmal und legte dabei ihren Kopf an seinen starken Brustkorb. „Obwohl du nicht da warst", sagte sie leise, „haben wir es geschafft, die Sache zu verbocken."

„Vielleicht", sagte er. „Aber ich habe das Gefühl, dass ihr imstande sein werdet, die Sache wieder geradezubiegen. Nicht wahr, Gabe?"

Brianne versteifte sich. Sie straffte sich, drehte sich um und sah, dass Gabe hinter ihr stand.

Er starrte sie ausdruckslos an, und einen entsetzlichen Moment lang fragte sie sich, ob er wohl dachte, dass das, was er gesehen hatte, bedeuten würde, dass sie Eric ihm vorgezogen hätte.

„Geh zu ihm, Brianne!", sagte Eric und gab ihr einen leichten Schubs.

Ohne weiteres Zögern ging Brianne auf Gabe zu. Sie schaute direkt in seine Augen, aber er blickte hinter sie. Sie drehte sich um, und Eric war verschwunden. Als sie sich wieder umdrehte, nahm sie Gabes Hände in ihre. „Gabe—" fing sie an.

„Bri, wir haben dermaßen eingeschlagen", schrie Evie.

KAPITEL
EINUNDZWANZIG

Brianne und Gabe starrten einander eine Sekunde lang an, bevor Gabe ihre Hände drückte und zurückwich. „Ich gehe zurück an die Arbeit. Suche mich einfach auf, wenn du hier fertig bist! Okay?"

Sie wollte Evie anschreien, weil sie sie unterbrochen hatte, aber stattdessen nickte sie Gabe zu.

„Verdammt!", sagte Evie, als Gabe gegangen war. „Es tut mir so sehr leid, dass ich euch unterbrochen habe."

„Nein, schon okay. Wie war Lelands Veranstaltung? War sie wirklich so... unterwältigend?"

Evie nickte. „Das ist genau das richtige Wort dafür."

„Dann erzähl's mir schnell, ehe die Gäste ankommen!"

„Okay, aber ich muss mich umziehen. Brianne, ich schwör's dir bei Gott. Er ist so sehr in der Vergangenheit verhaftet, wie ich schon sagte. Es war eine Kunstausstellung, und eine Gruppe von Konditoren bildete mehrere der besten Werke nach."

„Naja, das ist interessant."

„Das war noch der interessanteste Teil des Ganzen. Ich meine, es war wunderschön. Versteh mich nicht falsch!" Während Evie zu ihrem Zelt eilte, um sich umzuziehen, redete sie wie ein Wasserfall und nahm Brianne mit. Sie trat ein und seufzte überwältigt auf. „Das ist prachtvoll!"

„Ich weiß, ich weiß. Erzähl weiter!"

„Also, wo war ich stehengeblieben? Ach ja, richtig. Es war wunderschön. Du weißt schon: Blumen, Wimpel, Streicher, das volle Programm. Sehr edel!" Sie schlüpfte aus ihrem Kleid, zog ein anderes an und gestikulierte Brianne, dass sie den Reißverschluss zuziehen solle. „Dann, nachdem das Essen serviert worden war, fand eine Stille Auktion statt, und es gab die Gelegenheit, selber zu lernen, wie man ein Stillleben malt – stell dir eine Schar von betrunkenen Mitgliedern der feinen Gesellschaft vor, die riesige, fließende Malerkittel trugen, um ihre Kleidung zu schützen. Es war umwerfend komisch. Aber, so viel will ich sagen, die Gäste haben sich allem Anschein nach sehr amüsiert. Es war ziemlich altbewährt."

Brianne biss sich auf die Lippe, während Evie ihr Makeup auf Vordermann brachte und sich dabei im vergoldeten Spiegel, der an einer Seite des Zeltes aufgehängt war, betrachtete. „Naja, hier ist alles so gut wie es nur sein kann. Wir haben den ganzen Tag gearbeitet. Ich glaube wirklich, dass alles bestens ist."

„Schätzchen, wir werden es schon schaffen!" Evie strahlte Brianne an. „So genieß es doch endlich!"

In dem Moment hörte man die Busse aufs

Campinggelände fahren, und dieses Geräusch ließ Briannes Herz zu rasen anfangen. Verdammt, sie hatte mit Gabe sprechen wollen, bevor hier alles verrückt spielte, aber jetzt hatte sie keine Zeit mehr. Sie würde auf später warten müssen.

Und aus irgendeinem Grund fühlte sich das für sie auch okay an. Jetzt, da sie mit Eric gesprochen hatte, jetzt, da sie wusste, dass Gabe Eric aufgespürt hatte, um mit ihm zu reden, jetzt, da sie Gabe in die Augen geschaut und seine Hände gehalten hatte, wusste sie, dass sie Zeit hatten. Egal, was geschehen würde, sie würden Zeit haben, die Sache ins Reine zu bringen.

„Jetzt gilt's", hauchte sie. Ihre Hände zitterten. Evie nahm sie in ihre eigenen.

„Wir schaffen das. Du schaffst das. Lass es uns verdammt nochmal durchziehen!"

* * *

Stunden später, nach dem Abendessen, war klar, dass sie den absoluten Knaller gelandet hatten.

„Herzlichen Glückwunsch", murmelte Evie und reichte Brianne eine Kristallflöte, die mit Champagner gefüllt war. „Ich habe noch nie so viele reiche Menschen in meinem Leben gesehen, die so viel Spaß haben."

„Ich weiß!" Bri konnte es selbst nicht glauben. Vor dem Abendessen hatten sich die Gäste in legere Freizeitkleidung umgezogen und die Outdoor-Aktivitäten ausprobiert. Danach gab es Abendessen, währenddessen

Tänzerinnen und Akrobaten ihre Aufführungen darboten, und jetzt war Tanzen für die Gäste angesagt. An einer Seite der Tanzfläche fand die Stille Auktion auch in einem Zeltbereich statt. „Es scheint zu schön, um wahr zu sein."

„Überhaupt nicht", widersprach Evie. „Das ist alles das Ergebnis von verdammt viel Arbeit."

„Stimmt." Sie stießen mit ihren Gläsern an und tranken.

„Und unter uns, ich habe schon recht viel anerkennendes Gemurmel unter den Gästen vernommen...nach dem Motto, dass sie es gar nicht erwarten könnten, uns ihre Stimme zu geben." Evie zeigte durch eine Handbewegung an, wie sie die Lippen per Reißverschluss verschloss, und grinste.

Dann erregte etwas hinter Bris Schulter ihre Aufmerksamkeit. Sie nahm ihrer Chefin das Glas ab und drehte sich mit einem Lächeln weg. Brianne war verwirrt...bis sie eine vertraute Stimme hinter sich vernahm.

„Sieht so aus, als hätte deine Idee voll eingeschlagen."

Sie drehte sich um, und ihr Herz setzte aus. Da stand Gabe, groß, breitschultrig und geheimnisvoll, und seine grünen Augen funkelten sie im Licht der Laternen um sie herum an. Während der Veranstaltung hatte sie immer nur flüchtige Blicke auf ihn erhascht, aber die meiste Zeit hatte er sich im Hintergrund gehalten. Sie wusste, dass er der Hauptgrund war, warum alles so prima lief.

„Gabe", flüsterte sie mit ganz viel Gefühl in der Stimme. Wieder stiegen ihr Tränen in die Augen. Oje, zuerst hatte sie schon bei Eric geweint, nun war sie drauf und dran, vor Gabe zu weinen. Aber all das war für sie eben so voller Emotion. Gleichzeitig war sie von Hoffnung und Angst erfüllt. „Ich habe mit Eric gesprochen."

„Ich auch." Er lächelte sie zärtlich an und hob ihr Kinn leicht an. Dann küsste er sanft ihre Lippen, und es fühlte sich wie die normalste Sache der Welt an. „Komm schon, Schatz! Lass uns ein Tänzchen wagen, bevor die Musiker müde werden!"

Gabe nahm ihre Hand und führte Brianne zur Tanzfläche. Sie wäre mit ihm überallhin mitgegangen, aber vor allem dorthin, wo sie in seinen Armen sein konnte. Sie durchsuchte sein Gesicht, fragte sich, ob es der richtige Zeitpunkt war, um das zu sagen, was sie tief in ihrem Herzen spürte. „Ich liebe dich."

Auf seinem Gesicht erstrahlte ein Lächeln, das sich ausbreitete. „Ich liebe dich."

Sie küssten sich sanft, während die Musik durch die Luft schwebte, dann dröhnten plötzlich die Geräusche kleiner Explosionen an ihr Ohr. Brianne riss die Augen auf und sah Gabe lächeln, da ging schon die zweite Serie des Feuerwerks los. Sie schaute bewundernd in den Nachthimmel.

„Wer hat das organisiert?", fragte sie, während sie die pinkfarbenen, goldenen und grünen Funkenregen beobachtete. „Was meinst du?" Gabe legte seine Arme um sie.

Brianne lehnte ihren Kopf an seine Brust. „Du hast nicht noch mehr Überraschungen für mich, oder?"

Er schmunzelte. „Ich weiß nichts von Überraschungen, aber ich habe noch mehr Feuerwerk vorbereitet. Aber nur weil ich—"

„Hört mit diesem Affentheater auf!"

KAPITEL
ZWEIUNDZWANZIG

Brianne und Gabe schnappten erschrocken nach Luft und drehten sich in Richtung des Schreis. Das taten auch die anderen Gäste, und die wunderschönen Farbexplosionen waren sogleich vergessen.

Gabe hörte, dass Brianne wütend etwas äußerte, aber er konnte sie wegen des Gemurmels und der verwunderten Bemerkungen der Gäste nicht verstehen.

Ein Mann stand auf der Bühne – er hatte sich dort unbemerkt hinaufgeschlichen, als alle damit beschäftigt waren, in den Himmel zu schauen. Gabe kannte ihn nicht, aber Bri kannte ihn sehr wohl.

„Dieser Mistkerl!", sagte sie.

„Sie sind unter Vortäuschung falscher Tatsachen hier", sagte der Mann auf der Bühne recht theatralisch. Er hatte perfekt gestyltes blondes Haar und war sehr gut gekleidet. Gabe verabscheute ihn sofort. Irgendetwas an seinem ganzen Gebaren erschien ihm extrem künstlich und aufgesetzt.

„Was meinen Sie?", rief Brianne ihm zu. „Die Gäste

befinden sich wegen des Wettbewerbs hier, genauso wie sie auf Ihrer Veranstaltung waren."

Die Gäste schauten einander an und gaben immer noch verwundertes Gemurmel von sich. Gabe wusste, so etwas würde von der blaublütigen Gesellschaftsschicht als höchst unangebracht erachtet.

„Ist er der andere Veranstaltungsplaner?", flüsterte Gabe in Bris Ohr, und sie nickte, ehe sie sich in Richtung Bühne begab. Gabe ließ sie gehen, blieb aber dicht hinter ihr. Er sah Evie, Briannes Assistentin, auch mit nach vorne gehen.

„Ich fand, es sei meine Pflicht, hierherzukommen und Sie zu informieren, dass diese Veranstaltung nicht ganz allein von *Lavish Events* geplant wurde. Der Großteil wurde von einer anderen Firma geplant, organisiert und durchgeführt, die mit Eventmanagement absolut nichts zu tun hat. Dies geht mit den Regeln des Wettbewerbs kaum konform."

Gabe konnte die vor Wut aufsteigende Hitze, die von Briannes Körper ausstrahlte, beinahe selbst spüren. Sie zitterte von Kopf bis Fuß, aber Gabe kannte sie gut genug, um zu wissen, dass es Zorn war, den sie mühsam unterdrückte.

„In der Tat wurde eine andere Firma als Subunternehmen verpflichtet, Leland; alles, was diese Firma lieferte, wurde von mir gutgeheißen. Sie hat den Auftrag ausgeführt, wie jeder andere Subunternehmer auch", rief Brianne.

„Jeder andere Subunternehmer?" Leland kniff

bedrohlich die Augen zusammen. Einen Sekundenbruchteil bevor Leland es formulierte, wusste Gabe mit einem üblen Gefühl in der Magengrube, was dieser sagen würde. „Dann lassen Sie uns mal die Rechnungen sehen!"

Bri riss die Augen auf, denn es dämmerte ihr gerade, dass es keine Rechnungen gab. Gabe hatte ihr ganz zwanglos einfach so helfen wollen, obwohl sie darauf bestanden hatte, ihn zu bezahlen. Nur, dass er durch den Versuch, ihr zu helfen, nun womöglich die Sache ruiniert hatte.

Während er noch zuschaute, ließ Brianne die Schultern hängen, straffte sich aber sogleich wieder. Sie blickte Gabe an, lächelte und formte mit den Lippen die Worte ‚ist schon okay', im Versuch, ihn zu beruhigen. Wie immer hielt sie dem Druck mit Grazie stand, aber Gabe würde sie nicht kampflos untergehen lassen.

„Ich bin der Geschäftsführer von *Nolan Adventure Stores*. Frau Whitcomb und ich sind befreundet. Ich leistete die Arbeit für den wohltätigen Zweck, der mit dieser Aktion verbunden ist." Weitere gemurmelte Kommentare aus der Menge. „Es war eine Schenkung", fuhr Gabe fort.

Leland zuckte mit den Schultern. „Also, meine Damen und Herren, Sie haben es selbst gehört. Der Großteil der Arbeit wurde von der Firma dieses Mannes und seiner Zulieferer geleistet. Ich überlasse es Ihnen, zu entscheiden, ob das moralisch einwandfrei ist oder nicht."

„Sie sind eine Schlange!", schrie Evie.

Gabe erwartete, dass Bri widersprechen würde, dass sie Evie bitten würde, aufzuhören, aber das tat sie nicht. Sie stand da, die Hände in die Hüften gestemmt und nickte bei jedem Wort. Er dachte sich, wenn die beiden das auf diese Weise spielen wollten, dann musste ihm dies recht sein.

„Und jetzt verlegen wir uns schon auf das Verteilen von Schimpfwörtern", sagte Leland und klang dabei dramatisch enttäuscht.

Brianne hatte genug. Sie marschierte zur Bühne und stapfte die Stufen hinauf. Gabe hielt den Atem an, gespannt, was sie sagen würde. Aber sie verhielt sich natürlich ganz wie die Dame, die sie war, erzogen, ihre Angelegenheiten in der vornehmen Gesellschaft auf höfliche Weise zu regeln.

„All dies – die grandiose Einleitung, die dramatische Ankündigung – ist Neid der Besitzlosen. Sie fühlen sich bedroht. Und ich weiß nicht, woher sie die Insider-Informationen haben, wie meine Veranstaltung organisiert wurde, aber die Tatsache, dass Sie sie haben, verrät mir, dass Sie herumgeschnüffelt haben – und das wirft nicht gerade ein gutes Licht auf Sie, Leland."

Brianne wandte sich an die Menschenmenge. „Lassen Sie uns jetzt sofort eine interne Abstimmung durchführen!" Sie lächelte, und Gabe wusste, sie pokerte hoch. Aber Evie strahlte auch über beide Ohren und gab Brianne das Daumen-hoch-Zeichen. „Lassen wir unsere Gäste entscheiden, welche Veranstaltung ihnen besser gefallen hat, Ihre oder unsere!"

„Ich glaube nicht, dass das nötig ist", sagte Leland mit abwehrender Handbewegung. „Belassen wir es bei der legalen Vorgehensweise!"

„Warum? Haben Sie Angst, was herauskommen könnte?", fragte Brianne und verschränkte die Arme.

„Nein, aber Sie müssen verstehen, dass dies nicht die normale Vorgehensweise ist. Ich hätte es nicht so gerne, wenn die Gäste durch das Abstimmungsverhalten ihrer Freunde beeinflusst werden."

„Abstimmen!", rief Evie. Es gab vielerlei Gemurmel um sie herum, das meiste davon zustimmend.

Leland zuckte die Achseln, Brianne führte die Abstimmung durch – und gewann sie mit einem großen Vorsprung. Als sie die Gäste bat, die Hand zu heben, wenn sie mit ihrem Event zufriedener waren als mit Lelands, schossen fast alle Hände in die Höhe. Gabe strahlte vor Stolz.

Brianne lächelte ihre Gäste an. „Vielen Dank, und entschuldigen Sie diese Unterbrechung! Bitte genießen Sie nun den weiteren Abend! Das Feuerwerk hat stattgefunden, die Musik wird die ganze Nacht lang spielen. Amüsieren Sie sich und vielen Dank für Ihr Kommen!" Die Menschenmenge klatschte begeistert Beifall, und Brianne verließ die Bühne, ohne Leland eines weiteren Blickes zu würdigen. Gabe sah zu, wie Bris Konkurrent davonschlich und in den Schatten verschwand.

Als Brianne die Tanzfläche erreichte, kam Evie angerauscht, warf ihre Arme um ihre Chefin und umarmte sie lachend.

Gabe gesellte sich zu ihnen, und Brianne legte einen Arm um seine Taille. Er küsste sie auf den Kopf. „Gut gemacht!"

„Ich bin so verdammt stolz auf dich. Du hast es ihnen wirklich gezeigt", sagte Evie.

„Wisst ihr was?" Brianne sah beide an. „Mir ist es mittlerweile egal, ob wir den Wettbewerb gewinnen."

„Was soll das heißen?" Evie klappte die Kinnlade herunter.

„Hey, wir können doch jederzeit neu anfangen. Ich feuere dich doch nicht", lachte Bri. „Ich weiß, dass wir den besseren Job gemacht haben. Wir *sollten* gewinnen. Aber wenn die Zeitschrift entscheidet, dass ich mich nicht an die Regeln gehalten habe, dann sei es so. Ich habe mich bewährt. Das könnte ausreichen, um unser Geschäft wieder ins Rollen zu bringen."

Und das stimmte, gemessen an der Menge Leute, die sie alsbald umringten. Alle gratulierten Brianne zu der gelungenen Veranstaltung und sagten, sie hätte einen wunderschönen, originellen Event organisiert. Einige versprachen, sie in der kommenden Woche anzurufen, um neue Veranstaltungen mit ihr zu besprechen, die sie durchführen sollte.

„Du bist ein Knaller", murmelte Gabe und zog sie nah zu sich, als sie endlich alleine waren.

„Ich hätte das nicht ohne dich durchziehen können", sagte sie. „Und ich hätte es nicht einmal versucht. Auf keinen Fall hätte ich das alles in diesem engen Zeitrahmen geschafft. Vielen Dank. Du hast meine Firma gerettet, und auch meinen Ruf in dieser Stadt."

Er drückte sie fest, und sie schauten beide den Gästen zu, die sich unterhielten, tanzten und die Lagerfeuer genossen, wo sie Marshmallows rösteten und bis spät in die Nacht alte Lagerfeuerlieder sangen.

KAPITEL
DREIUNDZWANZIG

Glücklich wie im Delirium, aber auch genauso erschöpft taumelte Brianne in die Jurte. Der Duft der darin befindlichen Blumen zusammen mit den tanzenden Lichtern der Laternen und den Flammen der Feuerstelle ergaben eine bezaubernde Kombination. Vielleicht waren es auch die vielerlei Emotionen des Abends, dass alles lebendiger zu sein schien als sonst. Der Himmel hatte mehr Sterne, die Luft war frischer, der Gesang der Grillen melodiöser.

Es war eine der glücklichsten Nächte ihres Lebens, und es kümmerte sie kein Bisschen, ob sie den Wettbewerb gewinnen würde oder nicht. Sie fühlte sich bereits als Gewinnerin, dank der Gegenwart des Mannes, der ihr in die Jurte folgte.

„Dies muss der interessanteste Wettbewerb in der ganzen Geschichte von *Life and Society* sein", sagte Brianne, die ihre Schuhe abstreifte und sich dann auf einen Haufen Kissen fallen ließ. „Egal, was dabei herauskommt, man wird noch jahrelang davon sprechen."

„Dann wirst du dich freuen, zu erfahren, dass du dich da draußen echt professionell verhalten hast", lobte Gabe. „Du warst eine echte Whitcomb, durch und durch. Nein, streich das – du warst ganz einfach du! Was genauso gut ist, wenn nicht sogar noch besser."

Sie grinste ihn an, in dem Wissen, dass er ihr den Mut gegeben hatte, Leland die Dinge zu sagen, die sie ihm schon seit Jahren unbedingt hatte sagen wollen. Obwohl sie ihm nicht genau das hatte sagen können, was sie wirklich von ihm hielt, hatte sie doch die Genugtuung, zu wissen, dass er sich wie die Schlange, die er war, davongeschlichen hatte. Es musste eine lange, einsame Heimfahrt gewesen sein. Sie war sich nicht einmal sicher, ob es sie interessierte, wer seine Insider-Quelle gewesen war – es war nicht Evie, und das war alles, was von Bedeutung war. Andererseits war sie zu zufrieden mit der Art und Weise, wie er sich lächerlich gemacht hatte, dass sie nicht mehr länger darüber nachdenken wollte. Bei dem Gedanken daran lächelte sie nur umso mehr.

Dann bemerkte sie die Veränderung in Gabes Gesichtsausdruck. Er hatte sie mit Bewunderung und Zuneigung betrachtet…aber jetzt trat eine Spur von Lust und Verlangen in seine Miene.

Augenblicklich reagierte ihr Körper schon allein auf diesen Blick.

„Ich kann dir nicht widerstehen", flüsterte er und fiel neben ihr auf die Knie.

„Ich auch nicht", murmelte sie, von Erregung überflutet und mit rasendem Puls. „Es war die reinste

Folter."

„Ich kann nicht glauben, dass wir nur ein paar Mal zusammen gewesen sind, aber das mehrere Wochen andauernde Getrenntsein war wirklich hart. Ich brauche dich die ganze Zeit, jeden Tag. Ich glaube, ich werde dich immer brauchen, wenn du damit einverstanden bist."

Brianne lächelte und schaute mit ihren dunklen Augen intensiv in seine grünen. „Damit bin ich sehr einverstanden." Sie küssten sich liebevoll, und das Gefühl seiner Lippen auf ihren erinnerte sie an Regen auf sandigem Wüstenboden. So sehr hatte es sie nach ihm gedürstet.

Sie lehnte sich zurück, ließ sich in die Kissen sinken. Gabe krabbelte auf sie und streifte dabei mit seinem Mund leicht über ihren Körper. Je näher er zu ihrem Mund kam, umso schneller klopfte ihr Herz. Sie wusste, dass er sie nehmen würde und sie ihn nehmen würde und dass sie beide, bevor die Nacht vorbei war, Vergnügen und Wonne finden würden. Ihr Körper spannte sich vor freudiger Erwartung an.

„Es gibt einen Grund, warum diese Jurte ein Stück weit von den anderen entfernt aufgebaut ist", murmelte er, während er an ihrem Kinn knabberte. Sie legte den Kopf zurück und gab ein kehliges Kichern von sich.

„Gut mitgedacht", flüsterte sie. „Du denkst wirklich immer an jede Kleinigkeit."

Dann eroberte sein Mund den ihren, und er leckte mit seiner Zunge über ihre vollen Lippen. Brianne stöhnte auf, ihre Lippen teilten sich, und ihre eigene Zunge schoss hervor, um seiner zu begegnen. Sie stöhnten beide vor Genuss, als sie sich so zärtlich berührten. Sich dabei Zeit ließen. Es gab jetzt keine Eile, kein Schuldgefühl. Gabe hatte ihr alles erzählt, und sie fühlte sich freigesprochen. Nun konnten sie sich aufeinander konzentrieren.

„Ich wollte dir schon so lange die Ehre erweisen", flüsterte er mit bereits flatternder Atmung. „Seit Jahren wollte ich dich so behandeln, wie du es verdienst, behandelt zu werden. Dich verehren und deinen Körper. Ich möchte dich wieder und immer wieder lieben, bis du es nicht mehr aushalten kannst und mich anflehst, aufzuhören."

„Ich bin da. Ich bin dein. Nimm mich!", flüsterte sie und ächzte, als seine Härte sich an ihre Hüfte drückte. Das war das Versprechen, das weiterer Genuss folgen würde.

Aber jetzt noch nicht.

Da ihr Kleid trägerlos war, konnte Gabe mit seinen Fingern über ihren Hals, ihre Schultern und ihr Schlüsselbein streifen. Brianne schloss die Augen und merkte, wie sie überall dort auf ihrer Haut, wo er sie berührte, Gänsehaut bekam.

Sie wölbte ihren Rücken, und Gabe langte nach hinten, um den Reißverschluss ihres Kleides aufzumachen. Ganz langsam zog er ihn herunter und reizte sie dabei, als Zentimeter für Zentimeter ihrer Haut freigelegt wurde. Sie beobachtete sein Gesicht und die Art und Weise, wie sein Blick sie verschlang. Sie hoffte, dass er sie immer auf diese Weise anschauen würde. Wie etwas, das er hegen und pflegen würde.

Bald war das Kleid ausgezogen, und sie hatte nur noch Slip und BH an. Als er sich niederbeugte, um sie zu küssen, schob sie ihm das Jackett von den Schultern, löste seine Krawatte und knöpfte sein Hemd auf. Sie wollte unbedingt seinen Körper berühren, und er half ihr dabei, sich auszuziehen.

Dann kam er zu ihr zurück. Der BH hatte einen Vorderverschluss, und er ging beim Aufmachen sehr sorgsam zu Werke. Als würde er ein Geschenk aufpacken. Er neigte seinen Kopf zu ihr und bedeckte mit seinem Mund jedes Bisschen ihrer Haut. Sie schloss die Augen, als er sie überall küsste. Das Feuer zwischen ihren Beinen entflammte und wuchs mit jedem Kuss weiter an.

Er ebnete sich seinen Weg mit langsamen, sinnlichen Küssen von den Fußknöcheln angefangen bis hinauf zu ihrer Brust und steigerte damit ihre Erregung. Hinter ihren Knien legte er eine Pause ein, auch bei ihrem Nabel und in der Falte unterhalb ihrer Brüste. Er leckte sogar die Innenseiten ihrer Handflächen in langsamen Kreisen, bis sie vor Verlangen aufschrie.

Dann spurte er mit seiner Zunge die Linie zwischen ihren Brüsten entlang, weiter zu ihrem Bauch, hinunter zu ihrem Slip. Er leckte über den Spitzenstoff, bevor er die trennende Barriere langsam entfernte und sie somit nackt vor sich hatte.

Brianne spreizte die Beine weiter und lud ihn ein. Als er mit seiner Zunge ihren Nabel berührte, stöhnte sie auf. Dann ließ er seine Zunge über ihre intimsten Stellen schnellen, ließ sie über das empfindsame Bündel von

Nerven kreisen.

„Du schmeckst so gut", flüsterte er zwischendurch. Sie stöhnte auf, und ihr Kopf fiel von einer Seite zur anderen. Jeder klare Gedanke war ausgeschaltet, ihr einziger Fokus war auf das gerichtet, was er mit ihrem Kitzler anstellte.

Mit ihren Hüften kam sie seinem Gesicht entgegen. Sie langte nach unten und hielt seinen Kopf an sich gedrückt. „Hör nicht auf...hör nicht auf...", bat sie ihn. „Du bist so nah..."

Die Bewegungen seiner Zunge beschleunigten sich und wurden drängender als je zuvor. Ihre Hüften schossen hoch, ihre Oberschenkel umklammerten seinen Kopf wie einen Schraubstock. Sie weinte beinahe vor Erleichterung, als die süße Erlösung sie überspülte und sie maunzend wie eine Katze zurückließ, nachdem die kraftvollen Wellen abgeklungen waren.

Dann tauchte Gabe mit zwei Fingern in ihre bebenden Tiefen ein. Bevor sie registrieren konnte, was er tat, krümmte er seine Finger und massierte ihren empfindlichsten Punkt, während er gleichzeitig ihre Schamlippen leckte, ihre Klitoris und jedes Stückchen Fleisch.

Sie hatte nie gewusst, wie intensiv alles sein konnte, da sie nie einen Mann gehabt hatte, der sie auf diese Weise berührt hatte. Sie konnte sich nur die Finger ihrer Faust in den Mund schieben, als die beinahe schmerzhaften Wellen der Lust sie in ständigem Fluss überspülten. Sie hörten niemals auf, rollten und tosten und fluteten unablässig über sie. Sie wusste nicht mehr so genau, was mit ihr überhaupt geschah.

Sie dachte nicht im Traum daran, ihn zu bitten, aufzuhören.

Nach all dem, was sich wie unendliches, unermessliches Vergnügen angefühlt hatte, zog sich ihr innerster Kern noch einmal zusammen, als die Bewegung seiner Zunge in Kombination mit den Bewegungen seiner Finger ihr den intensivsten Orgasmus aller Zeiten bescherten. Sie schrie wieder und wieder, und ihr ganzer Körper wölbte sich hoch, bevor sie erschauerte und völlig ausgelaugt in die Kissen zurückfiel.

Ihre Augen waren geschlossen, doch mit offenem Mund musste sie nach Luft schnappen. Sie hoffte, dass sie nicht zu laut gewesen war – aber er hatte ihr das entlockt, er brachte sie dazu, dass sie lauter und wilder explodierte als je zuvor. Das Letzte, was sie brauchte, war sich einen neuen Ruf zu verschaffen.

Dann sah sie, wie er sie angrinste, und dachte, sie könnte mit allem klarkommen, was auch immer gesagt wurde, solange er mit dem, was er gerade getan hatte, niemals aufhören würde.

„Du bist dran", flüsterte sie und erhob sich, um ihn in die Kissen zurückzustoßen. Er machte es sich bequem, dann streckte sich Brianne über ihm aus. Sie rieb ihre Brüste über seinen Brustkorb, und er sah zu, wie sie sich an ihn drückte.

„Aufregend sexy", hauchte er. „Dein Körper ist unglaublich." Er langte zu ihr, um sie zu liebkosen, und sie spürte, wie sich sein Schwanz unter ihr bewegte.

Sie leckte und knabberte sich ihren Weg an seinem Oberkörper hinunter und dann in seine Lendengegend – achtete besonders darauf, die steife, zuckende Härte, die so dringend ihrer Aufmerksamkeit bedurfte, zu meiden. Gabe stöhnte frustriert auf, denn er sehnte sich so sehr nach ihrer Berührung.

Schließlich hatte sie Mitleid mit ihm, nahm ihn in ihre Hand und strich mit ihrem Mund über die Eichel. Gabe seufzte erleichtert, dann schloss er die Augen, um sich auf das zu fokussieren, was sie ihm gab. Mit ihrer Zunge wirbelte sie um seine Eichel, leckte an ihm wie an einem Lolly, ehe sie sanft daran saugte. „Mmm…das ist wunderbar", flüsterte er und stich mit seinen Händen durch ihr Haar.

Dann begann sie mit dem langsamen, quälenden Prozess, seine Länge in ihren Mund zu nehmen. Zentimeter für Zentimeter glitt sie an seinem Schaft hinunter. Jeder Zentimeter löste ein Stöhnen aus, und Brianne entbrannte vor Leidenschaft, als sie dies hörte. Er war so aufregend, auch wenn sie ihn in hilfloser Position unter sich hatte und er verzweifelt nach mehr verlangte. Schließlich war sie an der Basis angelangt und wiederholte den ganzen Vorgang, indem sie genauso langsam wieder aufwärtsglitt. Dann stürzte sie sich schnell und hart auf ihn, und er schnappte überrascht nach Luft.

Sie ließ sich Zeit, reizte ihn, neckte ihn, quälte ihn mit langsamem Auf- und Abgleiten. Sie wusste, dass er wollte, dass sie schneller wurde, seine Hüften zuckten aufwärts, so dass er in ihren Mund vorstoßen konnte. Doch sie hielt ihn still und genoss das köstliche Vergnügen, ihn verrückt zu machen.

Dann ließ sie mit ihren Lippen von ihm ab und streifte mit der Zunge über den kleinen Spalt unterhalb der Eichel. Gabe keuchte und spannte seinen Körper an. Brianne streichelte seinen Schaft, wobei sich ihre Zunge immer schneller und fester bewegte. „Ja, Schatz", stöhnte Gabe, der seine Hände tief in ihrem Haar vergraben hatte. Mit jeder Sekunde wuchs ihre Erregung an, durch das Wissen, dass sie ihm ein so gutes Gefühl verschaffen konnte.

Wieder stürzte sie sich auf ihn. Sie umhüllte ihn mit ihrem Mund. Wie viele Male hatte sie darüber fantasiert? Darüber, wie er sich wohl anhören würde, wenn sie seine Länge ansaugte? Wie er wohl unter ihrer Zunge schmecken und sich anfühlen würde? Darüber dachte sie nach, während sie sich an ihm labte und bei jedem Aufwärtsstreichen ihre Zunge an die Unterseite seines Schaftes drückte.

Jedes Mal wenn es schien, als würde er zu erregt werden, verlangsamte Brianne ihr Tempo. Er ächzte frustriert, da er so wild darauf war, zu kommen. Sie schaute Gabe an, und ihre Blicke trafen sich. Sie zwinkerte, dann bewegte sie sich wieder auf und ab.

„Verdammt, Baby…", flüsterte er. „Bitte, lass mich kommen…"

Seine Atmung wurde schneller und keuchender. Jetzt war es unmöglich für ihn, sich noch stillzuhalten. Seine Hüften bewegten sich aufwärts, ihren Abwärtsbewegungen entgegenkommend, beschleunigten sich immer mehr, je weiter er auf den Orgasmus zuraste. Sie saugte härter, schneller und ließ ihn die Erlösung finden, die er brauchte. Sie nahm alles, was er hatte, und ließ ihn dann von ihren Lippen gleiten.

„Oh, Gott", stöhnte er und holte erschauernd neu Atem. „Ich bin sicher, du versuchst mich umzubringen."

Brianne grinste und freute sich über das Wissen, dass sie ihm solch gute Gefühle schenken konnte. Ein großer starker Mann, der machtlos war, weil sie den Entschluss gefasst hatte, ihm Vergnügen zu bereiten. Ein bisschen was bildete sie sich schon darauf ein.

Er setzte sich auf, und sie saß auf seinem Schoß. Gabe berührte sie langsam und zärtlich. Mit seinen Händen streifte er an ihrem Rücken hinunter, durch ihr Haar, über ihr Hinterteil. Als seine Finger über ihre Pobacken glitten und dann in ihre Tiefen eintauchten, stöhnte Brianne auf.

„Ich will dich überall berühren, überall spüren", flüsterte er. „Ich will dir so viel Vergnügen geben wie du vertragen kannst. Ich will, dass du für mich schreist, ich will, dass du stärker kommst als du jemals zuvor gekommen bist."

Restlos verloren in Gefühlen, als er sie mit seinen Fingern erforschte, stöhnte Brianne erneut auf. Sein Mund war auf ihrer Haut. Er küsste alles, was er erreichen konnte, und ehe sie wusste, wie ihr geschah, drängten sich ihre Hüften an seine Hand. Ihr Vergnügen wuchs und baute sich auf, und schon bald war sein Schwanz zwischen ihnen wieder hart geworden. Das Gefühl davon, wie er sich an sie drückte, machte sie noch heißer. Sie verlagerte sich so, dass er zwischen ihre Schamlippen gleiten konnte.

Sie rieb sich selbst an seiner Länge entlang, und ihre Säfte machten seinen Schaft gleitfähig. Gabe ächzte und vergrub sein Gesicht an ihrem Hals, wo er an ihrer Haut knabberte. „Ja", hauchte sie und vergrub ihre Fingernägel an seinen Schultern. Sie ließ sie an seinem Rücken hinunterstreifen, und er wölbte sich ihrer Berührung entgegen. Mochte er es, von ihr gekennzeichnet zu werden? Sie konnte ihn kennzeichnen. Er gehörte schließlich ihr.

Die Leidenschaft baute sich zwischen ihren Beinen auf, und sie beugte sich von ihm weg, damit er mit seinem Mund weiter an ihrem Körper hinuntergleiten konnte, ihre Brust lecken konnte, ihre Brustwarzen und die Wölbung ihrer Brüste. Nie hörten ihre Hüften auf, sich zu bewegen, ihre Spalte an seiner Länge entlang, und die Eichel rieb ihre erregte Klitoris.

„Ohh…ohh…Gabe!" Sie schlang ihre Arme um ihn, hielt ihn fest an sich gedrückt, als sie vor Wonne erbebte. Sie biss in seine Schulter, als sie zum Höhepunkt kam, und schnappte nach Luft. Er atmete schwer, sein Schwanz unnachgiebig steif zwischen ihnen. Sein Mund war an ihrer Kehle und an ihren Schultern, und sie stöhnte, als sie sich entspannte.

Was hatte er nur an sich, dass sie immer noch mehr wollte?

Mit einem Blick, der sagte, dass nun sie die Regie übernahm, stieß Brianne Gabes Schultern hinunter. Er grinste sie auf verführerische Weise an, in dem Wissen, was nun kam. Sein Grinsen verschwand, als sie ihn in sich aufnahm. Dann öffnete sich sein Mund, bildete ein großes O, und sein Kopf sank in die Kissen zurück, während er sich dem wunderbaren Gefühl ergab.

Ihr erging es genauso. Sie schloss die Augen und genoss das Gefühl, als sie sich auf seiner Länge hinabsenkte. Bis sie an seiner Basis angelangt war, war sie bereits vollkommen erfüllt und nahe dran, erneut einen Höhepunkt zu bekommen. Es fühlte sich so an, als wäre er für sie gemacht.

Brianne kontrollierte den Rhythmus und die Geschwindigkeit. Ihr gefiel es sehr, ihm die Kontrolle zu geben, da er immer wusste, wie er sie verrückt machen konnte, aber dies hier war das, was sie eigentlich vorzog. Die Führung übernehmen, ihr eigenes Tempo bestimmen können und die Art und Weise kontrollieren, wie sie mit ihrer Klitoris an ihm rieb, damit sie den Höhepunkt umso intensiver erleben konnte.

Sie ächzte und stützte sich mit den Händen auf seinem Brustkorb ab. Er streichelte ihre Brüste, während sie sich bewegte, und massierte mit seinen Daumen über ihre aufgerichteten Brustwarzen. „Das ist fantastisch", keuchte sie heiser, warf den Kopf zurück und durchlebte den Zauber, den er durch sie sandte. Gabe zwickte sie leicht, rollte sie zwischen seinen Fingern, und Brianne schrie, bevor der Schmerz von Wonne abgelöst wurde.

Sie hörte sich selbst rufen, immer wieder seinen Namen wimmern, keuchen, jedes Mal wenn sie wieder auf ihn hinunterstieß. Jeder Stoß trieb sie höher und näher an den Rand der Ekstase.

„Berühre dich selbst für mich!", knurrte er. „Lass mich dir zusehen!"

Allein seine Worte entflammten sie, und sie schlängelte mit einer Hand an ihrem Unterleib entlang, bis sie ihren Venushügel gefunden hatte. Gabe schaute hinunter und beobachtete sie, wie sie ihren Kitzler streichelte, während sie ihn ritt und sich auf ihrer freien Hand abstützte, um ihm einen besseren Blick zu ermöglichen.

„Gefällt dir das?", fragte sie. „Gefällt es dir, mir zuzusehen?" Knurrend äußerte er seine Zustimmung und kam ihr mit einem Stoß entgegen. Sie keuchte, warf ihren Kopf zurück, und kleine Blitze durchzuckten sie, während ihre Hand sich immer schneller bewegte. Ihre Brüste schwangen im Einklang mit ihren Bewegungen, und Brianne seufzte.

„Du bist so verdammt scharf", schnaufte er. „So scharf. Und so eng."

„Mmm...Baby...ich komme..." Ihre Hand wurde schneller, ihre Finger eine verschwommene Bewegung, während sie ihn immer noch hart ritt. Dann explodierte die Anspannung durch ihren ganzen Körper hindurch, und sie biss sich auf die Lippe, um den Schrei zu unterdrücken, während sie von Schauer ergriffen wurde. Er wartete, bis sie fertig war, und seine Hände streichelten über ihre schweißnasse Haut, bis jede Bewegung verebbt war. Dann hob er sie von sich herunter und begab sich auf die Knie.

Er packte sie an den Hüften und drehte sie herum, bis sie auch auf ihren Knien war. Allein die Macht, die er hatte, und die Kraft, die ihm zur Verfügung stand, sandten ein Beben durch Brianne hindurch und ließen ihre Erregung erneut ansteigen. Das Wissen, dass er mit ihr alles tun konnte, was er auch wollte, war ein Lustverstärker.

„Willst du mich auf diese Art?", fragte sie und schob ihm ihren Hintern entgegen, um ihn zu necken. Aber da war kein Necken, so wie er in sie hineinstieß, ohne ein Wort in sie hineinglitt und sich in ihren Tiefen vergrub. Brianne stöhnte auf und liebte die Art und Weise, wie er sich in ihr anfühlte.

„Das ist so gut", wimmerte sie und mahlte sich an ihn. Aber Gabe machte klar, dass er jetzt das Sagen hatte, hielt ihre Hüften fest, während er den Rhythmus bestimmte. Sie gab sich ihm hin, vertraute ihm, dass er sie dorthin bringen konnte, wo sie hinwollte.

Sein dickes, steifes Glied glitt leicht in ihre enge Öffnung hinein und wieder heraus, und Brianne stöhnte zustimmend auf. Jeder Stoß trieb sie vorwärts, und rhythmisch prallte sie wieder zu ihm zurück. Er ächzte, und sein Atmen beschleunigte sich so, wie auch sein Tempo zunahm.

„Ja, Baby, fick mich! Härter!" Sie grummelte, keuchte, rang nach Luft, während sie sich an ihm bewegte. Ihr dunkles Haar wehte wie ein Vorhang vor ihrem Gesicht, und Gabe sammelte es in einer Hand und benutzte es, um ihren Kopf zurückzuziehen. Sie schnappte nach

Luft, dann stöhnte sie auf, als er sie intensiv nahm. Es war so unanständig, so schamlos. Sie schwelgte in dem Gefühl, stieß sich selbst als Antwort sogar noch härter an ihn zurück.

„Gefällt dir das?", fragte er und zog leicht an ihrem Haar.

„Ja!", keuchte Brianne, als sie von einer kribbelnden Empfindung durchrieselt wurde, die sich mit dem zunehmenden Feuer zwischen ihren Beinen verband, das durch ihren ganzen Körper ausstrahlte. Sie stand in Flammen, jede Empfindung war ein weiteres Scheit zu der Feuersbrunst.

„Mein unanständiges Mädchen", grummelte er, ließ dann ihr Haar los, um ihre Hüften zu packen und fing an, mit starken, scharfen Stößen auf sie einzuhämmern, dass sie nur noch einen einzigen langen Stöhnlaut von sich geben konnte, der an Lautstärke zunahm, als ihr Vergnügen immer weiter angestachelt wurde. Im letzten Moment drückte sie ihr Gesicht in ein Kissen und schrie, als sie von Zuckungen höchsten Vergnügens durchströmt wurde.

Und immer noch nahm er sie, stieß heftig in sie, und seine Hoden klatschten dabei an ihre Klitoris. Die Wonne ließ niemals nach, dauerte weiter an, und an, bis Brianne dachte, sie würde den Verstand verlieren. Ihr Körper erzitterte, als ein Orgasmus nach dem anderen sie traf.

„Kann nicht…noch mehr…aushalten…", grummelte er, als ihre Muskeln ihn so eng umschlossen.

„Lass los, Baby", bettelte sie stöhnend zwischen den

einzelnen Atemzügen. „Komm für mich! Lass mich dich hören, wie du kommst!" Er nahm sie hart, hämmerte schneller, bis ein letzter Stoß ihn auf den Gipfel der Lust katapultierte. Er knurrte, brüllte fast wie ein wildes Tier, als er in ihr explodierte. Sie erschauerte und beendete damit ihre eigene Serie von Orgasmen. Ihre Arme zitterten, und sie brach auf den Kissen zusammen.

Ihre Beine und Arme lagen in alle Richtungen ausgebreitet, und als Brianne endlich den Kopf drehen konnte, um Gabe anzuschauen, sah sie, dass er genauso zusammengebrochen war wie sie.

„Du liebe Zeit", flüsterte sie kichernd. „Das war...doch mal was!"

„Ich hoffe nur, dass keiner deiner Gäste wirklich gut hört, denn sonst glauben sie womöglich, ich würde dich hier drin umbringen."

„Und selbst wenn, dann sind sie viel zu höflich, um irgendetwas deswegen zu sagen", witzelte Brianne.

Gabe rollte sich herum und zog sie in seine Arme. „Wenn das so ist, habe ich vor, ihre Höflichkeit heute Abend noch ausgiebig zu testen", knurrte er.

EPILOG

Ein Jahr späte

„Du hast das Glamping endgültig den Schichten von Beverly Hills nahegebracht", sagte Evie, die einen Stapel Akten auf Briannes Schreibtisch legte. „Ich schwöre, ich weiß bald nicht mehr, wie wir das alles bewältigen sollen."

„Was ist das? Aufträge für vier Glamping-Veranstaltungen im nächsten Monat?", fragte Brianne und setzte sich auf ihrem Stuhl zurück. „Nachdem wir die zwei in diesem Monat abgeschlossen haben werden? Da ist es ja praktisch vorprogrammiert, dass wir ein kritisches Massenphänomen damit auslösen. Wir hatten keine Ahnung, wohin das führen könnte, als wir diese erste Veranstaltung ausrichteten, nicht wahr?"

„Ach, komm schon! Das macht doch Spaß. Du hast sogar gelernt, die freie Natur zu genießen – oder sie zumindest zu ertragen." Evie setzte sich an die Schreibtischkante und blätterte die Unterlagen durch. „Und es eröffnet dir die Möglichkeit, mit deinem *Typen* zu arbeiten." Sie zwinkerte und zuckte vielsagend mit ihren

Augenbrauen. Brianne grinste schief.

„Ja – gut, dass wir so gut zusammenarbeiten", sagte sie. „Sonst wäre das womöglich nur eine recht kurzlebige Beziehung gewesen."

„Bitte! Von Tag eins an gehört ihr beide zusammen! Ihr passt so prima zusammen, dass ich kotzen könnte", scherzte Evie und sprang von Briannes Schreibtisch herunter, um zu ihrem eigenen zurückzukehren. Brianne sah mit einem Lächeln ihrer Assistentin nach, als diese mit wippendem blondem Pferdeschwanz davonging.

Das Telefon klingelte. „Ich schwöre, du musst bald eine Sekretärin für mich einstellen!", rief Evie noch, ehe sie abnahm.

Die Sache war super erfolgreich verlaufen, besser als sie sich je vorgestellt hatten. Obwohl *Lavish Events* die Doppelseite in der Zeitschrift *Life and Society* nicht gewonnen hatte, weil Gabe mitgeholfen hatte, hatten sie aber auch nicht verloren. Leland war disqualifiziert worden, weil er Briannes Veranstaltung gestört und öffentlich zugegeben hatte, sie ausspioniert zu haben. Eine gründliche Untersuchung der Angelegenheit hatte aufgedeckt, dass Lelands Maulwurf einer von Gabes Vertragspartnern war, ein Mann, der gelegentlich für Leland arbeitete und wollte, dass Leland ihm verbunden blieb.

Auch wenn sie also nicht siegreich gewesen waren, verglich Evie sie mit Rocky Balboa im ersten Rocky-Film: Er hatte den ersten Kampf verloren, aber seine Selbstachtung gewonnen. Ein Herausgeber von *Life and*

Society hatte sie unabhängig davon kontaktiert und gesagt, sie würden gerne einen kleineren Artikel über *Lavish Events* machen, und das war eine wunderbare Nachricht. Noch wichtiger war: Seit Brianne am Montag nach dem Wettbewerb das Büro aufgesperrt hatte, hatte das Telefon pausenlos geklingelt, da neue Aufträge eingingen.

Seitdem waren sie sehr beschäftigt gewesen. Glamping war ihre Spezialität geworden. Seit der ersten Veranstaltung hatte *Lavish Events* mehr als zwei Dutzend Glamping-Abenteuer ausgerichtet. Als erst einmal feststand, dass sie einen Trend in Gang gesetzt hatten, war es nur sinnvoll erschienen, Gabe und seine Firma als Partner mit an Bord zu holen.

Es war die reine Freude: Seite an Seite mit dem Mann zu arbeiten, den sie liebte. Sie erlebten eine großartige gemeinsame Zeit, auch wenn sie hin und wieder Auseinandersetzungen hatten, weil sie zwei unterschiedliche Auffassungen über ein Projekt hatten. Es war ein Beweis dafür, wie wohl und sicher sie sich mit Gabe fühlte, dass es ihr nichts ausmachte, sich mit ihm auseinanderzusetzen. Sie befürchtete nicht, dass es zu einer Trennung kommen könnte.

Und natürlich war die Versöhnung auch immer ein besonders schönes Erlebnis.

Sowohl sie als auch Evie waren immer noch überwältigt. Es wurde Zeit, eine zweite Sekretärin einzustellen. Es gab nun zu viel Arbeit nur für sie beide allein.

Wie zum Beweis kam Evie mit der Neuigkeit herein,

dass ein weiteres Treffen mit einem zukünftigen Kunden anstand. Frau Torville wollte eine Benefiz-Veranstaltung für ein Kinderkrankenhaus in der Umgebung organisieren und stellte sich dafür etwas Frisches und Aufregendes vor. „Es wird Zeit, dass wir uns etwas Neues einfallen lassen", sagte Brianne, „denn die Glamping-Geschichte kann auch schnell uninteressant werden. Wir dürfen nicht in die gleiche Falle tappen wie Leland."

„Welche? Unerträglich zu sein?"

Brianne schnaubte. „Nein. Es sich zu gemütlich zu machen. Unerträglich ist einfach nur er als Person." Sie blätterte ihren Terminkalender durch, um eine freie Stelle für sich zu finden.

„Ich brauche Zeit zum Atmen", murmelte sie. „Ich muss schon die Zeit für meinen festen Freund in einen Terminkalender einplanen."

„Hast du nicht heute Abend eine Verabredung mit ihm?", fragte Evie.

Überrascht legte Brianne eine Hand auf ihren Mund. „Oje! Stimmt! Siehst du, was ich meine?" Sie sprang auf, raste durchs Zimmer, um ihre Sachen zusammenzusuchen.

„Keine Panik, Chefin! Ich werde ihn anrufen und ihm sagen, dass du dich etwas verspäten wirst." Evie kicherte, als sie Brianne zusah, wie die durch das Zimmer spurtete.

„Großartig", erwiderte Brianne. „Und wenn du schon dabei bist, kannst du ihn gleich fragen, wo ich ihn treffen soll!" Sie fühlte sich wie die allerschlimmste Person, weil sie ihre Sekretärin brauchte, damit diese sie an ihr Date erinnerte. Noch dazu, da es sich um einen Freund wie

Gabe handelte.

Evie hatte eine wichtige Feststellung gemacht, als sie sich beklagte, dass Brianne und Gabe sie dazu brächten, sich übergeben zu wollen. Brianne wusste, wenn sie in Evies Haut stecken würde, würde es ihr genauso ergehen. Aber es war zu einfach, dieses besondere Paar zu sein, wenn Gabe an ihrer Seite war. Dieses Paar, das immer lächelte, immer lachte und sich küsste. Die heiße Verliebtheits-Phase war immer noch in Kraft. Vielleicht würde sie für immer andauern. Wie Evie gesagt hatte, sie waren füreinander bestimmt. Einstweilen pressten sie sechs Jahre Wartezeit in jede einzelne Minute.

* * *

„Liebling, es tut mir leid", murmelte Brianne, als sie auf dem Stuhl Platz nahm, den Gabe für sie im Restaurant bereithielt. „Ich weiß nicht, wo mir der Kopf steht."

„Wahrscheinlich ist er mit den hundert Dingen beschäftigt, die du jeden Tag zu tun hast", sagte Gabe. Sein verständnisvolles Lächeln und das Funkeln in seinen grünen Augen vermittelten Brianne ein gewisses Maß an Frieden.

„Du meinst es sehr gut mit mir", sagte sie. Es war nicht nötig, die Speisekarte zur Hand zu nehmen – es war ihr Lieblingsrestaurant, und sie kannte sie auswendig. Ein Glas Wein half ihr, sich zu entspannen.

„Ich wollte den Erfolg. Ja, wirklich", sagte sie und nahm einen Schluck des herzhaften Rotweins. „Ich dachte nur nicht, dass es so auf einen Schlag passieren würde."

„Du versuchst, zu viel ganz alleine zu machen. Ich denke, dass es Zeit wird, dass du in Erwägung ziehst, zu expandieren."

„Hab mich schon darum gekümmert", erwiderte sie lächelnd. „Nächste Woche führe ich Bewerbungsgespräche mit neuen Leuten. Ich suche eine zweite Mitarbeiterin."

Gabe sah nicht überzeugt aus. „Ich habe auch nicht bloß zwei Mitarbeiter. Ich habe viel Personal. Ich meine es ernst. Ich denke, du solltest expandieren. Du leistest die Beratung auf hohem Niveau, überlässt aber die Routinearbeit deinem Personal. Das ist die einzige Möglichkeit, wie die Firma weiterwachsen kann, du aber gleichzeitig bei Verstand bleibst."

„Denkst du wirklich, dass meine Firma das Potential hat, sich dermaßen zu vergrößern?", fragte Brianne.

„Ich denke, dass du so weit gehen kannst, wie du willst", erwiderte Gabe.

Er klang so zuversichtlich und sah so attraktiv aus in seinem weißen Button-down-Hemd, das seine sonnengebräunte Haut so vorteilhaft betonte, dass sich Brianne in dem überfüllten Restaurant am liebsten auf ihn gestürzt hätte. „Das liegt alles nur an dir", sagte sie und hob ihr Glas.

„Nein, das liegt an dir." Er lächelte sie liebevoll an und stieß mit seinem Glas an ihrem an. „Du bist diejenige, mit der die Menschen zusammenarbeiten wollen. Es ist deine Persönlichkeit und deine Vision. Ich habe dir nur einmal die richtige Richtung gezeigt. Du bist dorthin gelaufen."

Brianne dachte über Gabes Vorschlag nach. Tatsächlich weiter expandieren, um Platz zu machen für noch mehr Wachstum. Hatte sie das tatsächlich drauf?

Dann wurde das Essen gebracht, und alles war vergessen, sobald sich Brianne auf ihren Teller Pasta stürzte. „Ich verhungere", stöhnte sie. „Ich vergesse die ganze Zeit das Mittagessen."

„Du solltest es in deinen Terminplan aufnehmen", witzelte Gabe.

„Sehr witzig, aber glaube nicht, dass ich nicht schon darüber nachgedacht habe." Sie grinste.

„Ach, habe ich dir das schon erzählt? Ich bekam heute einen Anruf von Eric. Er steckt bis über beide Ohren in Renovierungsarbeiten, und er genießt jede Minute davon."

„Das freut mich." Wer hätte gedacht, dass sich das Leben für sie so entwickeln würde? Wenn ihr Unterbewusstsein nicht die Sache vorangetrieben hätte, indem sie in ihren Träumen Gabes Namen gerufen hätte, dürfte sie eigentlich jetzt mit Eric verheiratet sein. Sie hätten gerade ersten Hochzeitstag gefeiert. Und sie würde sich immer noch nach dem Mann sehnen, mit dem sie von der Bestimmung her zusammen sein sollte.

Gabe hatte einen seltsamen Gesichtsausdruck, und Brianne fragte sich, ob er wohl in die gleiche Richtung dachte. Es war angsteinflößend, wie nahe sie an den Rand gebracht worden waren, nicht zusammen zu sein. Sie konnte sich nicht vorstellen, in der Nacht aufzuwachen und nicht in seinen starken Armen zu sein oder während einer Veranstaltung zu ihm hinüberzuschauen, um sein gemeißeltes Profil zu sehen oder den angenehmen Klang seiner Stimme jeden Tag zu hören.

„Da wir von Telefonanrufen sprechen", fuhr Gabe fort, „hast du in letzter Zeit mit deiner Mom gesprochen?"

„Mom? Hmm, nein. Schon seit einigen Tagen nicht. Warum?"

„Ach, sie ist total aufgeregt wegen einer Veranstaltung, die sie plant."

„Eine Veranstaltung?" Brianne legte Messer und Gabel weg und legte den Kopf schräg. „Was für eine Veranstaltung? Sie sagte mir nicht, dass irgendetwas bevorsteht."

„Ich glaube, dass es eine ziemlich kurzfristige Sache ist", sagte Gabe.

„Um was geht es? Wird sie meine Hilfe brauchen?"

„Wahrscheinlich – zumindest deine Anregungen."

„Wann findet es statt?"

„Das ist eben so eine Sache", sagte Gabe und verlagerte sich auf seinem Platz. Als er vom Stuhl rutschte und vor ihr auf einem Knie landete, stiegen Brianne Tränen in die Augen. „Weißt du", flüsterte er, „das Datum wurde noch nicht festgelegt."

„Oh, mein Gott", murmelte sie. Ihr Herz flatterte, ihr Puls raste. Es war fast unglaublich, was passierte, und doch war er hier und zog, während er sprach, eine Schachtel aus seiner Tasche.

„Im Grunde genommen", sagte er, „steht noch nicht

einmal fest, ob es überhaupt eine Veranstaltung zu planen gibt. Deine Mom wird womöglich durchdrehen, wenn nicht. Wahrscheinlich will sie es endlich sicher wissen, damit sie loslegen kann."

Brianne räusperte sich und nickte. „Tja, dann werden wir das für sie ein für allemal klären müssen. Ich will ihr keinen Stress verursachen."

„Ich auch nicht. Also dachte ich, es wäre das Beste, wenn wir dies nun festlegen würden." Er lächelte, und Brianne sah Tränen in seinen wunderschönen Augen stehen. „Was sagst du, Brianne Whitcomb? Wirst du mich zum glücklichsten Mann der Welt machen?"

„Du kannst Mom sagen, dass sie mit der Planung anfangen kann", flüsterte Brianne, während sie nickte. Gabe sprang auf und nahm sie in die Arme. Die anderen Gäste klatschten begeistert Beifall.

Briannes Herz klopfte so laut, dass sie den Applaus kaum hörte. All ihre Träume wurden wahr, und das dank des Mannes, der sie jetzt gerade umarmte. Der Mann, der ihr Ehemann sein würde. Diesmal war es richtig.

Als sie sich voneinander lösten, merkte Brianne, dass sie von Menschen umringt waren. Es dauerte einen Moment, bis sie deren Gesichter erkennen konnte. Ihre Mutter war da und hatte, schluchzend vor Glück, den Kopf auf die Schulter von Briannes Vater gelegt. Evie, mit Jakes Arm um die Taille, weinte auch. Jamie und seine Freundin. Ryan, Cole und Luke mit ihren jeweiligen Freundinnen. Sogar Gabes Mentor Sam mit einem Lächeln im Gesicht.

Brianne spürte mental auch Erics Anwesenheit. Sie wusste nun auch, welchen Zweck Gabe mit seinem Anruf in Wirklichkeit verfolgt hatte.

„Wann seid ihr alle hierhergekommen?", fragte sie die Gruppe, und alle brachen in Gelächter aus.

„Wir waren die ganze Zeit hier, Dummkopf!" Mom und Dad umfingen sie in einer Umarmung.

„Tatsächlich?"

„Du warst zu sehr in Eile, als du hereinkamst, um uns zu sehen", rief Evie. „Du hast keine Ahnung, wie schwer es war, das Geheimnis nicht auszuplaudern!"

„Ich vermute, ich hatte nur Augen für dich", murmelte Brianne Gabe zu. Er lächelte und hob ihre linke Hand, um ihr einen prachtvollen Platinring mit Diamanten an den Finger zu stecken.

Es spielte keine Rolle, wie der Ring aussah oder wann die Trauung stattfinden sollte. Alles, was Brianne interessierte, war, dass sie den Mann heiraten würde, den sie aus tiefster Seele liebte.

BÜCHER VON VIRNA DEPAUL

KISS TALENTAGENTUR

Band 1: Küss mich für immer (Bastian)
Band 2: Halt den Mund und küss mich (Simon)
Band 3: Küss mich, du sexy Typ (Caleb)

LIEBE AM SPIELFELDRAND

Band 1: Gelbe Karte für die Liebe (Heath)
Band 2: Blaues Blut und tiefe Pässe (Kyle)
Band 3: Ganz tief drin (Alec)

HART WIE STAHL-REIHE

Band 1: Harte Zeiten für Schwere Jungs
Band 2: Harte Fälle für Toughe Anwälte
Band 3: Harte Entscheidungen, Sanfte Liebe
Band 4: Harte Jungs - Zwischen Hammer und Amboss
Band 5: Harte Schale, Weicher Kern

DIE SERIE, ROCK'N'ROLL CANDY

Die Rock'n'Roll Candy Serie handelt von einer Gruppe
von Freunden, Schauspieler Bad-Boys und sexy Rock
Stars Anfang 20, die jeweils der Frau ihrer Träume
begegnen.

Band 1: Sexy wie Rock'n'Roll
Band 2: Stark wie Rock'n'Roll
Band 3: Crazy wie Rock'n'Roll
Band 4: Süß wie Rock'n'Roll
Band 5: Wild wie Rock'n'Roll

DIE SERIE ‚MIT DEN JUNGGESELLEN IM BETT' UMFASST

Band 1: Mit dem falschen Bruder im Bett (Rhys)
Band 2: Mit dem schlimmen Zwilling im Bett (Max)
Band 3: Mit dem Milliardär im Bett (Jamie)
Band 4: Mit dem besten Freund im Bett (Ryan)
Band 5: Mit dem Biker von nebenan im Bett (Cole)
Band 6: Mit dem Bodyguard im Bett (Luke)
Band 7: Mit dem Trauzeugen im Bett (Gabe)
Band 8: Mit dem Boss im Bett (Eric)
Band 9: Mit dem Vater des Babys im Bett (Dante)

DIE SERIE, HEIMKEHR NACH GREEN VALLEY

Band 1: Wozu Liebe in der Lage ist
Band 2: Wohin die Liebe führt
Band 3: Ich will Dich lieben
Band 4: Das Beste meiner Liebe
Band 4.5: Denn du liebst mich

Verrückt nach dem verkehrten Kerl

Einem Werwolfkämpfer verfallen

ÜBER DIE AUTORIN

Virna DePaul ist eine *New York Times* Bestsellerautorin und steht auch auf der Bestselling-Liste von *USA Today* für erregende, spannungsvolle Erzählliteratur. Ob es um Vampire, eine Spezialeinheit für paranormale Phänomene, heiße Polizisten oder umwerfende identische Zwillingsbrüder geht, ihre fiktiven Geschichten handeln immer von komplexen Individuen, die gewillt sind, auch die unglaublichsten Schwierigkeiten zu überwinden, um der Liebe den Weg zu bahnen.

Um weitere Informationen zu erhalten und den kostenlosen Newsletter zu abonnieren, besuchen Sie mich bitte auf: www.virnadepaul.com

Website: www.virnadepaul.com
Facebook: www.facebook.com/booksthatrock
Twitter: twitter.com/virnadepaul